호수 바닥에는 거대한 꽃 같은 물체가 있었다.

흙색에다가 표면에 간 균열이 눈에 띄는 꽃 중앙에는 마장이 놓여 있었다.

『저 마장에서 지면을 향해 뿌리가 뻗어 있습니다.』

"식물도 마장의 일부인가."

『수많은 인간을 바쳐서 폭주 상태로 만든 것이겠지요.』

일단 한 번 조종간에서 손을 떼고, 손가락 관절을 뚝뚝 소리 내며 꺾었다.

여성향 게임 세계는 모브에게 가혹한★세계입니다

THE WORLD OF OTOME GAMES IS A TOUGH FOR MOBS

11

# CONTENTS

THE WORLD OF OTOME GAMES IS A TOUGH FOR MOBS.

# 프롤로그

여름방학을 목전에 앞두고 학원에 들뜬 학생들이 눈에 띄기 시작했다.

학원에서 생긴 친구를 본가에 부르는 사람.

함께 어딘가로 놀러 가자고 여행을 계획하는 사람.

피치 못할 사정으로 왕도 던전에 도전하는 사람.

방학이라는 자유로운 시간을 어떻게 지낼지, 기대감에 젖은 학생들이 많았다.

그런 가운데, 나【리온 포우 발트파르트】는 학생이면서 정식으로 공작 작위를 하사받은── 억지로 떠맡게 된 불쌍한 인간이다.

방학을 허비하며 보내는 학생의 특권을 빼앗기고, 국정에 강제로 참가하게 되었다.

지금도 왕궁으로 가기 위해 준비 중이었다.

장식이 많은 의례용 기사복을 입고, 가슴을 장식하는 훈장을 리비아가 직접 달아 주고 있었다.

전신거울 앞에 선 나는 진심으로 싫은 표정을 하고 있었다.

"롤랜드 녀석, 날 불러내다니. 자기가 뭐라도 되는 줄 아나?"

일부러 예복을 꺼내 갈아입는 이유는 국왕인【롤랜드 라파 호르파트】한테서 부름을 받았기 때문이었다. '왕궁에 와라' 하고 일방적으로 날 불러낸 것이다.

불만스럽지만 어쩔 수 없다고 체념하고 있자, 훈장을 달아 주던 올리비아——【리비아】가 대답했다.

"뭐라니요. 국왕 폐하시잖아요."

리비아는 표정 하나 바뀌지 않고 계속 손을 움직였다.

푸념이라는 걸 알고서도, 착실하게 대답해 준 것이다.

"모름지기 왕이라면 좀 더 존경할 수 있는 사람이어야지."

"뭐, 그건 확실히."

내 의견에 리비아도 쓴웃음을 지으며 동의했다.

어리석은 왕, 게으른 자, 쓰레기, 여자의 적……. 참 여러 별명을 가진 호르파트의 왕은 귀족들에게 밉살스러운 존재였다.

그가 훌륭한 왕이라면 존경하며 충성을 맹세하는 귀족도 있었겠지만, 현실은 왕비님인【밀렌 라파 호르파트】에게 일을 떠넘기고, 성 아랫마을에서 계집질을 반복하는 실정이었다.

존경한다는 건 애초에 있을 수 없는 일이었다.

그리고 개인적으로 그는 내 최대의 적이기도 했다.

그는 승진하기 싫어하는 나를 계속 억지로 출세시켰다.

이게 무언가의 착각으로 인해 빚어진 일이라면 구제할 도리가 있었겠지만, 이건 내가 승진을 싫어한다는 걸 알고서 일부러 저지른 행동이었다.

정말로 질이 나쁘다.

리비아가 훈장을 확인하고 내 모습을 보며 고개를 몇 번 끄덕였다.

"이걸로 됐어요. 리온 씨, 멋져요."

"옷이 날개라는 거구만. 그럴듯한 차림새를 하니 이런 나도 훌륭하게 보여."

어깨를 으쓱이자, 리비아는 기가 막힌다는 표정으로 작은 한숨을 내쉬었다.

"가끔은 솔직하게 칭찬을 받아 주세요."

전신거울에 비친 날 보니, 리비아가 도와준 덕분에 제법 모양새가 그럴듯했다.

갈아입는 것도 빨리 끝났다.

"리비아 덕분에 살았어. 이거 입는 게 진짜 힘들단 말이지."

"리온 씨는 투박한 옷차림을 좋아하시니까요. 셔츠와 바지만 입는 날도 드물지 않고요."

"자란 환경이 그랬으니까."

"그렇다고 하기에는 본가에 계신 분들은 모두 착실하셨으니까, 개인의 자질 문제겠죠."

──최근 들어 리비아는 나한테 엄해졌다.

아니, 약혼자들이 모두 나한테 스스럼이 없어졌다.

물론 그게 나쁘다고 생각하지는 않는다. 오히려 나는 그쪽이 바람직하다고 생각한다.

다만, 나에게 칠칠치 못하다는 이미지가 박힌 건 몹시 유감이었다.

"리비아는 아버지나 형의 본성을 몰라서 그래. 우리 발트파르트 가문의 남자는 여름이 되면 팬티 한 장만 걸치고 호수에 뛰어드는 게 관례야. 그야말로 투박함의 극치지."

더 어릴 적에는 아예 알몸으로 호수에 뛰어들며 놀았다.

작년까지는 코린도 알몸이었지만, 아무리 그래도 올해부터는 팬티 정도는 입겠지.

조금 전까지 여유로운 태도였던 리비아가 나한테서 시선을 피하며 얼굴을 약간 붉게 물들였다.

내 이야기를 듣고 부끄러워진 모양이다.

"가족 중에는 여성분도 계시는데, 그게 무슨 일이에요."

그 말에 나는 발트파르트 가문 여성진의 얼굴을 떠올렸다.

여성이라 해봐야 어머니, 제나, 핀리뿐인데, 다들 남자의 알몸을 봐도 놀라기는커녕 무관심했었다.

"다들 신경도 안 쓰던데. 뭐, 가족이란 건 그런 법 아니겠어? 리비아의 가족은 달라?"

리비아는 얼굴이 빨개진 채로 대답했다.

"남자 형제가 없어서 저는 잘 모르겠어요."

그건 유감⋯⋯은 아니군.

리비아는 부끄러움을 얼버무리기 위해 살짝 쥔 손을 입가에 가져가 헛기침을 했다.

"어쨌든 준비를 다 마쳤어요. 조용히 계시면 멋지니까, 알현실에서는 최대한 입을 다물고 계세요."

그것참 너무하네. 마치 내가 입을 열면 유감스러운 남자인 것 같잖아.

──장난기가 싹튼 나는 리비아한테 몸을 가까이 댔다.

"그런 식으로 보이고 있었다니, 참 안타까운걸. 내가 남들에게 자주 오해받기는 해도, 리비아는 진짜 나를 알고 있다고 생각했는데 말이야."

리비아의 허리에 손을 둘러 끌어안자, 리비아가 당황해서 허둥대기 시작했다.

"리, 리온 씨! 절 놀리고 있지요? 그런 거죠?!"

"글쎄? 무슨 말인지 모르겠는걸."

리비아는 난처한 듯, 내 품에서 벗어나려고 했지만, 아무래도 저항이 소극적이었다.

기껏 입은 기사복을 흐트러뜨려서는 안 된다는 마음과 동시에, 이 상황을 받아들이고 있는 것이다.

내가 얼굴을 가까이 대자, 체념한 리비아가 움직임을 멈추고 눈을 감았다.

그녀가 살짝 턱을 들어 키스하려는 자세가 되었을 때──.

『좋아, 둘 다! 그대로! 그렇지! 내가 영상 기록으로 영원히 남겨줄게. 두 사람은 신경 쓰지 말고 계속해.』

──무드를 망친 건 분위기 파악을 못 하는, 아니, 안 하는 인공지능【크레아레】였다.

어느새 외눈 같은 파란 렌즈가 달린 구체 모양의 단말이 근처에 둥둥 떠 있었다.

렌즈 안에서 조리개가 움직이는 모습이 보였다. 확대나 축소를 조정하고 있는 모양이었다.

크레아레의 목소리를 듣고, 깜짝 놀라 눈을 뜬 리비아가 얼굴을 더욱 붉혔다.

리비아는 크레아레한테 부끄러움과 원망이 뒤섞인 듯한 시선을 보냈다.

"──아레야."

『어머, 부끄러워하다니. 귀여워~.』

나도 황급히 겉꾸렸다.

"뭘 엿보고 있어! 얼른 나가!"

『엿본 거 아니거든요~. 처음부터 여기에 있었거든요~.』

크레아레는 기죽지도 않고 뻔뻔한 주장을 늘어놓았다. 방에서 나갈 생각조차 없는 것 같았다.

『마스터랑 리비아가 갑자기 좋은 분위기가 된 거잖아. 그럼 엿보기가 아니지.』

"진짜로 지껄이는 데 도가 트인 인공지능들이구만."

『칭찬으로 들을게.』

크레아레는 무슨 말을 해도 타격을 입지 않기에, 내 쪽이 끈기 싸움에서 지고 말았다.

아무리 나라도 기록으로 남기겠다는 말을 들으면 키스하기 망설여진다.

내가 리비아한테서 떨어지려 했더니, 리비아가 내 허리를 끌어

당겨 안았다.

"리비아? 저, 저기?"

당황한 내 가슴에 이마를 대고 있던 리비아가 고개를 들더니, 부끄러운 듯이 날 바라봤다.

리비아가 날 올려다보는 모양새다.

리비아는 그대로 내 허리에 감았던 양손을 내 뺨에 가져다 대서―― 양손으로 내 뺨을 감쌌다.

쉽게 뿌리칠 수 있을 정도의 힘이지만, 신기하게도 저항할 수 없었다.

리비아는 촉촉한 눈동자로 날 바라보며 부끄러운 듯이 내게 말했다.

"도중에 그만두지 마세요. 끝까지 부탁드려요."

"그, 그건……!"

크레아레를 힐끔힐끔 보자, 파란 렌즈가 우리를 주시하고 있었다.

『리비아, 대담해!』

놀리는 크레아레를 축구공처럼 걷어차고 싶어졌지만, 지금은 리비아의 대응이 먼저였다.

"저기, 그러니까…… 네."

우리 얼굴이 붉어졌고, 나는 리비아의 입술에 내 입술을 가까이 가져다 댔다.

◇

"그 바보 오빠는 대체 무슨 생각인 거야!"

그 무렵.

학원 여자 기숙사에서 【마리에 포우 라판】이 언성을 높였다.

마리에는 의논 자리에 얼굴을 내비치지 않는 전생의 오빠한테 분노하는 중이었다.

그런 마리에를 상대하는 건 리온의 파트너인 【루크시온】이었다. 허공에 떠 있는 메탈릭 컬러 구체로, 외눈 같은 빨간 렌즈를 지니고 있었다.

전자 음성인데도 약간 어처구니없다는 느낌이 섞인 음색을 내가며 마리에를 상대했다.

『겁쟁이 기질이 개선된 걸 보면 마스터도 성장했다고 할 수 있습니다만, 이제는 오히려 우쭐대고 있군요. 지금도 올리비아와 점막 간 접촉을 하고 있습니다.』

크레아레가 전송해 준 정보를 마리에한테 알려줬다.

이를 들은 마리에는 도저히 참을 수가 없었다.

전생 오빠의 연애 사정 따위, 전혀 알고 싶지 않았다.

"점막이라고 말하지 마! 괜히 더 야하게 들리잖아!"

『알겠습니다. 그러면 '키스'를 하고 있다고 정정하겠습니다.』

"오빠에 관한 생생한 이야기를 하지 말아 줘어어어!!"

마리에가 절규하는 목소리를 듣고, 루크시온은 정말로 약간이지만── 즐거워하는 듯했다.

『마리에의 반응은 관찰하는 보람이 있군요.』

"날 뭐라고 생각하는 거야? 그것보다 이거 어쩔 거야? 오빠가 없는 채로 이야기를 진행할 거야?"

원래 오늘은 리온과 마리에 두 사람── 거기에 인공지능을 더해 이후의 대책을 짤 예정이었다.

마리에는 최근의 정세에 골치를 썩이고 있었다.

"라셀 신성 왕국이었던가? 거기가 맹주가 되어서 주변국과 손을 잡고 쳐들어왔다는 거지?"

대략적인 마리에의 설명에 루크시온이 보충했다.

『아직 쳐들어오지는 않았습니다.』

"그래도 곧 오는 거잖아?"

『그건 오늘 있을 알현의 결과에 달렸습니다. 라셀 신성 왕국으로부터 호르파트 왕국에 사자가 찾아와서 국왕 롤랜드를 알현할 예정입니다. 마스터도 거기 참여합니다.』

애초에 리온이 왕궁에 불려간 이유가 라셀 신성 왕국에서 사자가 왔기 때문이었다.

그 사자가 무슨 말을 할 것인가?

호르파트 왕국 귀족들은 이 문제에 관심이 많은지, 부르지도 않았는데 잇따라 왕궁으로 몰려들고 있었다.

"이런 일이 생기기 전에 이야기해두고 싶었는데, 그때마다 계속 여자, 여자, 여자! 바보 오빠는 국왕한테 불평할 자격이 없어."

리온은 여자 버릇이 나쁜 롤랜드를 늘 나쁘게 말하면서, 최근에는 자기도 약혼자들을 상대하는 걸 중시하고 있었다.

『여자라고 해도, 약혼자인 안젤리카, 올리비아, 노엘. 세 명뿐입니다. 문제는 없습니다.』

"문제투성이야! 이 중요한 때에 데이트니 다회니 하면서 핑계만 대고, 정작 의논은 하려고도 안 하잖아!"

머리를 감싸 쥐고 몸부림치는 마리에를 보는 루크시온의 빨간 렌즈 속 조리개가 바쁘게 움직였다.

마리에의 모습을 기록하는 것이다.

『가족을 빼앗겨서 쓸쓸한 겁니까?』

"아니거든!"

마리에는 근처에 있던 쿠션을 손에 집어 루크시온한테 던졌다.

루크시온은 피할 수 있었지만, 피하지 않고 맞았다.

별 대단한 충격이 아니기에 피할 필요도 없었다.

『약혼자들과 양호한 관계를 쌓는 건 마스터에게 중요한 안건입니다. 오히려 지금까지 너무 소홀히 대해 왔습니다.』

"그건 나도 그렇게 생각하지만, 이미 약혼자가 세 명이나 있는 시점에서 이상하잖아! 그런 오빠한테 약혼자가 세 명이나 있다니, 기적이라고."

그 말을 들은 루크시온이 마리에한테 말했다.

『──마리에에게는 손수 농락한 남자가 다섯이나 있습니다만?』

"하윽!"

귀여운 비명을 지른 마리에였으나, 가슴을 누르더니 괴로운 듯이 그 자리에 무릎을 꿇고 무너져 내렸다.

핏기가 가신 얼굴로 몸을 파들파들 떨었다.

리온을 책망하는 말을 내뱉은 마리에였으나, 자기 처지도 별반 다르지 않았다.

"그만해, 말하지 마. 반성하고 있다구. 하지만, 하지만…… 다들 떨어지려고 하지 않는단 말이야! 나는 해방되고 싶은데, 누구 한 명 떨어져 주지 않아!"

마리에의 눈에 눈물이 글썽해졌다. 마리에는 한때 귀공자였던 공략 대상 다섯 명을 해방해 주려고 했었다.

하지만 무슨 생각을 한 것인지, 그들은 마리에 곁을 떠나려고는 하지 않았다.

『그 이야기는 여기까지 하고, 조금 전 이야기로 돌아가지요. 확실히 최근, 마스터는 너무 우쭐대고 있습니다. 약혼자를 너무 우선하는 바람에, 그 밖의 일들에 소홀한 상태입니다.』

루크시온은 리온에게 묘하게 여유가 생기면서 놀리는 보람이 없어졌다고 말했다.

마리에는 고개를 들었다.

"엄청 성가신 오빠지. 겁쟁이 같은 구석이 좀 줄어드나 싶었더니만, 도리어 기가 살아서 여자한테만 정신을 쏟고 있는 꼴이라니. 분명 언젠가 칼에 찔릴 거야. 아니, 이쯤 되면 한 번 찔려야 해. 그래야 정신을 차리지."

『그건 불가능합니다.』

"어째서?"

『마스터의 생명은 제가 지킬 것이기에.』

그러자 마리에가 질색하여 뺨이 굳어졌다.

"──네가 제일 성가신 존재같이 느껴지기 시작했어."

『성가시다? 이해할 수 없군요. 설명을 요구합니다.』

◇

왕궁의 알현실에는 커다란 유리창을 통해 태양 빛이 비쳐 들어오고 있었다.

알현실은 마법으로 온도를 관리하고 있지만, 왕궁에 몰려든 수많은 귀족이 뿜어내는 압박감 탓에 나는 식은땀을 흘리고 있었다.

다만 나는 롤랜드와 마주 보고 있는 남자의 말에 집중하느라, 땀 같은 걸 신경 쓸 겨를이 아니었다.

정장 차림의 미남은 알현실에서 큰 목소리로 떠들어대고 있었다.

마치 연극이라도 하는 듯한 호들갑스러운 대사였다. 그의 아니꼬운 태도가 주위 사람들을 짜증 나게 했다.

"라셀 신성 왕국의 신성왕, 위대하신 폐하께서는 이 상황을 우려하고 계십니다! 강대한 힘을 손에 넣은 귀축 기사의 방약무인한 행동거지는, 왕국 주변 국가의 안녕과 평화를 어지럽히는 원흥 그 자체입니다!"

미남의 시선이 가장자리 쪽에서 얌전히 있는 내게 힐끔 향했다.

그에 따라 알현실에 있는 수많은 사람의 시선이 내게 쏟아졌다.

미남은 온갖 몸짓을 해가며 다시 떠들었다.

"호르파트 왕국의 국왕 폐하에게 부탁드립니다. 정녕 폐하께서 평화를 바라신다면, 귀축 기사가 가진 모든 로스트 아이템을 여러 국가에 분산시켜주십시오."

귀축 기사라. 언제부턴가 그게 내 별명이 되어 있었는데, 라셀에서도 그렇게 불리고 있는 모양이다. 아, 싫다.

그리고 내게서 로스트 아이템을 빼앗으려 드는 것도 마음에 들지 않는다.

하지만 상대가 공식적인 사자인 이상 이야기는 끝까지 들어야만 하리라.

잠자코 주위 상황을 확인하자, 옥좌에 앉은 롤랜드가 날 보며 히죽히죽하고 있었다.

아무래도 내가 떨떠름한 표정인 게 기쁜 모양이었다.

"호오, 그건 즉, 공작이 가진 로스트 아이템을 타국에 양도하라는 건가?"

롤랜드의 옆자리에는 왕비인 밀렌 씨의 모습이 있었다.

말없이 라셀의 사자를 바라보는 모습은 그야말로 기품으로 넘쳐흐르고 있었다.

평소와 다르게 차가운 시선이 마치 얼음의 여왕 같았다.

나는 이 사람을 보기 위해, 오고 싶지도 않은 왕궁에 얼굴을 내비쳤다고 해도 과언이 아니다.

아아, 아름다워…….

그러나 현실도피도 여기까지.

라셀의 사자는 날 힐끗 보더니, 입꼬리를 올리며 웃었다.

"그것만으로는 부족합니다. 알제르 공화국에서 손에 넣은 성수와 무녀도 내놓으시지요."

그 발언에 알현실이 술렁였다.

귀족들이 일제히 날 옹호하는 태도로 돌아섰다.

"무녀는 공작의 약혼자잖아."

"남의 아내를 내놓으라니, 대담하게 나왔군."

"교섭할 생각이 있긴 한가?"

다만, 귀족 중 단 한 명, 빈스 씨—— 안제 아빠는 무표정했다.

얼마 전에 내가 레드글레이브 공작가와 연을 끊었기 때문이다. 그래서 지금은 적대까지는 아니더라도 다소 험악한 관계가 되어 있었다.

이번 건도 딱히 날 옹호할 생각은 없는 모양이었다.

내가 잠자코 있자 사자가 한층 더 떠들기 시작했다.

"아예 약혼자들을 모두 왕국 이외의 국가에서 관리하면 어떻습니까? 귀축 기사 공—— 아니, 리온 공이 국외로 그녀들을 만나러 다니는 것이죠. 그때는 기꺼이 약혼자와 면회를 시켜드리겠습니다."

너무나 도가 지나친 요구에 목소리도 나오지 않았다. 뱃속이 부글부글 끓어오르는 심정이었다.

이건 모든 걸 다 내놓고 라셸의 안색을 살피면서 살라는 말이었다.

내 오른쪽 어깨 부근에 떠서 모습을 숨기고 있는 루크시온이 주위에는 들리지 않도록 내게 말을 걸었다.

『애초에 교섭할 생각이 없는 모양이군요. 이토록 승리를 확신하다니, 라셸 신성 왕국에 뭔가 비장의 수가 더 있는 것 같습니다.』

라셸 신성 왕국이 가진 비장의 수라고 하면 아마 '모조 마장'일 것이다.

그들에게는 마장의 파편을 몸 안에 넣어 조종하는 '성기사'가 있다.

성기사들은 목숨을 희생해 마장의 힘을 끌어내어 전장에서 딱 한 번 활약하고 죽는다.

더구나 그 죽음에 긍지마저 품고 있으니, 참 질이 나쁘다.

──하지만 모조 마장이 얼마나 모이건 간에 루크시온 앞에서는 무의미하다.

지금까지 몇 번이나 마장과 싸워 왔지만, 라셸의 마장이 제일 약했다.

모조 마장은 핀이 가진 브레이브, 즉 완벽한 마장과 비교하면 너무나도 조악한 물건이었다.

루크시온도 '위협이 되지 않는다'라고 단언했다.

그래서 루크시온은 라셀이 모조 마장과는 또 다르게 비장의 수를 준비했을 가능성을 시사했다.

내가 사자에게 답변하려는 찰나, 밀렌 씨가 먼저 입을 열었다.

"이야기할 가치도 없습니다. 교섭할 생각이 없는 모양이군요."

평소보다도 어조가 차가운 건 라셀이 밀렌 씨의 조국과도 적대 중이기 때문이리라.

밀렌 씨의 말을 듣고 사자가 눈을 부라렸다.

"상황 파악이 되지 않으신 모양이군요. 라셀 신성 왕국을 맹주로 한 군사동맹이 이미 호르파트 왕국을 포위하고 있습니다. 아무리 리온 공이 강하다 할지라도, 모든 전장을 한꺼번에 상대할 수는 없겠지요."

호르파트 왕국이 전방위에서 동시에 공격당하면 아무리 루크시온이라 할지라도 완벽하게 막을 수는 없다.

하지만, 그것뿐이다.

피해가 다소 나오더라도, 결국 루크시온이 이길 것이다.

오히려 문제는 나보다 국경을 지키는 귀족들이다.

왕궁에 몰려든 귀족 중에는 국경을 지키는 귀족들도 있었다.

그들은 한결같이 떫은 표정을 짓고 있었다.

루크시온이 그들의 심경을 추측했다.

『전방위에서 동시에 공격당하면 제가 지원하기 전까지는 각자 홀로 방어할 수밖에 없습니다. 왕성에서 모든 국경에 전력을 파견할 수는 없는 노릇이니까요.』

즉, 가장 피해를 많이 입는 건 국경을 지키는 귀족들이다.

밀렌 씨는 사자에게 받아쳤다.

"허세가 대단하군요. 타국과 손을 잡아서라도 이 사태를 타개하려 하는 라셀이야말로 가장 우리를 두려워하는 것 아닙니까?"

밀렌 씨가 '무서워하고 있는 건 너희잖아?'라고 말하자 사자가 얼굴에 띠고 있던 미소가 약간 일그러졌다.

"시험해 보겠습니까?"

밀렌 씨가 사자에게 단언했다.

"돌아가서 싸울 준비를 하라고 전하세요."

알현이 끝나자 라셀의 사자가 퇴실했다.

둑이 터진 것처럼 귀족들이 일제히 주위 사람과 이야기하기 시작하자, 잡음을 방패막이 삼아 루크시온과 대화했다.

"밀렌 씨는 국경이 위험하다는 걸 깨닫지 못한 건가? 조금 지나치게 강경하다고 할지, 주위의 심정을 생각하는 편이 좋다고 생각한다만?"

내 의문에 대답하는 루크시온은 어딘가 확신하고 있는 것처럼 말했다.

『알고 있을 터입니다. 일부러 무시한 것 아니겠습니까?』

"밀렌 씨가 그런 짓을 하겠냐."

『밀렌에 대한 마스터의 신뢰는 정욕에서 오고 있는 겁니까?』

"실례인 말 하지 마."

옥좌를 보니 밀렌 씨가 내 쪽을 보고 있었다.

평소에는 숨기고 있어도 넘쳐나오는 귀여움이 오늘은 느껴지지 않았다.

내게 살짝 미소 지은 얼굴을 향하고 있지만, 나에게는 어딘가 차가운 표정으로 보였다.

◇

사자와의 알현이 끝난 뒤.

왕궁 기사가 내게 말을 걸어, 나는 그대로 별실로 안내받았다.

그곳은 호화로운 물건들로 꾸며졌으면서도, 장식보다 실무를 우선하는 듯한 공간이었다.

차라리 응접실 쪽이 훨씬 더 호화롭게 느껴질 정도였다.

그런 방에 불려간 나는 이전에 찾아온 적이 있다는 걸 떠올렸다.

"아~, 여긴가. 몇 번인가 온 적이 있지."

기억을 떠올리고 있자, 루크시온이 착실하게도 보충 설명을 했다.

『마스터가 대(對) 공국전에서 총사령관에 임명되었을 때 사용했던 방이군요.』

"그랬었지."

루크시온과 잡담하며, 날 불러낸 밀렌 씨에게 시선을 향했다.

실례인 태도에 기분이 상하려나 싶었는데, 여전히 미소 지은 채였다.

밀렌 씨는 의자에 앉아 오른손으로 입가를 가리며 과거를 그리워했다.

"그때의 공작은 엄청난 활약을 해주셨습니다. 이번에도 라셀을 상대로 활약을 기대하고 있겠습니다."

정중하고 부드러운 어조였지만, 어딘가 거리를 두는 것처럼 들렸다.

나는 뒷머리를 손으로 긁적이며 밀렌 씨와 이후에 관한 이야기를 했다.

"사자의 태도로 보자면, 교섭은 어려우려나요?"

"애초에 저쪽은 교섭할 생각이 없는 것이겠지요. 호르파트 왕국이 평화적인 해결을 일축했다고 퍼뜨리고 싶은 겁니다."

라셀은 말도 안 되는 요구를 하면서 '우리는 평화적인 해결책을 제안했다!'라는 명분을 쥐고 싶은 모양이었다.

내가 보기에는 정말 평화를 원하는 건지 믿기 어려운 태도였지만, 전쟁을 회피하기 위해 교섭한 건 사실이다.

──그걸 왕국이 일축한 것도 사실이다.

자세한 내용을 모르는 제삼자가 보면 호르파트 왕국이 나쁘게 보일 수도 있다.

실로 야비한 수법이지만, 그게 통하는 것이 이 세상이다.

나는 밀렌 씨에게 해결책을 물었다.

"솔직히 대규모 전쟁은 피하고 싶습니다. 피해를 최소한으로 줄이는 방법이 있다면 알려주셨으면 합니다."

호르파트 왕국을 지휘해 온 왕비님의 지혜를 빌리고 싶다고 말했더니, 밀렌 씨가 띤 미소의 느낌이 변했다.

마치 이 말을 기다린 듯한 반응이었다.

"지금 가장 큰 위협은 라셀입니다. 하지만 그건 라셀만 억누르면 나머지는 걱정할 것 없다는 의미이기도 하지요."

확실히 연맹에서 라셀 신성 왕국을 제외하면 호르파트 왕국과 단독으로 전쟁할 수 있을 정도로 큰 나라는 없다.

과거에 싸웠던 구 판오스 공국── 현 판오스 공작가조차 주변국과 비교하면 큰 편이다.

──판오스 공작가라.

"판오스 공작가도 연맹에 가담했다고 보십니까?"

신경 쓰여서 물어보자 밀렌 씨는 작게 한숨을 쉬었다.

"싸움이 시작되면 가세할 가능성이 크겠지요. 그들은 독립할 기회를 노리고 있을 테니까요."

판오스 공작가는 왕국과의 전쟁에 패해 막대한 배상금을 냈다. 호르파트 왕국에 호감이 있을 리 없다. 불과 수년 전까지 격렬하게 싸우던 사이였으니, 기회가 있다면 적으로 돌아설지도 모른다.

나는 턱에 손을 대고 내 생각을 말했다.

"그렇다면 차라리 맹주인 라셀 신성 왕국을 칠까요?"

너무 당돌한 제안에 밀렌 씨가 살짝 놀란 표정을 보이더니, 이내 웃기 시작했다.

내가 손가락으로 뺨을 긁적이자, 밀렌 씨가 사과했다.

"미안해요. 큰일을 너무 가볍게 말하기에 무심코. ……그래요. 공작이라면 그렇게 할 수도 있겠지요."

평범한 사람은 생각조차 하지 않을 해결책이니까.

루크시온을 가진 나이기에 이런 바보 같은 작전을 낼 수 있는 거다.

밀렌 씨는 진지한 표정으로 말했다.

"하지만 그건 공작이 가진 힘의 위험성을 보여주는 일이기도 합니다. 그때는 제국도 위협을 느끼고 움직이겠지요."

"제국이……."

'제국'이란 바로 핀과 미아의 고향을 말하는 것이다.

루크시온이 성실하게도 설명을 덧붙였다.

『볼데노와 신성 마법 제국―― 라셀 신성 왕국과 연줄이 있는 나라를 말하는 거군요.』

"볼데노와는 호르파트보다 강대한 초대국이에요. 그 알제르 공화국조차 제국에 미치지 못할 정도지요."

그런 대국이 우리를 적대하면 일이 성가시게 된다.

설령 무력이 아니더라도, 제국이 주도하면 호르파트 왕국을 온갖 방면으로 괴롭힐 수 있다.

자칫 잘못하면 호르파트가 정말로 세계의 적이 될 수도 있다.

더구나 제국은 완전한 마장을 갖고 있다. 그들과 충돌하면 루크시온의 힘이 있어도 상처 없이 끝나지는 않을 것이다.

아니, 자칫 잘못했다가는――.

"아무래도 제국까지 적으로 돌리는 건 조금 곤란하겠죠?"

그러자 밀렌 씨가 고개를 끄덕였다.

"그렇지요."

그러자 루크시온이 귀찮다는 듯 말했다.

『제국도 같이 멸망시키면 될 일입니다.』

이 녀석다운 해결책이지만, 나는 아무런 관계도 없는 사람들까지 끌어들이고 싶지는 않았다.

"농담이라도 그런 말 마라."

『아까 한 제안과 달리, 실은 라셀조차 멸망시키고 싶지 않잖습니까. 마스터는 너무 무릅니다.』

나와 루크시온이 서로 노려보자 밀렌 씨가 손뼉을 쳐서 시선을 뺏었다.

그녀는 미소와 함께 고개를 살짝 기울이며 말했다.

"그런 공작을 위해 비장의 작전을 준비했어요."

"작전이요?"

밀렌 씨가 자리에서 일어났다.

등 뒤 유리창에서 비쳐든 역광으로 밀렌 씨의 얼굴에 그림자가 졌다. 그 그림자 속으로 보이는 밀렌 씨의 미소가 어쩐지 불길하게 느껴졌다.

"공작은 저와 에리카를 데리고 프레이저 후작령으로 가주셔야 겠어요."

# ★제1화「국경으로」

호르파트 왕국 항구.

왕도 근교에 있는 부유섬에는 수많은 비행선이 출입을 반복하고 있었다.

다양한 형태의 비행선이 항구에 늘어서 있고, 사람과 물자로 붐비고 있었다.

약간 좁은 인상이 느껴지는 항구에 내려선 초로의 남성은 왼손에 지팡이를 들고 있었다.

다만 지팡이를 들고 있어도 등은 쭉 펴져 있어서 굳건한 인상을 주었다.

마치 지팡이를 패션 아이템으로 가지고 있는 듯한 느낌이었다.

회색 머리카락을 뒤로 넘긴 올백 헤어스타일에 모자와 안경을 쓰고 있었고, 더운지 상의를 벗고 있었다.

그의 곁에는 여행 가방이 하나 놓여 있었다.

그는 지팡이가 거추장스러웠는지 가방과 함께 손에 쥐어 들었다.

항구를 척척 걷는 모습은 건강함 그 자체였다.

그의 이름은【칼】.

항구의 열기로 이마에 땀이 배었고, 예리한 눈매로 중얼거렸다.

"어디, 소문의 귀축 기사는 어떤 녀석일지."

칼이 호르파트 왕국에 찾아온 건 귀축 기사—— 리온이라는 인물을 알기 위해서였다.

칼이 잠시 걷자 거기에 핀이 나타났다.

칼은 한순간 부루퉁한 표정을 지었지만, 핀과 같이 있는 미아의 모습을 보고 미소를 지었다.

하지만 이내 또다시 언짢아졌다.

항구에서 서로 떨어지지 않도록 핀과 미아가 손을 잡고 있었기 때문이다.

핀도 칼의 얼굴을 보더니 몹시 싫은 표정을 지었다.

미아가 칼을 알아차리고 크게 손을 흔들었다.

"할아버님!"

미아의 순진무구한 미소를 보고, 칼은 번뜩 정신이 들어 표정을 가다듬었다. 핀에게 향한 불쾌함을 지우고 미소와 상냥한 어조를 유념했다.

"오오, 미아야. 건강히 지내고 있었느냐?"

"네!"

뛰어온 미아가 칼을 앞에 두고 마치 꼬리를 흔드는 강아지처럼 기뻐했다.

그 모습에 칼이 진심으로 힐링 받고 있었더니, 방해하는 남자가 한 명.

핀이다.

"뭐 하러 왔지, 할아범?"

할아범이라 부르는 핀에게 칼은 무표정한 얼굴을 향했다.

"애송이 주제에 우쭐거리지 마라."

핀을 시건방진 애송이로 취급하는 칼이라는 남성은 미아에게 친숙한 인물이었다.

미아가 둘 사이에 끼어들었다.

"두 사람 다, 싸움은 안 돼요! 할아버님도 기사님한테 애송이라니, 실례예요. 기사님도 할아버님이 모처럼 와 주셨는데 너무해요."

미아한테 실례인 태도를 힐난 받자, 칼은 조금 당황하며 사과했다.

"하하하, 확실히 애송이라고 부르는 건 실례였구나. 이 녀석도 일단은 기사였지."

"일단이고 뭐고, 네가 정한 거잖냐. 말해 두겠다만, 나는 아직 널 용서하지 않았어."

팔짱을 끼고 불쾌한 표정을 짓는 핀 옆에는 어처구니없다는 표정의 브레이브가 있었다.

이대로는 이야기가 진전되지 않는다고 생각했는지 칼에게 물었다.

『그래서 화—— 할아버님은 뭘 하러 이 나라에 온 거야? 왕국에 올 예정은 없었을 텐데.』

칼은 미아를 일별하더니 그녀의 머리에 손을 얹었다.

칼이 머리를 쓰다듬는 손길을 미아가 기쁜 듯이 받아들이고 있는 사이에, 작은 목소리로 핀과 브레이브에게 말했다.

"──뭐, 여러 가지로 확실히 봐두기 위해서다."

◇

학생 기숙사에 돌아오니 시간이 오후 3시를 넘어있었다.

나는 무거운 옷을 벗으며 오늘 있었던 일을 약혼자 세 사람에게 이야기했다.

노엘──【노엘 질 레스피나스】는 금발을 사이드 포니테일로 묶은 헤어스타일이 특징적인 여자다.

끝부분으로 갈수록 핑크색이 진해지는 머리카락을 오른쪽에서 묶은 헤어스타일이다.

"그냥 전부 다 빼앗겠다는 말이잖아. 그런 걸 누가 받아들여?"

노엘은 양손을 허리에 댄 채 불만을 숨기지 않고 중얼거렸다.

화내고 있다는 게 태도로 드러난다.

그러자 큰 가슴 밑으로 팔짱을 낀 안제──【안젤리카 라파 레드글레이브】가 무표정한 얼굴로 노엘에게 설명했다.

냉정해 보이지만, 빨간 눈동자가 평소보다도 힘차 보였다. 그녀 역시 상당히 화내고 있는 듯했다.

"애초에 대화할 생각이 없다고 말하러 온 거다. 조건을 받아들여도 결국 라셀은 쳐들어오겠지. ──여전히 잘난 듯이 내려다보는 자세라 불쾌하군."

라셀은 여러모로 호르파트 왕국을 깔보고 있는 듯했다.

안제도 몇 번인가 겪은 적이 있는지, 그들의 태도를 떠올리면서 화를 냈다.

나는 상의를 벗어 옷걸이에 걸치고, 사자가 말한 조건 이야기를 억지로 끝냈다.

"그것보다도 나라에서 정식으로 의뢰가 왔어. 내가 프레이저령으로 가줬으면 하는 모양이야."

정식 의뢰라는 말에 안제가 잠깐 놀란 표정을 지었다. 곧바로 진지한 표정으로 바뀌었지만, 아무래도 영 이해할 수 없는 모양이었다.

"리온을 라셀과의 국경에 두는 건가? 나쁘지 않은 방법이지만, 밀렌 님이 책략이라고 하기에는 납득이 안 가는군. 누구의 명령이지?"

안제에게는 이게 밀렌 씨가 생각한 명령 같지 않은 모양이었다.

"——밀렌 씨야."

그 말에 안제는 곧장 생각에 잠겼다. 그녀 옆에서 걱정스러운 표정을 지은 리비아가 내게 시선을 향했다.

"저기—— 프레이저령이라고 하면 후작님의 영지죠?"

프레이저 후작가.

라셀 신성 왕국과의 국경을 맡은 왕가의 분가로, 강대한 부유섬을 소유한 레드글레이브 공작가와는 달리 대륙에 영지를 지니고 있었다.

여러 부유섬에 요새를 건조하여 국경을 단단히 수비하고 있다는 듯하다.

안제가 생각을 멈추고 리비아의 질문에 답했다. 호르파트 왕국의 사정에 자세하지 않은 노엘에게도 알려주고 싶은지, 노엘 쪽으로 몇 번인가 시선이 향했다.

"왕가의 피를 이은 프레이저 후작가는 오랜 세월 동안 라셀과의 국경을 지킨 가문이다. 지금도 녀석들의 상륙을 저지하고 있을 테지만—— 라셀이 지닌 비장의 수에 제법 곤경을 겪고 있다고 하더군."

라셀이라는 적국과 오랜 세월 동안 싸워왔지만, 역시나 모조마장을 상대로는 불리한 모양이었다.

그런 상황에서도 국경이 유지되는 건 왕국의 지원이 있기 때문이다.

노엘이 설명을 듣고 안도하여 미소를 띠었다.

"그래도 지금까지 계속 지켜냈다는 거잖아? 제법 믿음직하네."

노엘이 보기에 프레이저 가는 의지가 되는 가문인 듯하다.

——나는 불안하지만 말이지.

안제가 이마에 손을 대고 고민스러운 표정을 짓고 있었다.

"확실히 잘 버텨 주고 있지만, 그건 왕국에서 매년 막대한 지원을 받고 있기 때문이다. 덧붙이자면 라셀을 사이에 낀 맞은편에는 레파르트 연합 왕국—— 밀렌 님의 조국이 있다."

그 말을 듣고 노엘도 왠지 모르게 이해한 듯하다.

"지금까지는 양쪽에서 힘을 합해서 억눌러 두고 있었구나."

"라셀은 레파르트의 영토도 노리고 있으니까 말이다."

노엘은 생각에 잠기더니, 뭔가 번뜩였는지 밝은 표정을 지었다. 그대로 몇 번인가 고개를 끄덕이고는.

"알겠어! 거기에 리온을 두고 라셀을 완전히 억제하려는 거구나! 그동안에 다른 나라를 어떻게든 하는 거지. 응, 어쩐지 잘 될 것 같아."

손뼉을 치며 "정답이지?"라며 미소 짓는 노엘은 귀엽지만, 안제의 표정은 밝지 않았다.

"뭐, 그것 자체는 나쁘지 않겠지……."

리비아는 안제의 표정에서 뭔가 문제가 있다는 걸 눈치챈 모양이다.

"문제가 있나요?"

안제는 내가 프레이저령으로 가는 의미를 알려주었다.

거기에는 밀렌 씨에 대한 불신감이 있는 모양이다.

"이건 왕국 최강의 전력을 한곳에 집중적으로 투입하는 선택이다. 지금 왕국에 달리 남은 전력이 별로 없다는 걸 생각하면, 다른 국경 귀족들은 도와주지 않겠다는 의미나 마찬가지이지."

구 판오스 공국의 전쟁으로 받은 피해는 컸다.

단기간에 몇 번이나 소동이 계속되어, 왕국의 전력은 계속 깎여나갔다.

그에 대한 보충조차 만족스럽게 이루어지지 않은 상황에선 국경을 지키는 귀족들은 불안할 것이다.

──여하간 도움을 요청해도 응하지 않을 가능성이 있으니까.

문득 안제의 시선이 나에게 향했다.

제법 나를 걱정하고 있는 듯했다.

"그 밖에도 문제가 있다. 여차할 때 라셀에 쳐들어가는 건 리온이겠지. 그렇게 되면 격전이 벌어진다."

격렬한 싸움이 기다리고 있을 거라는 말을 듣고 리비아와 노엘이 고개를 숙였다.

그 가능성은 생각하고 있었겠지만, 안제가 입 밖에 내서 말했기 때문에 두 사람은 재확인하는 모양새가 되었다.

걱정해 주는 건 기쁘지만, 슬픈 표정을 지어도 난처하다.

나는 머리를 긁적이고 세 사람을 안심시키려고 일부러 가벼운 태도로 말했다.

"걱정할 것 없어. 밀렌 씨도 쳐들어갈 가능성은 적다고 했으니까."

그 말을 듣고 리비아와 노엘의 표정이 밝아졌지만, 안제 쪽은 놀라고 있었다.

믿을 수 없다는 표정이었다.

"밀렌 님이 정말로 그렇게 말한 건가? 너한테 공격을 지시할 생각이 없다고?"

"맞아. 그렇지, 루크시온?"

내 오른쪽 어깨 부근에 떠 있던 루크시온에게 묻자 평소대로의 어조로 대답했다.

『예. 밀렌은 마스터를 이용하여 라셀 신성 왕국을 억눌러 둘 생각입니다. 저의 힘을 사용하여 멸망시킬 생각은 없다고 말했있습니다.』

루크시온이 착각할 리가 없다. 그걸 알고 있는 안제는 입가를 손으로 가렸다. 표정이 제법 초조해 보였다.

"그분의 조국은 라셀한테 오랫동안 시달려 왔다. 라셀을 제거할 기회가 있다면 망설이지 않으시겠지. 그런데 리온을 이용하지 않겠다고?"

안제의 낌새가 이상했기에 노엘이 거들었다.

"그 뭐랄까, 리온은 왕비님의 마음에 들었잖아? ──나로서는 좀 그렇지만."

왕비님 마음에 들었다는 사실이 노엘한테는 용납이 안 되는 모양이다.

부루퉁한 표정으로 날 일별하면서 그대로 계속했다.

"어쨌든 그럼 리온이 계속 싸워서 너덜너덜해졌다는 것도 알고 계시겠지. 그래서 그다지 무리를 시키고 싶지 않았던 거 아닐까?"

그 발언에 나는 감동하여 입가를 손으로 눌렀다.

"밀렌 씨가 내 몸을 걱정해서! 어쩌지, 엄청나게 기뻐!"

눈물을 글썽거리고 있었더니, 나를 본 세 사람의 얼굴이 무표정했다.

그 무표정에서 화내고 있다는 게 전해져 온다.

노엘이 무표정한 얼굴을 멈추고 미소를 짓더니, 씨익 웃는 얼굴로 날 봤다.

"제법 기뻐 보이네. 여기에도 세 명이나 리온의 몸을 걱정하는 약혼자가 있는데 말이야."

리비아도 광채가 사라진 눈으로 날 바라보았다.

"리온 씨는 왕비님을 정말 좋아하니까요."

안제는 한쪽 눈썹 끝을 추켜세운 채 뺨을 씰룩거리고 있었다.

"——이 바보 녀석이."

"죄, 죄송합니다."

내가 시선을 피하자, 못 말린다는 듯이 루크시온이 빨간 렌즈를 좌우로 내저었다.

『조금은 성장했나 싶었습니다만, 아무래도 착각이었던 모양이군요. 어째서 같은 실수를 반복하는 걸까요.』

내 실수를 힐난하는 루크시온에게 이 자리를 모면하고자 받아쳤다.

"같은 실수를 반복하는 게 인간이잖냐."

『실수에서 배우고, 발전하는 게 인간입니다.』

견해의 차이로구만.

◇

리온과 엇갈려서 왕궁에 온 건 【에리카 라파 호르파트】였다.

호르파트 왕국 제1 왕녀이자 전생에서는 마리에의 딸── 즉, 리온의 조카라는 특수한 위치에 있는 인물이다.

마리에와 마찬가지로 볼륨이 있어서 부드럽게 부풀어 오른 머리카락.

차이는 마리에가 금발인 것에 반해 에리카는 흑발이라는 점이다.

기미나 잡티 따위 존재하지 않는 피부는 반짝여 보였다.

평소에는 다정해 보이는 표정을 짓는 에리카였으나, 지금은 약간 날카로운 표정을 짓고 있었다.

눈앞에는 무표정한 얼굴로 책상과 마주한 밀렌이 있었다.

밀렌의 집무실에 불려온 에리카는 전달받은 말을 입 밖에 내어 따지며 물었다.

"저와 어머님이 엘리야의 본가로 가는 건가요?"

잘못 들은 것이라면 좋겠다는 바람은 밀렌의 사무적인 대답에 산산이 깨어졌다.

"그렇게 말했습니다. 곧바로 출발 준비를 하도록 하세요. 상황에 따라서는 그대로 출가해 줘야겠어요."

출가(出嫁)── 즉, 프레이저 가에 시집보내겠다고 말하고 있다.

에리카도 왕녀로서 교육을 받았고 전생이라는 경험도 가지고 있다.

왕족의 결혼에 자유 따위 없는 시대라는 걸 이해하고 있지만, 너무나도 갑작스러운 이야기에 이해가 쫓아가질 못하고 있었다.

“전쟁이 시작되는데도 말인가요?”

“전쟁이 시작되기 때문입니다. 왕가는 프레이저 가를 저버리지 않았다고 내보일 필요가 있어요.”

라셸과의 전쟁이 시작되면 제일 가까이에 있는 프레이저 가문이 가장 큰 피해를 받을 것이다.

그런 프레이저 가문이 안심하고 싸우기 위해서는 호르파트 왕국의 지원이 불가결하다.

에리카의 출가는 프레이저 가에 왕가가 진심임을 내보이는 의미가 강했다.

밀렌은 펜을 멈추고는 작게 한숨을 내쉬었다.

시선은 서류에 떨군 채, 에리카의 얼굴을 보려고 하지 않았다.

지독한 어머니처럼 보이기도 하지만, 에리카는 밀렌의 심정을 알아차릴 수 있었다.

‘딸에게 대한 떳떳지 못한 마음이 있는 거려나.’

밀렌도 어머니이기에 격전지가 될 장소에 딸인 에리카를 시집보내는 것을 괴로워하고 있는 모양이었다.

혹은, 정치의 도구로 삼는 것을 괴로워하고 있는 것일까?

딸의 얼굴을 쳐다볼 수 없는 밀렌은 그대로 이야기를 계속했다.

“서둘러 준비하도록 하세요. 프레이저령에는 발트파르트 공작의 아인호른급 두 척으로 가겠습니다.”

“두 척이요?”

‘발트파르트 공작? ──지금까지는 리온 군이라고 불렀었는데.’

말에서 리온과 거리를 두려 하는 것이 느껴졌다.

그리고 아인호른급── 리온이 소유한 아인호른과 리코른, 두 척으로 간다는 점도 신경 쓰였다.

"둘 중 어느 한 척은 왕도에 남겨야만 하지 않을까요? 그 비행선은 지금은 왕국을 대표하는──."

거기까지 말했더니, 밀렌이 고개를 들었다.

에리카를 향한 날카로운 안광은 질문을 허용하지 않겠다고 말하고 있었다.

"물러가서 곧바로 준비하세요."

에리카는 입을 다물고 집무실에서 나왔다.

딸의 시선으로 보니, 어머니── 밀렌이 상당히 여유가 없다는 것이 느껴졌다.

◇

"두 척 모두 국경에 간다고? 이봐, 미아의 신체검사는 어떻게 할 생각이지?!"

방과 후의 교실.

나는 여름방학 중의 예정에 관해 핀과 이야기하고 있었다.

미아의 병을 조사하겠다는 약속을 했었는데, 전쟁이 시작되기 때문에 지킬 수 있을 것 같지 않았다.

"설비 자체는 루크시온 본체에도 있지만……."

힐끔 루크시온을 보니, 내 오른쪽 어깨 부근에서 브레이브——
핀의 파트너를 노려보고 있었다.

『마장과 그 파일럿을 태운다니 있을 수 없는 일입니다. 본래라
면 아인호른이나 리코른에도 태우고 싶지 않았습니다.』

구인류가 만들어 낸 인공지능은 신인류가 만들어 낸 마장을 거
절한다.

증오하고 있다고 말해도 좋다.

그건 신인류가 만들어 낸 마장의 코어도 마찬가지였다.

브레이브가 작은 팔을 꺼내 루크시온을 손가락질했다.

『나도 소중한 파트너나 미아를 너희들 고철 부스러기에 맡길 수
없어! 파트너, 이 자식들은 뭔가 꾸미고 있다고.』

서로 노려보는 루크시온과 브레이브를 보고 나와 핀은 큰 한숨
을 내쉬었다.

핀 쪽은 몹시 아쉬워하고 있었다.

"라셀의 바보 놈들 때문에 미아의 병을 치료하지 못한다니——
그런 건 절대로 용납 못 한다."

전쟁이라면 어쩔 수 없다고 분별 짓는 태도도 보이긴 했으나,
그래도 용납할 수 없다며 분개하고 있다.

핀은 미아를 끔찍이 아끼던 만큼, 수수께끼의 병을 치료할 수
있다고 기뻐했었으니까.

그게 불가능해진다고 하면 라셀이 원망스러운 것도 당연하리라.

그래서 나는 핀에게 제안했다.

"그러면 너희도 따라올래? 마침 여름방학에 들어가잖아."

"전장에 미아를 데리고 가라는 거냐."

생각에 잠기는 핀이었으나, 전쟁이 격화되면 유학생 두 명에게는 귀국 명령이 나올 가능성이 크다.

이를 놓치면 다음에 기회가 찾아오는 건 언제가 될지 불명이었다.

나로서도 미아의 병을 치료해 주고 싶었기에 다소 무리하게 되는 건 감수하고 있다.

핀은 깊은 한숨을 내쉬고 나서 결단했다.

"──알았다. 같이 가지."

"미안하다. 가능한 한 휘말리지 않도록 할게."

미안한 마음에 사과하자 핀 쪽이 고개를 저었다.

"부탁하는 건 이쪽이니까 신경 쓰지 마라. 그것보다도 손님이 한 명 있다만, 같이 데리고 가도 괜찮겠나?"

"손님?"

핀은 복잡한 표정을 지으며 내게 손님에 관해 이야기했다.

"뭐, 미아한테는 키다리 아저씨 같은 사람이지. 내가 보기에는 쓰레기 자식이지만."

"그 사람은 쓰레기인 거냐?"

키다리 아저씨에 관해 생각했다.

미아와 아는 사이라는 말은 제국에서 온 것일까?

일부러 호르파트 왕국까지 오다니 제법 행동력이 있는 인물이다.

요 최근 싸움이 계속되고 있는 호르파트 왕국에 오다니 배짱이 두둑한 사람이리라.

"어째서 왕국에 온 거야? 미아를 걱정해서냐?"

핀에게 물었더니, 핀은 대답을 얼버무렸다.

"그것도 있겠지."

"그것도?"

"내 입장에서는 말할 수가 없다. 다만, 민폐는 끼치지 않을 거다. ——아마도 말이지."

"아마도?! 아마도라니, 뭐야! 거긴 분명히 하라고!"

"어쨌든, 주변에 민폐를 끼치는 망할 자식이기는 하지만, 미아가 있으면 얌전하니까 안심해도 된다."

핀의 설명에 불안해지기 시작했다.

◇

왕도 근교에 있는 부유섬 중 하나.

군항으로 사용하는 부유섬으로, 주위에는 비행 전함이 정박 중이었다.

왕족이 사용하는 호화로운 비행선도 이곳에 보관되어 있었다.

하지만 지금은 항구에 아인호른급 1번함 아인호른과 2번함 리코른의 모습이 있다.

군항에 정박하여 화물을 적재하는 중이었다.

군항을 책임지는 높은 군인이 바인더에 끼운 서류를 확인하며 나를 힐끔힐끔 봤다.

불만스러운 듯한 수염 면상의 남자는 추근추근 이기죽거리기까지 해댔다.

"본래라면 왕족분들이 사용하는 비행선은 우리가 관리하는 왕실 전용기가 걸맞다. 그런데 신형이기만 할 뿐인 비행선에 태우다니, 본래는 있어서는 안 되는 일이란 말이다. 하물며 공식적인 방문쯤 되면——."

밀렌 씨와 에리카가 공식적으로 프레이저 가문을 방문하기로 결정되었다.

그런데도 사용하는 비행선이 아인호른이라는 게 그들에게는 마음에 들지 않는 것이리라.

나는 대답하면서도 이야기를 흘려들었다.

"그건 큰일이군요. 그런데 화물 적재는 언제 끝납니까?"

"——아무래도 남의 이야기를 듣지 않는 사람인 듯하군."

상대가 뺨을 씰룩거리는 것을 보며 속 시원해하고 있자, 짐을 든 마리에 일행이 항구에 왔다.

나는 몹시 싫은 표정을 지었다.

마리에가 날 가리키며 고함쳤다.

"거기! 싫다는 듯한 표정 짓지 마!"

"진짜로 싫으니까 그러지. 애초에 왜 네가 이 자리에 있어?"

마리에 뒤를 보니 짐을 든 카라와 카일의 모습이 있었다.

그 뒤에는 유감스러운 모습으로 전락한 전 귀공자들도 있다.

로즈와 마리. 하얀 비둘기와 토끼를 품에 안은【브래드 포우필드】는 이따금 율리우스를 경계하면서 마리에가 동행하는 이유를 내게 이야기했다.

"리온, 우리가 너의 종자── 즉 부하라는 걸 잊은 것 아니려나? 상사가 국경으로 간다면 물론 우리도 뒤따라가야지."

이게 만약 평범한 녀석이 한 대사였다면 조금 감동했을 텐데.

비둘기와 토끼를 안고 있는 녀석한테 그런 말을 들어 봤자, 조금도 마음에 와닿지 않는다.

오히려 이 녀석들한테 내 부하라는 자각이 있었다는 게 놀라울 지경이다.

"부하라면 평상시부터 상사인 나를 공경하라고."

그렇게 말하자 비둘기와 토끼한테 뜨거운 시선을 보내고 있던【율리우스 라파 호르파트】, 전 왕태자 전하가 입가를 닦은 뒤 대답했다.

──이 자식, 브래드의 친구인 로즈와 마리를 먹고 싶어서 군침을 흘리고 있었던 건가?

"공경하고 있지 않나. 요전에도 꼬치구이를 헌상했다고."

"너는 왕자님이지 내 부하가 아니야. 그리고 헌상이라든가 그런 말 하지 마."

완전히 내 부하가 된 왕자님한테 지적해 주자, 율리우스가 정신이 번쩍 든 표정을 지었다.

마치 지금 떠올렸다는 얼굴이었다.

"어? 아, 응."

애매한 대답을 하는 율리우스를 차가운 눈으로 보고 있자, 율리우스와 어릴 때부터 형제처럼 자란 사이인【질크 피아 마모리아】가 율리우스를 거들었다.

"뭐, 마음가짐의 문제입니다. 그것보다 이번에는 평소보다 사람이 많군요."

질크가 주위를 둘러보자 거기에는 왕비인 밀렌 씨와 왕녀인 에리카의 시중을 드는 사용인들이 모여 있었다.

호위 기사나 군인도 있고, 적재된 화물에는 갑옷도 있었다.

왕국군이 정식으로 채용한 갑옷인데, 왕족을 지키기 위해 준비된 로열 가드라 불리는 정예들이 타는 갑옷이다.

【그렉 포우 세버그】가 빨간 머리를 긁적이며 리코른 승선 장소를 봤다.

트랩 앞에는 기사들이 나란히 서서 주위를 경계하고 있었다.

"뭐야, 왕비님과 왕녀님은 저쪽에 타는 건가."

왕비와 왕녀가 타는 비행선에 전 귀공자라고는 해도 남자 놈들은 태울 수 없다.

"당연하잖냐."

리코른에는 크레아레를 배치하기에 문제는 없을 것이다.

마리에가 리코른으로 향했다.

"그러면 난 저쪽이네. 둘 다, 가자."

마리에는 카라와 카일 두 사람을 데리고 리코른 쪽으로 갔다.

에리카와 같이 여행하고 싶은 것이겠지만, 트랩 앞에서 기사들한테 제지당했다.

"당신의 승선은 허가할 수 없습니다."

"어째서야!"

마리에가 기사들과 옥신각신하고 있자, 【크리스 피아 아크라이트】가 내게 말을 걸었다.

"리온, 이야기는 들었다만 정말로 괜찮은 건가?"

"애매한 질문을 받아 봤자 뭐가? 라고밖에 대답할 수가 없네."

"알고 있을 터다."

흘려넘기려 하는 날 노려보는 크리스를 앞에 두고, 나는 손가락으로 뺨을 긁적였다.

표면상으로는 파르트너를 잃은 것으로 되어 있는 내게 아인호른이라는 건 귀중한 전력이다.

그건 왕국으로서도 마찬가지다.

크리스와의 진지한 대화를 듣고, 율리우스까지 끼어들었다.

전 왕자님 나름대로 나라의 앞날에 관해 조금은 생각하고 있는 듯했다.

"네가 두 척이나 거느리고 왕도를 떠나면 국경을 지키는 영주들이 불안해진다. 어머님도 그 정도는 이해하고 계실 터다. 그런 것치고는 비교적 데리고 가는 전력이 적군."

적재된 갑옷이나 이끌고 가는 병사의 수.

그것들은 밀렌 씨와 에리카를 지키기 위해서이며, 라셀에 쳐들어가기에는 수가 적다.

율리우스한테는 이해하기 어려운 모양이다.

나는 대화를 끝내기 위해, 들었던 이야기만을 율리우스한테 알려줬다.

"두 척으로 라셀을 억누르기 위해서라고 들었어."

"정말인가? 그렇다면 어째서 두 척으로 가는 것이지? 하다못해 한 척만이라도 남겨 두고 가야만 한다."

"——내가 어떻게 아냐."

타이밍 좋게 밀렌 씨가 에리카를 데리고 군항에 나타나자, 이 자리에 있기 거북해하는 듯했던 군인은 그쪽으로 뛰어갔다.

나는 리코른에 올라타는 밀렌 씨의 모습을 봤다.

"전부 어머님이 꾸민 일인가."

복잡해 보이는 표정을 지은 율리우스는 이 이상은 무의미하다고 판단했는지 대화를 그만두고, 깊은 한숨을 내쉬었다.

다른 네 사람도 미묘한 표정을 짓고 있다.

그러자 이쪽으로 뛰어오는 발소리가 들렸기에, 우리는 그쪽으로 시선을 향했다.

약간 통통하고 몸집이 작은 소년이 학원 교복 차림으로 뛰어왔다.

짧은 보브컷 은발에 눈은 처진 기미이며 눈동자는 녹색. 사람 좋아 보이는 부잣집 아들을 연상케 했는데, 그건 틀리지 않았다.

1학년으로 생각되는 그 소년은 내 앞에 오더니 숨이 막 끊어질 것처럼 헐떡거리며 자기소개를 시작했다.

"발트파르트 공작님이시지요? 저는 엘리야――【엘리야 라파 프레이저】입니다. 이번에 함께하게 되어――."

엘리야? 이름을 듣고 금방 생각해 냈다.

아직 자기소개 도중이지만, 나는 소리치고 말았다.

"네가 에리카의 약혼자라니, 나는 절대로 인정 못 한다!!"

"예에에에?! 어째서입니까아아아!!"

기겁하며 몸을 뒤로 젖힌 엘리야는 뜬금없이 나한테 미움받아서 곤혹스러워했다.

# ⭐제12화「프레이저 후작가」

아인호른과 리코른이 프레이저 후작령을 향해 출항했다.

두 척의 비행선이 목적지로 향하는 중, 아인호른의 담화실에서는 나와 마리에가 소파에 나란히 앉아 있었다.

낮은 테이블을 사이에 끼고 맞은편에 앉은 것은 긴장하여 몸을 움츠린 엘리야였다.

뭔가 식은땀을 흘리고 있는데, 그런 건 아무래도 상관없다.

나도 마리에도, 위압감을 내며 엘리야를 심문하는 도중이다.

"롤랜드가 인정해도 나는 절대로 인정 못 해."

에리카와 엘리야의 약혼은 나라가 인정한 정식 약혼이다.

더구나 이 약혼 자체도 제법 오래전에 성사된 이야기이며, 애초에 내 허가는 필요 없는 일이다.

하지만 난 잠자코 있을 수 없었다.

에리카는 전생의 내 조카다. 부모님의 임종을 지켜봐 준 마음 착한 조카가 이번 생에서 행복해질 수 있다면, 난 다소 억지라도 관철할 생각이다. 아니, 내가 반드시 행복하게 만들어 보이겠다.

그걸 위해서 난 엘리야를 구석구석 파악해야 한다.

엘리야는 무서워하면서도 내 말에 반론했다.

"그, 그리 말씀하셔도, 이 약혼은 나라에서 정한 것이라……."

"뭐라고! 그럼 나라에서 멋대로 결정했을 뿐이니, 에리카는 좋아하지 않는다는 말이냐!"

"아, 아뇨, 그런 의미가 아닙니다! 폐하께서도 당시에 약혼을 강하게 반대하시며 끝까지 절 인정하지 않으셨다는 말입니다."

즉, 롤랜드의 반대도 무시할 만큼 강력하게 추진된 약혼이었다는 뜻이다.

하긴, 그 녀석이라면 약혼을 반대했겠지. 에리카를 대하는 태도만 봐도 얼마나 아끼는지 알 수 있다.

마리에는 등을 소파 등받이에 기대고 턱을 살짝 들더니 엘리야를 내려다보면서 말했다.

"너, 정말로 엘리야 맞아?"

영문을 알 수 없는 질문에 엘리야의 얼굴에 당혹감이 어렸다.

"예? 그, 그게 무슨…… 철학적인 질문입니까?"

역시 질문의 의도조차 이해하지 못했다.

나는 마리에의 목덜미를 잡아 방 한구석으로 데리고 가서, 엘리야한테 들리지 않도록 말했다.

"바보 같은 질문 하지 말라고."

"그런 게 아니야. 내 이야기를 들어봐, 오빠."

마리에는 무슨 생각으로 그런 질문을 했는지 설명했다.

"내가 알고 있는 엘리야라는 캐릭터는 무척 끔찍한 녀석이었다구. 엄청나게 살찌고 못생겼고, 말투도 기분 나빴어."

"뭐?"

마리에와 둘이서 엘리야를 바라보았다. 엘리야는 영 진정이 안 되는지 안절부절못했다.

확실히 나는 엘리야가 마음에 들지 않지만, 마리에처럼 욕할 정도로 끔찍하게 보이지는 않았다.

나는 마리에한테 얼굴을 가까이 대고 이야기를 재개했다.

"저만하면 말쑥하지는 않아도 평범한 편 아니냐?"

"그게 이상하다는 거야! 게임에서 엘리야는 성격 나쁜 에리카랑 같이 주인공을 괴롭히는 짜증 나는 캐릭터로 나온다구. 바보 같은 소악당이라 에리카한테 언제나 무능하다는 소리나 듣는 녀석이란 말이야."

거기서부터 마리에한테 자세한 이야기를 들어보니, 아무래도 엘리야라는 캐릭터는 다른 사람을 몹시 시기하고 있었던 모양이다.

주인공의 연인── 공략 대상들에게 지독한 열등감을 품고 있어서, 이벤트 때마다 짜증 나게 시비를 걸어 왔다는 듯하다.

"에리카 험담까지 하지 마."

"나도 그럴 생각 없어! 게임에서 그랬다는 말이야."

나는 기억을 더듬다가 이전에 에리카한테서 전해 들었던 이야기를 떠올렸다.

"그러고 보니 에리카가 언젠가 엘리야가 살을 뺐다는 이야기를 했었지."

"살이 빠진 정도가 아니라, 아예 딴 사람이라구. 저 엘리야는 사람 좋아 보이는 도련님이잖아. 내가 알던 엘리야가 아니야. 피부도 깨끗한 게, 뭐라고 할까, 청결감이 있잖아."

본래의 엘리야라는 캐릭터는 이보다 지독할 수가 있을까 싶을 정도로 못생기게 묘사되었다고 한다.

심지어 마리에는 엘리야의 태도도 신경 쓰이는 모양이었다.

"게다가 말이야, 쟤는 후작가의 후계자라고 으스대고 다니지 않아. 학원에서도 나쁜 소문을 들은 적이 없어."

아무래도 마리에는 독자적으로 엘리야를 조사한 모양이었다.

결과, 나쁜 소문은 들리지 않았다는 것 같다.

나는 엘리야에 관한 이야기를 정리했다.

"즉, 그 여성향 게임의 설정보다 잘생겼고 청결해진 것도 모자라, 으스대지 않도록 겸손해졌다?"

──학원에서는 눈에 띄지 않았던 모양이지만, 그걸 빼놓고 봐도 나쁘지 않은 녀석이다.

마리에도 분한 듯한 표정을 짓고 있다.

"깎아내릴 구석이 없잖아……."

우리가 방 한구석에서 머리를 감싸 쥐고 있자, 엘리야가 말을 걸었다.

"저, 저기, 괜찮으신가요?"

우리를 걱정하는 엘리야한테 나와 마리에는 옹졸한 대사를 토했다.

"이걸로 이겼다고 생각하지 마라!"

"에리카와의 약혼이라니, 나는 인정 못 하니까 말이야!"

분한 마음을 품으며 나와 마리에는 담화실을 뒤로했다.

남겨진 엘리야는 그 자리에 가만히 서 있었다.

◇

"큰일이야. 엘리야의 결점이 보이지 않아."

밤의 내 방.

나는 방을 찾아온 노엘한테 낮에 있었던 일을 털어놓았다.

에리카에게 어울리지 않는 걸 증명하고자 엘리야의 결점을 찾으려 했지만, 아무것도 찾지 못하고 패퇴했다.

노엘은 내 침대에 누운 채 손에 얼굴을 얹고 팔꿈치로 받치며, 어처구니없다는 표정으로 한숨을 내쉬었다.

내 행동이 이해가 안 되는 모양이다.

"결점이 발견되지 않으면 좋은 거잖아. 애초에 왜 리온은 왕녀님의 약혼에 참견하는 건데? 리온이 귀여워하는 건 알지만, 약혼까지 참견하는 건 도가 지나치잖아. 육친인 것도 아닌데."

아무렇지도 않게 내뱉은 노엘의 한 마디가 핵심을 찔렀다.

다만, 정답이라고 노엘한테 말할 수는 없기에 나는 이야기를 얼버무렸다.

"정작 육친인 율리우스는 무관심한 모양이지만. 여동생한테 매정한 녀석이야."

"귀족에겐 그만큼 흔한 일인 거겠지. 나도 약혼한 건 다섯 살

무렵이었는걸. 아무것도 모를 때였다고."

노엘은 그렇게 말하며 위를 향한 자세로 눕고는 천장을 올려다봤다.

노엘은 알제르 공화국의 대귀족 출신이지만, 신분을 모른 채 서민으로 자란 시간이 더 길었기에 귀족 간의 결혼에 관해서는 그다지 자세하지 않았다.

나는 작게 한숨을 쉬었다.

"——뭐, 이것도 따지면 집안끼리의 계약에 가깝지."

연애 감정이 아니라, 가문 사이의 관계를 돈독히 하기 위한 계약이다. 개인의 의사는 중요하지 않다.

서로 사랑한다면 문제없지만, 사랑 없는 결혼도 드물지 않다.

전생과는 너무 다른데, 이건 시대 탓도 있는 걸까?

노엘이 다리 반동으로 침대에서 몸을 일으켰다.

그러고는 내게 고개를 향했다.

"그래서 결국 리온은 어떻게 하고 싶은 거야? 왕녀님의 약혼을 파기하고 싶어?"

"그건…… 그렇지 않지만……."

내 목적은 에리카가 행복해지는 것이지, 엘리야의 결점을 찾는 게 아니다.

"무엇보다, 당사자들 의사는 확인했어? 그게 중요한 거잖아. 약혼이 싫다면 생각해 볼 일이지만, 본인들이 납득했다면 그냥 민폐야."

"윽!"

아픈 곳을 찔려 아무 말도 못 하고 있자, 노엘이 이상하다는 듯이 생각에 잠겼다.

"마리에 쨩도 그렇고, 다들 이상하단 말이지. 왕녀님의 결혼을 저지하겠다는 열의가 가득하잖아. 안젤리카랑 리비아도 묘하게 신경 쓰고 있고."

"두 사람이?"

안제와 리비아는 아인호른이 아니라 리코른에 승선 중이다.

이유는 안제가 밀렌 씨와 이야기하기 위해서다.

창밖을 보니 리코른의 모습이 보였다.

하얀 선체에, 아인호른과 같은 특징적인 외뿔을 선수에 지니고 있다.

노엘이 나를 걱정했다.

"왕녀님 이야기만 나오면 리온이고 마리에 쨩이고, 다 시야가 좁아진단 말이지. 안젤리카도 그걸 신경 쓰고 있었는데, 뭔가 이유라도 있어?"

"뭐, 여러 가지로."

대답을 얼버무리자 노엘은 작게 한숨을 내쉬었다.

난감한 듯이 웃고 있으니, 화가 난 건 아닌 듯하다.

"입장이라든가 책임이라든가, 왕녀님도 큰일이네."

"——그러게."

에리카가 프레이저 가문에 시집가는 의미는 크다.

이 혼담을 개인적인 이유로 파기하기에는 주위에 미치는 영향이 너무 크다.

본인이 싫다고 말해 준다면 앞뒤 재지 않고 움직일 수 있겠지만, 에리카는 받아들이고 있었다.

"하다못해 본심을 들을 수 있다면 좋겠는데 말이지."

◇

리코른 담화실에서는 안제가 밀렌과 대화하고 있었다.

"밀렌 님, 어째서 리온을 국경에 배치하는 겁니까?"

왕궁에서의 이번 의뢰에 불신감을 가진 안제는 밀렌의 의도를 가늠하지 못하고 있었다.

밀렌은 리비아가 내민 핫밀크를 한 모금 마시더니 미소 지었다.

"어머, 맛있네."

밀렌은 안제의 질문에 대답하지 않고, 리비아가 준비한 핫밀크를 칭찬했다.

"감사합니다. 저, 저기——."

리비아가 안제한테 시선을 향하자, 밀렌은 작게 한숨을 내쉬고 컵을 테이블에 올려놓았다.

"라셸을 억눌러 두기 위해서예요. 뭔가 이상한 점이 있나요?"

당연한 지휘라고 말하는 밀렌에게, 안제가 흥분하여 일어섰다.

"농담하실 때가 아닙니다! 리온을 왕도에 두고 상황에 따라 국경으로 보내셔야 합니다. 라셸에만 얽매여 있다가는 다른 국경이 위태로워집니다!"

라셸만 억눌러 봤자, 나머지 국경을 지키지 못하면 호르파트 왕국에 커다란 피해가 나오고 만다.

그러니 리온을 중앙에 배치하여 주위를 견제하는 편이 더 좋다.

안제가 보기에 그렇게 하지 않는 것은 태만이었다.

다만, 밀렌은 안제가 한 말에서 그녀가 간과한 커다란 문제를 지적했다.

그건 군사적으로는 작은 문제여도, 안제를 비롯한 약혼자들에게는 커다란 문제였다.

"여전히 흥분하면 시야가 좁아지는군요. 안제—— 아니, 안젤리카. 당신은 중요한 점을 놓치고 있습니다."

"놓쳤다니 무엇을 말입니까? ——헉?!"

그걸 알아차린 안제는 곧바로 입가를 손으로 막았다.

밀렌은 그 모습을 보고 쿡쿡 웃고 있었다.

"당신이 본가를 버리면서까지 지키려 했던 약혼자—— 발트파르트 공작은 전쟁으로 인해 상당히 정신이 쇠약해졌다는 모양이더군요? 매일같이 약에 의존하지 않으면 잠들지 못한다던가?"

안제는 아뿔싸, 하는 표정이 되었다.

'약 이야기는 누구한테서 들었지? 에리카 님? 그게 아니면 율리우스 전하인가?'

안제 역시 리온을 걱정하고 있다.

가능한 한 부담은 줄이고 싶었지만, 그래도 군사적으로 이상한 행동을 취하는 밀렌을 간과할 수 없었기 때문에 캐묻고 있었던 것이다.

딱히 리온이 싸우길 바란 건 아니다.

하지만 지금의 안젤리카가 리온이 싸우도록 만들고 싶어 하는 것처럼 보인 것도 사실이다.

밀렌이 안제를 달랬다.

"공작은 젊은 나이에 영웅이 되었으니까 정신적인 부담이 크겠지. 이번 국경 배치는 프레이저 가문을 안심시키는 의미가 강해. 라셸 역시 공작이 있는데 무턱대고 쳐들어오지는 않을 테니까."

라셸은 리온을 공격했다가 몇 번이나 되레 당한 적이 있다.

그런 그들이 아무런 계책 없이 돌격해 올 거라고는 생각하기 어렵다.

안제는 어떻게든 해서 밀렌의 진의를 탐색할 수 없을까 하고 생각했다.

하지만 '리온을 위해서'라는 말을 들으니 받아칠 수가 없었다.

이 이상 밀렌을 힐난하면 '리온을 억지로 싸우게 할 셈인가?'라는 비난을 들으리라.

안제도 그것만큼은 참을 수 없었다.

'정말로 교활한 사람이다. 내가 싫어하는 것을 잘 알고 있어.'

거짓말이라도 리온을 싸우게 하고 싶다는 말은 할 수 없었다.

안제가 침묵해 버리자, 밀렌이 핫밀크가 든 컵 가장자리를 손가락으로 훑었다.

"이번 싸움에서는 공작한테 부담은 주지 않겠다고 약속할게. 안제나 올리비아 양에게 나쁜 이야기는 아니잖아?"

밀렌이 리비아에게 미소 지었다.

"아, 그게, 저기."

리비아가 대답하기 곤란해하고 있는 것을 보고 안제가 대신 대답했다.

"네, 나쁜 이야기는 아닙니다. 리온이 싸우지 않고 그친다면. 다만, 이런 방식으로 정말 이길 수 있습니까?"

이 전쟁에 이길 생각은 있는 것인가?

그런 물음에 밀렌은 미소를 지우고 진지한 표정을 지었다.

"전쟁은 이기지 않으면 의미가 없다—— 그렇게 가르친 게 누구였는지 잊었어?"

일찍이 안제한테 전쟁은 이기지 않으면 의미가 없다고 가르친 것은—— 밀렌이었다.

◇

아인호른과 리코른이 입항한 건 프레이저 가문이 소유한 작은 부유섬 중 하나였다.

작은 부유섬에는 요새가 마련되어 있고 군항도 정비되어 있었다.

아인호른이 정박한 곳 주위에는 후작가의 병사들이 몰려들어
있었다.

"이게 소문으로 듣던 아인호른급인가."

"진짜 뿔이 달려 있군."

"이 녀석이 공화국을 한 척으로 멸망시킨 비행선인가."

후작가 병사들은 아인호른을 호의적으로 보고 있었다.

항구에서 내려서서 그 광경을 바라보고 있자, 가까이 다가온
루크시온이 상황을 보고해 주었다.

『마스터, 화물 하역이 완료되었습니다. 프레이저 가문에 보낼
보급물자 인도도 끝냈습니다.』

"수고했어."

『——괜찮았던 겁니까?』

"뭐가?"

루크시온의 빨간 렌즈가 바라보는 시선 끝에는 핀과 미아가 있
었다.

군항에 도착하자 미아가 흥미진진한 듯이 주위를 보고 있었다.

그런 미아를 지켜보는 핀은 제법 다정한 얼굴을 하고 있다.

브레이브도 여느 때처럼 두 사람 옆에 있으면서 놀림당하고 있
었다.

다만, 그런 평소의 멤버에 지팡이를 든 초로의 남성이 더해져
있다.

"칼 씨 말이야? 미아를 걱정해서 제국에서 온 사람이야. 게다

가 핀도 아마 괜찮을 거라고 말했었잖아?"

『마장과 관련된 자를 신용하는 건 문제입니다. 그들은 적입니다.』

"너한테는 그렇겠지. 하지만 나한테는 적이 아니야."

불만스러운 듯한 루크시온을 무시하고, 나는 기지개를 켰다.

"그건 그렇다 치고, 학원에 입학하고 나서 계속 싸우고 있네. 1학년 무렵부터 내내 전쟁하는 느낌이 들어."

『실제로 계속 싸우고 있습니다. 역시 전부 싹 없애 버리는 편이 좋지 않겠습니까? 그편이 단기간에 모든 문제를 해결할 수 있습니다.』

"나는 평화를 사랑하는 남자라고. 그런 해결 방법은 선택하고 싶지 않네."

『마스터가 평화를 사랑하고 있어도, 평화는 마스터를 사랑하지 않는 것 같지만 말이지요. 아무래도 짝사랑인 듯합니다.』

"──정말로 한 마디도 안 지고 꼬박꼬박 말대꾸하는 인공지능이구만."

평화가 나를 사랑해 주지 않는다니, 너무 쓸쓸하잖냐.

뭐, 루크시온의 농담은 흘려듣기로 하자.

내가 기다리고 있자, 밀렌 씨와 에리카가 트랩을 타고 내려왔다.

바닥에 깔린 빨간 융단 위를 걷는 두 사람에게 프레이저 후작이 다가갔다.

엘리야와 같은 은발을 지닌 남성은 국경을 지키는 귀족치고는 둥그스름하고 온화해 보였다.

"잘 와 주셨습니다, 밀렌 님, 에리카 님. 당가는 두 분의 내방을 진심으로 환영합니다."

프레이저 후작에게 밀렌 씨가 예를 표했다.

"환대해주셔서 감사합니다. 하지만 지금은 한시가 급한 때. 죄송하지만, 곧장 회담을 시작하고 싶습니다."

도착하고 곧바로 업무를 개시하겠다는 밀렌 씨의 말에 프레이저 후작이 놀란 얼굴이 되었다.

하지만 이내 고개를 끄덕였다.

"물론 괜찮습니다. 그리고, 레파르트 연합 왕국에서 외교관이 도착하였습니다."

프레이저 후작의 말을 듣고 나는 조금 놀랐다.

"레파르트? 밀렌 씨의 고향이지?"

『타이밍이 지나치게 좋군요.』

"——네 걱정이 지나친 거겠지."

밀렌 씨를 비롯한 일행이 이동하기 시작하자, 아인호른에서 내린 엘리야가 내게 달려왔다.

"공작님! 제가 안내해 드리겠습니다!"

내 시중을 드는 건 후작의 후계자인 엘리야였다.

아무래도 프레이저 가문은 이래저래 내게 신경을 쓰고 있는 모양이었다.

"나한테서 점수를 따려는 건가? 유감이지만 그 정도로는 에리카—— 왕녀님과의 결혼은 인정 못 한다."

"그, 그렇습니까."

어깨를 풀썩 떨구며 아쉬워하는 듯한 엘리야를 보고, 조금 말이 지나쳤다고 생각한 나는 머리를 긁적였다.

"그것보다, 얼른 안내해."

"네, 넵!"

◇

밀렌 씨의 제안으로 회담이 앞당겨졌다.

프레이저 가의 회의실로 짐작되는 장소에는 길쭉한 테이블이 놓여 있다.

우리가 거기서 마주 보고 앉은 상대는 프레이저 후작가 사람과 레파르트 연합 왕국에서 파견된 외교관이었다.

잘 정돈된 수염이 특징적인 청결감 있는 남성은 슬림한 체격이라 모델 같았다.

정장을 맵시 있게 입고 머리카락은 올백으로 넘겼다.

나이스한 중년 남성이지만, 시선은 밀렌 씨를 향해 있었다.

그리고 어조에는 어딘가 친근감이 느껴진다.

"오랜만에 뵙습니다만, 밀렌 님은 여전히 아름다우시군요."

"당신은 여전히 아부가 뛰어난 것 같네요."

"진심입니다."

나이스 중년의 말에 미소 짓는 밀렌 씨의 모습을 보건대, 서로 아는 사이임을 알 수 있었다.

다소 부드러운 표정을 지은 밀렌 씨였으나, 인사가 끝나자 본론을 꺼냈다.

"──곧바로 이런 말을 드려 죄송하지만, 레파르트 연합 왕국의 방침을 말씀해주시지요."

밀렌 씨의 표정이 바뀌었다.

조금 전까지 생글생글 미소 짓고 있었는데, 지금은 웃고 있지 않다.

외교관도 분위기가 바뀐 것을 눈치채더니, 농담을 그만두고 표정을 다잡아 고쳤다.

"라셸이 맹주가 된 군사동맹에 동조하는 것은 있을 수 없는 일입니다. 레파르트 연합의 국왕들은 물론, 국민도 받아들이지 않겠지요."

오랫동안 다툰 상대와 손을 잡는 일은 없는 듯하다.

밀렌 씨도 예상했는지 작게 고개를 끄덕일 뿐이었다.

"그렇겠지요."

"지금 중요한 건 우리가 자력으로 이 위기를 극복할 수 있느냐입니다. 가망이 있습니까?"

나이스 중년은 나를 힐끗 보더니 밀렌 씨에게 시선을 되돌렸다.

밀렌 씨는 조금 전과는 딴 사람 같았다.

"문제없습니다. 그걸 위해 비장의 수를 가져왔으니까요."

밀렌 씨가 시선으로 날 가리키자 나이스 중년의 입가에 미소가 어렸다.

"아인호른급이 두 척이나 왔기에 혹시나 했습니다만, 역시 이 분이 발트파르트 공작님이셨군요. 이거라면 본국 의회도 납득할 겁니다."

나는 아무 말도 하지 않았는데, 이야기가 계속 진행되었다.

프레이저 후작은 회담이 생각보다도 순조롭게 흘러가는 게 기쁜 눈치였다.

아무도 둘의 대화를 가로막으려 하지 않았다.

프레이저 후작이 말없이 있는 동안, 밀렌 씨가 이야기를 진행했다.

"그래서, 라셀의 움직임은 파악하고 있겠지요?"

"물론입니다."

나이스 중년이 힘차게 대답하더니 라셀의 움직임을 우리한테 들려줬다.

"현재 라셀은 비행 전함을 수도에 집결시키고 있습니다."

그 이야기를 듣고 밀렌 씨와 나이스 중년 이외의 참가자들이 주위와 수군수군 이야기하기 시작했다.

"수도? 군항이 아니라?"

"보통은 군항에 집결하지 않나?"

"왜 수도에 모이는 거지? 이래서는 마치——."

누군가가 뭔가를 말하려던 순간, 나이스 중년이 조금 전보다도 목소리를 크게 내어 라셀의 목적을 이야기했다.

"──그렇습니다, 녀석들은 수도 방어를 굳히고 있습니다."

군사동맹을 맺고 호르파트 왕국을 주변국과 함께 일제히 공격하자고 해 놓고 정작 방어를 굳히고 있었다.

무슨 생각인 걸까?

주위가 이해할 수 없다는 표정을 짓고 있는 가운데, 밀렌 씨만은 침착했다.

이것도 처음부터 예상했던 것이리라.

작게 손을 들어 주위를 조용히 시킨 뒤 발언했다.

"발트파르트 공작을 두려워하여 방어를 굳힌 것이겠지요. 모든 전력을 동원하여 방어에 전념할 생각인 거예요."

그러자 프레이저 후작이 흥분해서 떠들었다.

"역시 왕국 제일의 영웅이십니다! 발트파르트 공작이 여기 있는 이상, 그 녀석들은 감히 쳐들어올 수 없겠지요! 놈들의 발을 묶어둘 수 있다면, 왕국의 승리는 확실합니다."

다소 낙관적인 분석이지만, 가장 성가신 상대의 발이 묶인 건 사실이다.

뭔가 변수가 생기지 않는 이상은 국력이 더 강한 호르파트 왕국이 승리할 것이다.

물론, 프레이저 후작령 이외의 국경에서는 큰 피해가 나오겠지만.

나이스 중년이 밀렌 씨를 칭송했다.

"역시나 연합 왕국의 공주님이십니다. 이로써 레파르트 연합 왕국과 호르파트 왕국의 평온은 보장된 것이나 마찬가지입니다."

밀렌 씨가 희미하게 미소를 띠며 수긍했다. 하지만 내게는 마치 꾸며낸 미소처럼 느껴졌다.

"함께 이 위기를 극복합시다."

회담이 끝난 후, 밀렌은 프레이저 가의 응접실을 빌려 레파르트 연합 왕국의 외교관—— 나이스 중년인 【이반 소울레 스키라】와 이야기하고 있었다.

이반은 창밖을 바라보고 있었다.

창밖으로 멀리 요새가 지어진 부유섬이 보였다.

아인호른의 모습은 보이지 않았지만, 군항 어딘가에 정박 중이리라.

"아인호른급은 저 두 척 이외에 더 있습니까?"

이반의 질문에 소파에 앉은 밀렌은 무표정한 얼굴로 대답했다.

"현재로서는 두 척뿐이야. 어딘가에 더 숨겨두었을 가능성도 있지만, 그건 별로 중요한 게 아니지."

"그렇군요. 발트파르트 공작이 국경에 있다고 라셸이 믿기만 하면 되니까요."

밀렌은 국경에 리온이 와 있다는 정보가 라셸에 흘러가면 수도에 틀어박힐 가능성이 크다고 보았다.

이반이 밀렌을 보며 의미심장하게 미소를 지었다.

"그건 그렇고, 죄가 많은 분이군요. 소문의 귀축 기사—— 영웅 발트파르트 공이 왕비님께 푹 빠졌다는 이야기를 들었습니다."

밀렌은 작게 한숨을 내쉬었다.

"단순한 소문이야. 으레 남성은 젊은 여자를 더 좋아하는 법이 잖아? 게다가 그는 젊은 약혼자들까지 있어."

미세하게. 정말로 미세하게, 자기가 한 말에 가슴이 아팠다.

작은 바늘로 찔린 듯한 아픔에 밀렌은 미간을 찌푸렸다.

밀렌의 심정을 눈치채지 못한 이반은 유쾌하다는 듯이 말했다.

"어느 쪽이든, 공작을 이곳에 둔 건 쾌거입니다. 조국에 계신 양친께서도 기뻐하실 터입니다."

"그건 기쁘네."

"한데, 다른 곳은 어찌하실 생각입니까? 공작이 이곳에만 들러 붙어 있으면, 다른 곳의 방어가 약해질 수밖에 없습니다. 국경을 지키는 귀족들이 불만을 토할 겁니다."

이반이 호르파트 왕국의 국경을 걱정했지만, 밀렌은 조금도 초조해하는 기색이 없었다.

밀렌도 당연히 다른 국경이 곤경을 겪게 되리라는 건 알고 있었다.

알고도 이 작전을 실행한 것이다.

"전혀 문제없어. 왕국에는 오히려 그 상황이 더 좋아."

단언하는 밀렌을 보고 이반은 살짝 목을 움츠렸다.

"여전히 무서운 말씀을 하시는군요. 밀렌 님이 연합 왕국에 남아 계셨더라면 여왕 폐하라 부르고 있었을지도 모르겠습니다."

◇

담화실.

이 자리에는 평소의 멤버들이 모여있었다.

나와 약혼자 세 명, 그리고 마리에와 유쾌한 동료들, 그리고 핀까지.

다만, 핀은 소파에 앉아 묵묵히 이야기를 듣고 있을 뿐, 우리의 전쟁에 뭔가 의견을 말할 생각은 없는 듯했다.

이 전쟁과는 무관한 쪽이기에 그편이 고맙다.

"말도 안 돼! 절대로 있을 수 없어!"

브래드가 소리쳤다.

브래드의 본가는 변경백── 즉, 국경을 지키는 귀족이다. 변경백은 백작가보다 높은 작위로, 규모도 후작가나 공작가에 버금간다.

그들에게 그만한 영지를 주는 이유는 그들이 자기 손으로 국경을 지키게끔 하기 위해서다.

국경 수비에 관해서는 우리 중에서 브래드가 제일 자세했다.

회의 결과를 전하자 브래드는 혼자서 초조해했다.

손짓 몸짓을 해가며 이 상황이 곤란함을 우리한테 알렸다.

"왕비님의 판단에 불평하고 싶지는 않지만, 이번만큼은 찬성할 수 없어. 리온을 이대로 프레이저 가에 배치하면 다른 국경이 어떻게 될지는 뻔한 일이라고!"

그 이야기를 듣고 크리스가 의아하다는 듯이 말했다.

"그야 쉽지는 않겠지만, 어차피 항시 대비하던 일 아닌가? 왕국의 전력은 리온만 있는 게 아니야. 필요하면 증원도 보낼 수 있겠지."

크리스의 말을 듣고 다섯 바보 중 나머지 멤버는 떫은 표정을 짓고 있었다.

궁정 귀족으로 자랐으며, 거기다 검 수행을 중시해 온 것이 크리스다.

군사적인 면에서 다른 네 사람보다 견식이 뒤처지는 건 부정할 수 없다.

위기감은 가지고 있지만, 브래드가 당황할 정도는 아니라고 생각하고 있는 모양이다.

브래드가 크리스에게 고함쳤다.

"리온이 움직이지 않는 걸 알면 적은 망설이지 않고 전력으로 쳐들어올 거라고! 그것도 일제히! 왕국이 정말 모든 전장을 지원할 수 있다고 생각해?!"

"아, 아니. 그건 무리겠지."

"문제는 그것만이 아니야."

브래드가 소파에 앉더니 양손으로 얼굴을 덮었다.

"——왕국에 버림받았다고 생각하면, 그들 중에서 반드시 배신자가 나올 거야."

브래드가 단언하자 안제가 입을 열었다.

"진심으로 하는 소린가? 왕국을 배신까지 해가며 리온을 적으로 돌리는 상황은 생각하기 어렵다만."

"왕국에 버려졌다는 생각이 들면 자연스럽게 그리될 거야. 적한테 의미 없이 죽을 바에야, 조금이라도 연명하는 길을 선택하는 거지. 전쟁이 시작되고 머잖아 국경을 열어주는 귀족들이 나올 거야. 그렇게 되면 피해가 속절없이 불어나겠지."

브레드는 적이 무혈입성하여 호르파트 왕국을 마구 휩쓸 것이라고 말했다.

소파에 앉아 팔짱을 낀 그렉이 대화에 끼어들었다.

"그러고 보니 국경 귀족들은 적국과 독자적인 소통 경로가 있다고 들은 적이 있다."

국경을 지키면서 적과 소통하는 건 여지없는 배신행위다.

그러나 국경 귀족들도 할 말이 있는지, 브레드가 그들의 심정을 대변했다.

"적대관계라고 해도 교섭이 필요한 때가 있어."

포로를 잡았을 때는 몸값 지급이나 포로 교환이 필요하다.

상황에 따라서는 대화도 필요한 것이다.

그럴 때를 위한 연결고리일 테지만, 다른 이가 그걸 보면 적과 내통하는 것처럼 보일 거다.

그렉은 불만스러운 표정이었다. 그는 적과의 연결고리를 가지는 게 용납되지 않는 모양이었다.

한편 율리우스는 단순한 그렉보다 유연하게 받아들였다.

"국가도 상황에 따라서는 적국과 대화를 하지 않나. 지금 문제는 그게 아니라 어머님의 판단 근거다. 어째서 이런 상황에 리온을 여기 둔 건지 신경 쓰이는군."

내가 어디에 있는지로 상황이 크게 변한다는 건 그다지 기쁘지 않은 이야기였다.

루크시온이 날 놀렸다.

『마스터한테 이리저리 휘둘리는 국가가 불쌍하군요. 우스꽝스럽다고도 말할 수 있겠습니다만.』

"내 책임이 너무 무거운데."

책임의 무게에 넌더리를 내자, 그게 표정에 드러났는지 리비아가 팔꿈치로 가볍게 찔렀다.

"리온 씨, 조금 더 진지하게 임해 주세요."

내가 입을 다물자 질크가 밀렌 씨의 본가에 관해 이야기했다.

"왕비님의 본가는 레파르트 연합 왕국의 맹주국입니다. 본래 역할은 연합의 의회장이지만, 실질적으로는 연합에서 최고의 권한을 가졌죠."

노엘이 입을 열었다.

"알제르랑 비슷하네."

질크는 노엘에게 미소 지으며 차이점에 관해 이야기했다.

"말이 의회제이지, 맹주가 다스리는 거나 마찬가지입니다. 왕비님에게는 사실상 연합 왕국 전체가 고향인 것이지요."

노엘이 고개를 갸웃했다.

"그래서?"

"조국을 위해서라면 다소 왕국에 피해가 나와도 상관없다고 생각하실 가능성도 부정할 수 없습니다."

질크의 말을 듣고 방 안에 있는 전원이 질크를 노려봤지만, 그는 조금도 신경 쓰지 않았다.

율리우스가 질크를 나무랐다.

"말이 지나치다. 어머님께 왕국은 제2의 고향이라고."

"저도 그렇기를 바랍니다만, 왕비님의 행동을 이해할 수 없는 것도 사실입니다."

질크는 부드러운 말투로 반론했다.

그는 궁정 귀족의 시선이 어떤지 이야기했다.

"국경 귀족들은 큰일이겠지만, 궁정 귀족들은 오히려 기뻐하고 있겠지요."

그러자 질크와 마찬가지로 궁정 귀족 집안 출신인 크리스가 얼굴을 찌푸렸다.

그의 말이 불쾌했는지 목소리가 조금 컸다.

"너랑 똑같이 취급하지 마라. 나는 이 상황에 마음 아파하고 있다."

"크리스 군은 상황을 전혀 모르는군요. 궁정 귀족에게 지방 영주 귀족은 잠재적인 적입니다. 구 공국과의 전쟁만 봐도 알 수 있지 않습니까."

호르파트 왕국이 영주 귀족을 꾸준히 견제했던 건 사실이다.

크리스도 반론할 말이 없는지 입을 다물었다.

질크는 이 상황을 타개할 방법을 아는지, 마치 명탐정이라도 된 양 담화실을 천천히 걸으며 왼손으로 오른쪽 팔꿈치를 잡고, 오른손으로는 턱을 매만지며 온갖 여유를 부렸다.

태도가 몹시 짜증 나는군.

"이 전쟁에서 '무사히' 이겼다고 가정해봅시다. 왕국은 언제 배신할지 모르는 영주 귀족들을 여전히 품고 있겠지요. 즉, 궁정 귀족들에게 이 전쟁은 적과 영주 귀족들의 힘을 한꺼번에 깎아낼 좋은 기회인 겁니다."

궁정 귀족인 질크가 말하니 설득력이 커지는군.

그러나 국경을 지키는 영주 귀족 출신인 브래드는 그런 태도에 화가 치미는 모양이었다.

"그렇게 왕가만을 우선하니까 이 꼴이 된 거잖아!"

질크는 웃으며 사과했다.

"저도 궁정 귀족 출신이라 귀가 따갑군요. 국경을 지키는 브래드 군의 본가를 생각하면 마음이 아픕니다. 자, 그래서 이걸 어떻게 해결할지인데——."

그때, 질크의 말을 자르듯 배곯는 소리가 났다.

묘하게 선명하게 울린 꼬르륵 소리에 난 맥이 빠졌다.

팽팽하게 긴장되었던 분위기가 한순간에 무너지자, 그렉이 일어섰다.

"이럴 때 꼬르륵 소리를 내는 건 누구야? 좀 더 긴장감을 가지라고."

그렉이 범인을 찾아 시선을 돌리자, 누군가가 고개를 숙이고 손을 들었다. 범인을 본 그렉의 얼굴이 당혹감으로 물들었다.

자연스럽게 모두의 시선이 손을 든 범인에게 쏠렸다.

마리에는 뺨을 씰룩거리며 시선을 돌리더니 창피한 듯이 사과했다.

"미, 미안……."

마리에의 사과에 다섯 바보가 일제히 태도를 바꿨다.

율리우스는 어디선가 앞치마와 머리띠를 꺼내더니 꼬치구이 준비에 착수했다.

"내가 나설 차례군. 조금만 기다려라, 마리에. 널 위해 최고의 꼬치를 구워 주마."

"잠깐! 어제도 그전에도 꼬치구이였잖아! 다른 걸 먹고 싶— 아니, 내 말을 들으라구!"

율리우스는 마리에의 말을 들은 척도 안 하고 방을 뛰쳐나갔다.

브래드가 마리에의 손을 잡으며 달랬다.

"부끄러워할 것 없어, 마리에. 너의 배에서 연주되는 음색은 최고야. 나도 널 위해 뭔가 과자를 준비해 올게."

마리에는 뺨을 씰룩거렸다.

그야 배곯는 소리가 아름답다는 말을 들은들 기쁘지 않겠지.

"그, 그래……."

브래드는 미묘한 표정인 마리에를 내버려 두고 달려 나갔다.

다음은 안경을 반짝거리는 크리스였다.

"모두가 먹을 것을 준비한다면 나는 목욕탕을 준비해야겠군. 마리에를 위해 목욕탕에 광을 내고 오지!"

마리에는 크리스의 행동을 이해할 수 없는지 고개를 내저었다.

"미안, 왜 갑자기 목욕탕이 나오는 건지 전혀 모르겠어!"

그러나 크리스도 마리에의 말을 무시하고 그대로 방에서 뛰쳐나갔다.

그 후 그렉이 마리에에게 다가왔다.

아까 긴장감 없다고 나무라던 태도는 이미 온데간데없었다.

"미안했다, 마리에. 하지만 귀여운 소리였어. 널 위해 나는 닭고기를 준비해 오지."

이 녀석이고 저 녀석이고 자기 취향의 물건을 갖추기 위해 방에서 나갔다.

마리에가 멍하니 서 있자, 카일이 위로했다.

"──주인님은 여전히 큰일이네요. 저는 주인님을 동정해요."

마리에의 불쌍한 모습을 보고 있던 카라는 손수건으로 눈물을 훔쳤다.

"이것도 예전보다는 나아진 거지만요."

마지막으로 질크가 발을 뗐다.

"그러면 저도 마리에 씨를 위해 홍차를── 어?"

안제가 방에서 나가려 하는 질크의 소매를 붙잡아 막았다.

"너는 기다려라. 조금 전 이야기가 안 끝나지 않았나. 뭔가 해결책이 있는 것 아닌가?"

웃어넘길 수 없는 쓰레기. 제일가는 비겁자.

다섯 바보 중에서 평가가 가장 낮은 질크였으나, 이럴 때는 은근히 의지가 되었다.

해결책을 듣기 직전이었기에, 이대로 끝내기에는 찜찜했다. 안제도 같은 생각이었을 거다.

"놓아 주십시오. 지금은 마리에 씨가 우선── 부흡!"

방에서 나가려 하는 질크의 뺨을 안제가 손바닥으로 후려갈겼다.

스냅을 살린 뺨따귀에 질크가 바닥에 넘어졌다.

"너무하지 않습니까!"

질크가 항의했으나 안제와 리비아, 노엘은 개의치 않고 그를 도망치지 못하도록 에워쌌다.

"됐으니까 다음 내용을 이야기해라."

"거부합니다. 저는 폭력에 굴하거나 하지 않습니다."

안제가 으름장을 놓자 질크는 기분이 언짢아졌는지 고개를 돌렸다.

내가 마리에한테 눈짓하자 마리에는 한숨을 내쉬며 질크에게 명령했다.

"됐으니까, 얼른 설명해! 신경 쓰이잖아."

마리에한테 압도당한 질크는 마지못한 느낌으로 입을 열었다.

"마리에 씨가 그렇게 말한다면야 어쩔 수 없군요."

질크는 내게 시선을 향하면서 말했다.

"──왕비님을 비롯한 궁정 귀족들이 어디까지 생각했는지는 알 수 없습니다만, 국경 귀족들의 배신을 막을 방법이 있습니다. 이 방법을 쓰려면 리온 군의 함선이 필요합니다."

 "아인호른을?"

 "리코른이어도 상관없습니다. 그리고, 공화국에서 손에 넣은 보주(寶珠)가 있지요?"

 "본가에 보관 중인데, 그건 왜?"

 "라셸을 제외한 연합 소속국들과 교섭할 겁니다."

 교섭하겠다는 말에 안제가 노골적으로 실망감을 보였다.

 "어처구니가 없군. 이미 협상을 시도했다가 실패했다는 이야기를 듣지 못했나?"

 왕국도 라셸과 동맹을 맺은 나라들에 공작을 펼쳤지만, 결과는 좋지 못했던 듯하다.

 하지만 질크는 자신을 가지고 있었다.

 "물론 들었습니다. 그들은 실패했지만, 저라면 성공시킬 수 있다는 말입니다. 우선은 가장 약한 나라부터 파고들어서 동맹을 와해시키면 됩니다."

 나는 팔짱을 끼고 조금 생각하고 난 뒤 답했다.

 "──뭘 준비하면 되지?"

 질크한테 필요한 물건을 물어봤다.

 루크시온은 어이가 없다는 듯이 빨간 렌즈를 좌우로 내저었지만, 제지할 생각은 없는 듯했다.

『질크를 신용하는 겁니까?』

"전쟁을 피할 수 있다면 이것저것 해봐야지 않겠냐."

어째서인지 안제와 리비아, 노엘이 놀란 표정을 지었다.

질크는 진지한 시선으로 날 쳐다봤다.

"그러면 교섭으로 쓸 보주를 여러 개 준비해 주십시오. 그리고 호위도 필요하겠군요. 그렉 군과 크리스 군을 빌려주셨으면 합니다."

그 두 사람이라면 호위에 적임이지.

"그렇게 명령해 두지."

"아, 그리고 브래드 군도 데리고 가겠습니다. 국경 영주 귀족들과의 다리를 놓는 데 도움이 될 겁니다. 브래드 군은 국경을 지키는 귀족들의 심정에 밝으니 상담역으로서 유용하겠지요."

"그건 상관없다만, 그럼 결국 율리우스를 빼고 전부 다잖아."

"아무리 저라도 전하는 부려 먹을 수 없는지라."

"다른 세 명은 부려 먹어도 되고?"

"이 위기를 극복하기 위해서 하는 일입니다. 세 사람도 일해야지요."

나는 작게 한숨을 내쉬었다.

질크의 요구를 들어주는 건 마음에 들지 않지만, 이번에는 별수 없다.

"알았어. 전부 준비해 주지. 세 명 다 실컷 부려 먹어."

그러자 질크는 조금 생각에 잠기더니, 날 보며 미소를 띠었다.

"뭐야? 남 얼굴을 보면서 히죽히죽하고는."

"아뇨, 설마 전부 들어줄 줄은 몰랐거든요. 그럼 저도 상사의 기대에 부응하기 위해 힘내지요."

질크마저 방을 나가자, 리비아가 불안한 듯이 내게 말했다.

"리온 씨, 정말로 괜찮을까요?"

리비아는 질크를 별로 믿지 않았다. 뭐, 지금까지 저질렀던 짓을 생각하면 무리도 아니지.

노엘도 이 결정이 불안한 모양이었다.

"괜찮아? 저 사람은 웃어넘길 수 없는 쓰레기라는 말이 있던데? 실제로 공화국에서도 혼자서만 웃어넘길 수 없는 짓을 했었지?"

안제는 이마를 손으로 누르고 있었다.

"리온의 판단은 존중한다만, 그 녀석은 틈만 나면 쓸데없는 짓을 저지르니……."

혹독한 평가지만, 나는 질크를 믿고 있다.

"밑져야 본전이야. 그리고 걔만큼 만큼 비겁한 녀석도 없잖아?"

루크시온이 그 자리에서 시계 방향으로 한 번 회전했다.

『비겁자를 믿는다는 말입니까?』

"싸움에서 비겁하다는 건 칭찬이다. 네가 했던 말이잖아?"

루크시온은 그 이상의 문답을 그만두고 내 명령에 따랐다.

『──리코른 발진 준비를 진행하겠습니다.』

◇

다음 날 아침.

밀렌은 프레이저 후작가의 성 복도를 걷고 있었다.

초조한지 잰걸음이라서 메이드들이 자꾸 뒤처졌다.

"밀렌 님, 기다려 주십시오!"

밀렌이 서두르는 이유는 아침부터 안 좋은 소식을 들었기 때문이다.

밀렌이 향한 곳은 리온 일행한테 배정된 방 중 하나로, 리온 일행이 휴식이나 잡담에 사용하는 방이었다.

문을 약간 거칠게 열어젖히자 이미 안제가 와있었다.

밀렌의 방문이 뜻밖이었는지 안제는 조금 놀란 표정이었다.

"제 쪽에서 찾아뵐 생각이었습니다만⋯⋯ ."

안제가 그렇게 말하자 밀렌이 타박했다.

"리코른이 항구에서 떠났다는 보고를 받았어요. 설마 공작이 자리를 비운 건가요?"

갑작스러운 보고에 아침부터 밀렌이 직접 확인하러 온 것이다.

이 타이밍에 리코른이 프레이저령을 떠나는 건 밀렌의 계획에 없는 사태였다.

안제는 어깨를 으쓱였다.

"출항 명령을 내린 건 리온이나, 리코른에 탄 건 질크 일행뿐입니다."

밀렌은 리온의 얕은 생각에 화가 났다.

"대체 무슨 짓을! 안제, 어째서 멈추지 않았죠? 라셸을 억누르려면 아인호른급이 두 척 필요하다고 말했지요?"

사전에 두 척 모두 프레이저령에서 한동안 대기한다는 약속을 했었다.

약속을 파기 당한 밀렌의 분노는 정당했다. 하지만 안제의 우선순위는 리온이 먼저였다.

"리온의 판단입니다. 저도 옳다고 생각하여 제지하지 않았습니다."

밀렌은 깊은 한숨을 내쉬었다.

"——그럼 공작은 이 성에 남아 있는 겁니까?"

"예."

"……알겠습니다. 레파르트의 외교관과 프레이저 후작에게는 제가 설명해 두지요."

그렇게 말하며 방을 나가는 밀렌은 미간을 찌푸리며 아랫입술을 깨물고 있었다.

'그의 무른 성격을 잘못 보고 있었어.'

◇

프레이저 가의 객실.

칼이 사용하는 방은 사용인들이 쓸 법한 방이었다.

전생으로 말한다면 비즈니스호텔 같은 방이다.

그곳에 찾아온 핀은 불만스러운 듯한 칼을 보며 웃었다.

"잘 어울리는군, 할아범."

"시끄럽다, 애송이. 나 참, 나를 누구라고 생각하는 건지."

"신분을 숨기고 왔으면서 지위를 들먹이는 건 정정당당하지 못하군. 프레이저 가문을 책망하는 건 번지수가 잘못됐어."

정론을 들은 칼은 불만스러워하는 듯하면서도 입을 다물었다.

핀이 방에 있는 소파에 앉자 칼이 물어봤다.

"그래서, 귀축 기사의 낌새는 어떻지?"

칼의 질문에 핀은 난처한 듯이 대답했다.

"그는 가능한 전쟁을 피하려고 움직이고 있어. ──이봐, 할아범. 나는 그 녀석이 소문으로 들었던 그런 나쁜 녀석 같지 않아. 게다가…… 친구라고."

칼은 시선을 내려, 리온에 관해 이야기하는 핀을 봤다.

"남과 어울리기 싫어하는 네가 친구라 부르다니, 별일이로군. 하지만 판단은 내 몫이다."

핀은 어깨를 으쓱이더니 칼을 놀렸다.

"일을 내팽개치고 이 자리에 있는 주제에."

"한 마디를 안 지는 애송이로구만. 그것보다 미아는 어쩌고 있지?"

"왕녀님과 프레이저령을 관광하고 있어. 쿠로스케가 곁에 있으니까 걱정하지 않아도 돼."

칼은 그 말을 듣고 살짝 미소 지었다.

"그러냐. 호르파트의 왕녀와 같은 나이였지. 사이좋게 지내는 것 같아 다행이군."

기뻐 보이는 칼에게 핀은 학원에서의 미아에 관해 이야기했다.

"이쪽도 나쁘지 않은 환경이야. 미아도 친구가 늘어서 즐거운 모양이고 말이지. 나로서는 왕녀님이 전생자라 놀랐어."

"나도 편지로 그걸 알았을 때는 놀랐다. 나 참, 우리는 무엇을 위해서 전생한 건지……."

# ★제04화 「신성왕의 예상」

라셀 신성 왕국 수도—— 백(白)의 도시.

거대한 호수 가운데 있는 부유섬에는 백악(白堊)의 성을 중심으로 성 아랫마을이 펼쳐져 있었다.

반짝이는 성과 달리, 성 아랫마을은 건물이 빽빽하게 들어차 잡다했다.

사실상 하얗게 반짝이는 것은 성뿐이건만, 그래도 라셀 사람들은 백의 도시라 부르고 있다.

이 성의 주인인 신성왕은 비만 체형에 흰머리와 흰 수염을 기른 노인이었다.

위대한 폐하라 불리는 그는 알현실에서 호르파트 왕국에서 돌아온 사자와 면회하는 중이다.

"호르파트 왕국은 발칙하게도 위대하신 폐하의 자비를 일축하고, 전쟁 준비에 들어갔습니다."

무릎을 꿇고 머리를 조아린 사자의 연극 같은 몸짓에, 알현실에 늘어선 귀족들은 분개한 목소리를 냈다.

"어리석은 놈들이군."

"이래서 천박한 놈들은."

"구제할 도리가 없는 녀석들."

호르파트 왕국을 멸시하는 발언이 오가는 와중에 신성왕은 오른손을 들어 소란을 잠재웠다.

그리고 자랑거리인 수염을 쓰다듬으며 말했다.

"어쩔 수 없지. 그렇다면 우리도 전쟁 준비를 시작하게."

귀족들이 일제히 무릎을 꿇고 신성왕에게 머리를 숙였다.

"옙! 위대하신 폐하의 말씀대로."

◇

알현실을 나온 신성왕은 대기실에서 휴식을 취하고 있었다.

그가 앉은 리클라이너 체어 주위에는 미녀들이 모여있었다.

그는 무거운 왕관을 테이블에 내려놓고, 장식이 많은 옷과 신발을 벗고, 속옷 차림이었다.

시중을 드는 미녀들은 신성왕이 먹을 과일이나 음료를 들고 있었다.

미녀 중 한 명이 과일 껍질을 벗겨 신성왕의 입에 넣었다.

그걸 씹어먹은 신성왕은 방에 온 재상에게 시선을 향했다.

"――그래서, 녀석들의 움직임은 어떻게 되고 있지?"

그는 호르파트 왕국의 동향을 물었다.

그러자 알현실에서는 허풍스럽게 굴던 재상이 전혀 다른 사람처럼 사무적인 태도로 대답했다.

"레파르트의 음험한 공주…… 아니, 밀렌 왕비가 프레이저령에 왕녀를 데리고 왔습니다. 귀축 기사와 녀석의 비행 전함 두 척도 함께 왔습니다."

리암이 왔다는 이야기를 들어도 신성왕은 전혀 당황하지 않았다.

오히려 미소를 띠고 있었다.

"그들이 귀축 기사를 앞세워 침략할 거라고 보는가?"

시험하는 듯한 질문을 던지자, 재상은 난처한 듯이 웃었다.

"그건 그 여자가 용납하지 않겠지요. 그런 단락(短絡)한 성격이었으면 우리가 고생할 일도 없었을 겁니다."

신성왕은 콧방귀를 끼고는 밀렌에 관해 말했다.

"롤랜드도 만만히 볼 수 없는 놈이라 애를 먹었는데, 음험한 공주도 쉽지 않군."

재상도 지긋지긋하다는 듯한 표정을 지었다.

"아직 롤랜드는 이렇다 할 움직임을 보이지 않았습니다만, 지금으로서는 오히려 녀석이 가만히 있는 게 더 불안하군요."

라셀은 의외로 롤랜드를 저평가하지 않았다. 그들에게 롤랜드란 만만히 볼 수 없는 밉살스러운 놈이었다.

다만, 지금 신성왕과 재상이 신경 쓰이는 건 롤랜드가 아니라 귀축 기사라 불리는 리온이었다.

신성왕이 리온에 관해 물었다.

"귀축 기사는 지금 뭘 하고 있지?"

"첩자의 보고로는 밀렌의 지시로 대기 중이라고 합니다. 아무래도 귀축 기사가 밀렌 왕비를 연모하고 있다는 소문이 사실인 모양이군요.”

리온과 밀렌의 관계는 외국에까지 널리 알려져 있었다.

신성왕은 이해할 수 없다는 듯이 중얼거렸다.

“그 음험한 공주를 좋아하는 남자가 있다니, 이해할 수가 없군.”

“동감입니다.”

두 사람에게 밀렌은 여성이 아니라 수없이 시달린 적이었다.

재상이 신성왕에게 확인을 구했다.

“폐하, 예정대로 전력을 백의 도시에 집결시키고 있습니다.”

“음.”

“그리고 동맹국에서 사자를 보내 출진이나 지원을 요청하고 있습니다.”

“핑계를 대서 거부해라. 마침 귀축 기사가 코앞에 왔으니, 귀축 기사를 저지하느라 바쁘다고 둘러대면 되겠군.”

라셀 신성 왕국은 선전포고해놓고서도 공격할 생각이 없었다.

그들은 수비를 굳히고, 프레이저령에 들어간 리온과 이대로 계속 대치할 예정이었다.

재상이 안도의 한숨을 내쉬었다.

“대치가 이어져서 다행이군요. 그 귀축 기사가 날뛰면 현재로서는 막을 방도가 없습니다.”

그러자 신성왕이 입을 크게 벌리며 웃더니, 상반신을 일으키고 몸을 앞으로 숙였다.

"그 음험한 공주라면 그런 멍청한 명령은 내리지 않겠지. 그랬다가는 제국이 움직일 테니까."

'볼데노와 신성 마법 제국'은 대국이라 불리는 호르파트 왕국이나 라셀 신성 왕국보다 훨씬 강대한 나라다.

재상과 신성왕은 밀렌이 바보처럼 제국까지 끌어들일 리 없다고 확신했다.

재상이 입꼬리를 올리며 웃었다.

"아무리 귀축 기사가 강하더라도, 세계를 적으로 돌리면 싸울 수 없겠지요."

제국이 움직이면 종속국을 비롯한 여러 나라가 따라 움직인다.

강력한 로스트 아이템을 손에 넣은 호르파트 왕국을 방치할 수 없다는 명목 아래 수많은 국가가 이 전쟁에 끼어들 것이다.

다만, 그렇다고 해도 재상은 안심할 수는 없었다.

"하지만 만약 세계를 상대로도 싸울 정도의 힘이라면 성가십니다. 보고로 올라오는 귀축 기사의 힘이 저희가 상정한 수준을 뛰어넘고 있습니다."

신성왕도 위기감은 품고 있었으나 재상만큼 초조해하지는 않았다.

"지배할 힘이 생기면 휘두르는 게 인간이다. 그렇게 하지 않는 건, 못 하는 이유가 있기 때문이지. 과한 힘을 손에 넣은 어린아이는 그걸 과시하려 들기 마련이니까."

"예, 로스트 아이템을 얻었으나 도가 지나쳐 불행해지는 옛날

이야기가 많지요."

"딱히 전쟁으로 승패를 가릴 필요는 없지. 놈의 힘이 우리의 예상을 벗어난들, 다른 나라의 힘을 빌리면 그만이야."

"그렇지요. 최근에도 알제르 공화국에서 마석을 수입하지 못해서 국내에 문제가 생기고 있다고 합니다."

신성왕은 재차 등받이에 몸을 기댔다.

"그래. 그러니 우리는 아무것도 하지 않아도 돼. 귀축 기사와 싸우지 않는 게 현명한 거야. 그사이에 제국이 움직이면 더 좋고."

재상이 미소 지었다. 사실은 이미 제국에 공작을 펼치고 있기 때문이다.

"제국도 귀축 기사를 경계하고 있었습니다. 사자들의 이야기로는 이번 전쟁을 주시하고 있다더군요."

신성왕이 눈을 감았다.

"귀축 기사는 너무 날뛰었어. 덕분에 모든 것이 우리 생각대로 흘러가고 있지만."

재상이 동의했다.

"귀축 기사 덕분에 아무것도 하지 않고 승리를 얻겠군요."

커다란 힘을 가졌기에, 리온은 세계의 위협으로 인식되고 있었다.

◇

"이곳이 프레이저령의 자랑거리입니다!"

엘리야가 안내해준 관광지는 거대한 호수였다.

호수 주위는 방호 울타리와 난간으로 둘러싸여 있었다.

마리에는 난간 밖으로 몸을 내밀어가며 호수의 광경을 바라봤다.

엘리야한테 까다롭게 굴던 것도 까먹고 감격에 젖어있었다.

"이게 호수라고?!"

호수 상공에 수백 미터 규모의 작은 부유섬이 있었는데, 그 작은 부유섬 한가운데서 호수에서 물을 빨아올리고 있었다. 호수의 물이 물기둥을 이루며 부유섬으로 올라가고, 부유섬에서 넘친 물이 다시 아래로 흘러내렸다.

그야말로 거대한 천연 분수였다.

나도 절로 감탄이 새어 나왔다.

"대단한 박력이네."

내가 넋을 잃고 보고 있자, 옆에 있던 리비아가 눈동자를 반짝반짝 빛내며 책에서 얻은 지식을 늘어놓았다.

"정말 진귀한 광경이에요! 저만큼 작은 부유섬이 물을 빨아올리는 건 드문 일이에요. 누가 이곳으로 옮겨 놓은 건지, 자연스럽게 흘러온 건지는 모르겠지만요."

안제도 턱에 손을 대며 한마디 했다.

"이곳이 국경 지역이라는 게 아쉬울 따름이군. 내륙에 있었다면 관광지로서 크게 발전했을 텐데."

영주의 시선으로 의견을 내놓은 안제를 본 노엘이 황당한 표정을 지었다.

이 풍경을 보고 관광지 수입을 생각하는 게 어이없는 모양이었다.

"다른 감상은 없어? 감동했다든가."

"하고 있다만?"

"아니, 내 말은 그게 아니라. 저 호수를 좀 봐. 연인끼리 보트를 타고 있잖아."

노엘이 가리킨 쪽을 보니 보트에 탄 연인이나 가족의 모습이 눈에 들어왔다.

배가 하늘을 날아다니는 세계에서 호수에 뜬 보트는 시시했는지 안제가 얼굴을 찡그렸다.

"날지 않는 배에는 그다지 흥미가 없다."

──이게 문화 차이인가? 나에게 배는 물 위에 있는 이미지가 더 강한데.

그러자 노엘이 내 팔을 끌어안았다.

"그럼 둘은 흥미 없는 것 같으니, 나와 리온만 타고 와야겠네. 리온도 괜찮지?"

"딱히 상관없어."

내가 즉답하자, 안제와 리비아가 아뿔싸 하는 표정을 지었다.

"잠깐, 노엘. 이런 일은 순서대로 해야 한다. 너 혼자만 새치기하지 마라."

"노엘 씨는 치사해요."

◇

마리에는 보트를 빌려주는 잔교(棧橋)를 보고 있었다.

리온과 노엘이 보트에 타면서 뭔가 떠들썩하게 이야기하는 소리가 들렸다.

"오빠는 태평해서 좋겠네."

난간에 몸을 기댄 채 리온의 모습을 보며 한숨을 내쉬었다.

그러자 에리카가 곁으로 다가왔다.

"전보다 적극적으로 변하셨네."

"에리카? 엘리야 애송이는?"

마리에가 주위를 경계했으나 엘리야의 모습은 없었다.

에리카가 머리카락을 쓸어올리며 귀 뒤로 넘겼다.

"엄마랑 이야기하고 싶어서 심부름을 부탁했어."

"심부름이라니…… 그래도 일단 후작가의 후계자 아닌가? 그런 걸 시켜도 돼?"

엘리야를 엄하게 대하고 있지만, 마리에는 신분까지 잊은 건 아니었다. 후작가의 후계자는 폐적되기 전의 다섯 바보와 같은 수준이다. 생김새가 온화해 보여서 잊기에 십상이지만, 엘리야도 귀공자다.

그러자 에리카가 쿡쿡 웃었다.

"그렇게 따지면, 나는 왕녀인걸?"

"아, 그렇네."

에리카의 신분이라면 엘리야를 부려 먹어도 농담으로 그친다. 물론 그건 서로의 관계가 양호해서 가능한 일이다. 사이가 좋지 않다면 문제가 되었을 것이다.

에리카는 마리에한테 자기 속내를 이야기했다.

"엄마랑 삼촌이 날 위해서 여러 가지로 힘써 주고 있는 거, 알아."

"응?"

"하지만 전에도 말했듯이, 나는 이미 이 약혼, 결혼을 받아들였어. 그러니까 너무 신경 쓰지 않았으면 해."

"나, 나는! 그래도 나는 에리카가 행복해지길 바라! 좋아하는 상대랑 사귀고, 청춘을 즐기고── 그, 그리고, 그러고 나서……."

전생에 후회가 있는 마리에는 에리카가 행복해지기를 바랐다.

좀 더 평범한 행복을 맛보길 바랐다.

"미래에 신분이 없는 세상이었다면 그것도 좋았겠지. 하지만 나는 이 나라의 왕녀야. 그럴 수는 없어."

"아니야! 오빠가 어떻게든 해줄 거야!"

"응……?"

"에리카는 모르겠지만, 오빠는 항상 뭐든 해결해 줬어. 널 위해서라면 오빠도 온 힘을 다할 거야! 그러니까 포기하지 마!"

에리카는 고개를 숙이고 눈물을 흘리는 마리에한테서 시선을 피하고는, 호수에서 보트에 타고 있는 리온 일행을 봤다.

"나는 행복했어."

그러자 에리카한테 심부름을 부탁받았던 엘리야가 손에 마실 것을 들고 나타났다.

"에리카, 사 왔어!"

멀리서 엘리야가 달려오는 모습을 보고 마리에는 눈물을 닦았다.

그리고 에리카를 봤다.

"정말 이런 남자로 만족해? 더 멋진 남자도 잔뜩 있다구."

마리에가 미남인 남자를 권장하자, 에리카는 난감한 듯이 웃었다. 아무래도 마리에와는 이성에 관한 생각이 다른 모양이다.

"나는 귀엽다고 생각하는데? 그리고, 정말 멋진 남자는 원래 자기 손으로 기르는 거야."

"어?"

에리카는 걸음을 내디뎌 엘리야한테 가까이 다가가며, 마리에한테 말했다.

"그렇잖아? 멋진 남자를 찾기보다, 하나를 붙잡고 자기 취향으로 기르는 편이 훨씬 좋아."

딸의 가치관을 들은 마리에는 엘리야의 변화가 어찌 된 일인지 깨달았다.

'아아, 그렇구나. 이 애가 엘리야를 이만큼 제대로 된 인간으로 길러낸 거였어. 뭐라고 할지, 장래가 두렵다? 아니—— 듬직하다고 해야 하나?'

마리에는 둘의 관계를 인정하고 축복하기로 했다.

그리고 마리에는 가까이 다가온 엘리야한테 말했다.

"너."

"네?"

"──여러 가지로 노력하도록 해."

"예? 아, 네."

◇

보트 위.

노엘과 리비아를 태운 뒤, 마지막은 안제 차례였다.

실은 안제가 가장 먼저 타려고 할 줄 알았는데, 나랑 할 이야기가 있다고 가장 마지막을 골랐다.

안제가 손을 뻗어 수면을 만졌다.

"밀렌 님과 이야기해봤다만, 결국 설득하지는 못했다."

"그렇구나."

나는 노를 저으며 안제의 이야기를 들었다.

"밀렌 님은 지금 몹시 초조해하고 계신다. 조국과 왕국을 위해…… 아니, 왕가를 위해서란 표현이 정확하겠군. 그분은 너를 이용해서 왕가를 반석 위에 올릴 생각이시다."

루크시온도 이 자리에 있었지만, 보트 선수에서 진로 방향을 확인할 뿐, 대화에 끼어들 생각은 없는지 침묵하고 있었다.

"전쟁이니 정쟁이니, 나한테는 무거운 안건들 뿐이군. ──그래서, 리코른을 보낸 건은 아무 말 없으셔?"

"말은 안 하셨지만, 격노하시지 않았을까? 널 상대로 화내지 않았을 뿐이지, 속은 부글부글 끓고 계실 거다."

멋대로 리코른을 출항시켰기 때문에 밀렌 씨가 화났다고 들었다.

하지만 나와 만나면 생글생글 웃으며 잡담을 할 뿐이다.

그게 무척 슬펐다.

본심을 감추고 나한테 신경을 쓰는 게 느껴진다.

아니, 신경을 쓰고 있다기보다 마치 부스럼을 건드릴 때처럼 조심조심하며 두려워하는 건가?

나를 대하는 게 너무 신중하다.

내가 노를 저으며 생각에 잠겨 있자, 안제가 쿡쿡 웃으며 물어봤다.

"밀렌 님한테 미움받아서 침울해졌다면 내가 위로해 줄까?"

"──그런 거 아니야."

"삐치지 마라. 놀리려는 마음도 있었지만, 위로한다는 말도 진심이다. 또 너한테 부담을 주게 될 테니까……."

전쟁이 시작되면 원치 않아도 싸움에 동원되는 것이 기사──귀족이다.

안제는 수면을 보며 밀렌 씨에 관해 이야기했다.

"그분과 네가 지향하는 장소는 다르다. 이대로 가면 언젠가 충돌하겠지. 밀렌 님과 적대할 각오는 있나?"

"되도록 싸우고 싶지 않은데."

우유부단한 대답을 하자, 안제는 한숨을 내쉬었다.

그리고 조금 슬픈 표정으로 날 바라봤다.

"밀렌 님은 네가 생각하는 것처럼 마냥 다정하신 분은 아니다. 만만치 않은 상대라는 걸 잊지 마라."

——어느샌가 나는 밀렌 씨와도 미묘한 관계가 되어 있었다.

이대로 가면 언젠가 정적이 되어 싸우게 될지도 모른다.

"하, 이걸 어쩐다. 안제, 뭔가 해결책은 없어?"

농담조로 물어보자 안제는 물을 손으로 떠서 내 얼굴에 끼얹었다.

안제는 웃고 있었지만, 기막혀하면서도 조금 화내고 있는 모양이다.

"나한테 여자 문제 뒤치다꺼리까지 시킬 셈이냐?"

◇

리온 일행이 프레이저령에서 관광을 즐기고 있을 무렵.

질크는 발트파르트 남작령에서 보주를 챙겨 대(對) 호르파트 왕국 군사동맹을 맺은 소국에 와 있었다.

리코른이 항구에 들어오자 기사들이 올라탄 갑옷이 곧장 에워쌌다.

삼엄한 경비 속에서 질크에게 불만을 숨기려고도 하지 않는 그 렉과 크리스가 뒤따랐다.

질크는 고개만 뒤로 돌려 두 사람을 나무랐다.

"둘 다, 조금 더 진지하게 임해 주시지요. 이건 왕국의 미래와 연관된 중요한 교섭입니다."

그러자 크리스가 불만스럽게 고개를 돌렸다.

"그건 안다만, 왜 네가 대표고 우리가 부하인 거지? 리온이 판 단을 그르쳤어."

그렉은 머리 뒤로 손깍지를 끼고 주위를 이리저리 둘러봤다.

"애초에 이게 의미가 있긴 하냐? 나라라고 부르기도 미묘한 소 국이잖아. 이 나라를 설득한들, 크게 달라지는 건 없을걸."

작은 나라가 동맹에서 빠진들, 연맹에 영향은 없다.

"중요한 건 이제부터입니다. 브래드 군 덕분에 순조롭게 회담 이 이뤄져서 다행이군요."

자기한테 화제가 돌아온 브래드는 긴장한 기색으로 질크 옆을 걷고 있었다.

국경을 지키는 변경백 가문에 태어난 브래드한테는 다른 국경 을 지키는 귀족들과의 연줄이 있었다. 그걸 이용하여 적국에 회 담을 제안한 것이다.

"미안하지만 나도 직접적인 연결은 없어. 교섭이 유리하게 흘 러갈 거라고는 생각하지 마라."

"거기까지는 기대하지도 않았습니다."

"그건 그거대로 열 받네!"

자기한테 의지해도 곤란하다고 말했으면서, 기대하지 않는다고 하니 화를 냈다.

질크가 브래드를 놀렸다.

"브래드 군이 나설 장면은 판오스 공작가와 교섭할 때까지는 없을 겁니다."

"판오스? 설마 헤르트뤼더와도 교섭하려고? 근데 거기는……."

브래드가 복잡해 보이는 표정을 짓자, 질크는 자신감으로 가득 찬 표정을 지었다.

"여전히 적으로 돌아설 가능성이 크지만, 만약 잘 풀리면 협력해 줄지도 모릅니다."

"대체 뭘 믿고 그런 소릴 하는 거야?"

브래드의 의심하는 시선을 받으며, 질크는 앞을 보고 표정을 굳게 다잡았다.

"뭐, 그때가 되면 알게 될 겁니다."

◇

소국과의 회담.

질크는 세 사람을 자기 뒤로 물리고, 소국의 대신과 이야기하고 있었다.

곧장 국왕과 면회하지 않는 건 먼저 사무적인 이야기를 끝내기 위해서다.

평소 호르파트 왕국에 저자세로 나오던 대신도, 상황이 바뀌니 몸을 뒤로 젖히고 거만하게 굴었다.

"호르파트 왕국에서 어린애를 보낼 줄은 몰랐는데. 듣자니 본가에서 폐적당한 방탕한 자식들이라 하지 않은가."

대뜸 빈정대는 대신에게 질크는 미소로 응수했다.

"이것 참, 귀가 따갑군요."

"그래서? 이번에는 어떤 교섭을 할 생각이지? 이전처럼 푼돈으로 연합 탈퇴를 권할 생각인가?"

이전에 온 외교관은 자금을 외교 카드로 쓴 모양이었다.

하지만 상대는 호르파트 왕국에서 약탈하여 한몫 챙길 생각이다. 푼돈으로는 움직이지 않으리라.

질크는 무심코 상대를 비웃으려는 걸 참아가며, 상쾌한 미소를 띠고 교섭을 시작했다.

"전쟁이 시작되면 저의 주군── 리온 포우 발트파르트는 이 나라를 가장 먼저 파괴할 겁니다."

──대뜸 날아든 위협에 놀란 대신은 몇 번이나 눈을 깜박였다.

귀축 기사가 이 나라를 가장 먼저 멸망시키러 온다는 말에 그의 마음이 초조해지기 시작했다.

"허, 허세 부리기는. 본격적인 충돌이 시작되면 라셀이나 대국을 표적으로 삼을 게 뻔하지 않나. 아니, 국경을 넘는 적들을 치는 게 먼저겠군."

그는 질크의 발언을 거짓말이라고 했지만, 여전히 동요를 감추지는 못했다.

질크는 몇 번이나 고개를 끄덕이며 대신의 말을 듣더니, 얼굴에서 미소를 지우고 말했다.

"제 상사가 언제나 버릇처럼 하는 말이 있습니다. '공격할 때는 약한 곳부터'라는 말이죠. 그도 멸망을 바라는 건 아닙니다만, 상황이 이렇지 않습니까? 아마 전쟁이 시작되면 그는 집요하고 철저하게 움직일 겁니다."

대신이 식은땀을 흘렸다.

질크가 손가락을 딱 울리자, 불만스러운 표정을 지은 그렉이 들고 온 짐 상자를 테이블 위에 올려놓았다.

대신이나 관료들은 이미 질크의 말에 압도당했는지 그렉을 제지하지도 못했다.

질크가 상자를 열자 하얗게 반짝이는 둥근 구슬이 들어있었다.

"이, 이건 대체……?"

대신도 관료도 질크 측이 내민 물건이 무엇인지 이해하지 못하고 있었다.

질크는 친절하고 정중하게 설명했다.

"제 상사가 공화국에서 전투를 벌인 끝에 얻은 보주입니다. 모르십니까? 이 보주에는 대량의 마석에 버금가는 마력이 봉인되어 있습니다. 이게 있으면 에너지 문제로 골머리를 앓을 걱정은 한동안 없는 거지요."

공화국에서 리온이 마구 날뛴 이야기를 연상시키며 눈앞에 있는 것이 보주라고 가르쳐 주었다.

대신이나 관료들이 뚫어질 듯이 쳐다보았다.

"이, 이것이 소문의 보주인가……!"

"지금, 이 자리에서 연합 탈퇴를 선언하신다면 이 보주를 양도하지요. 물론 거절하셔도 됩니다만, 그때는 제 상사와 비행선을 맞을 준비를 하셔야 할 겁니다."

관료들은 말문이 막혀 머뭇거렸고, 대신은 눈을 감은 채 눈가를 손가락으로 문지르고 있었다.

◇

리코른 선내.

회담을 무사히 끝낸 네 사람은 식당에 모여 테이블을 둘러싸고 들떠 있었다.

크리스는 여전히 믿기지 않는지 연신 감탄하며 질크의 수완을 칭찬했다.

"왕국의 외교관도 실패한 교섭을 용케도 성공시켰군!"

기분이 좋아진 질크가 성공할 수 있었던 이유를 밝혔다.

"아인호른급을 타고 와서 리온 군의 이름을 꺼내면 그들도 느끼는 바가 있을 수밖에 없지요. 왕국 외교관은 안이하게 그의 이름을 꺼낼 수가 없지 않습니까. 게다가 보주란 선물까지 준비했고요."

질크는 성공하는 게 당연하다는 듯이 떠들었다.

브래드가 날카로운 눈빛을 던졌다.

"리온의 이름으로 협박한 거나 마찬가지네. 그럼 앞으로도 보주를 나눠주면서 같은 방법으로 돌 거야?"

그러자 질크가 이해할 수 없다는 표정으로 고개를 갸웃했다.

"제가 왜 그래야 하죠? 보주가 얼마나 귀한 건지 모르는 겁니까?"

"아니, 네가 이후로도 동맹을 분열시킬 거라고 했잖아."

질크는 깊은 한숨을 내쉰 뒤 이마에 손을 대고 고개를 내저었다.

"그런 아까운 짓은 하지 않습니다. 앞으로 더 나눠준다고 해도 세 곳 정도예요. 그 뒤에는 우리 쪽에 붙은 나라가 있다고 소문을 흘려주기만 해도 알아서 잇따라 배신할 겁니다."

그렉은 질크의 이야기를 듣고 복잡한 표정으로 머리를 긁적이고 있었다.

"이런 일에는 역시 네가 제일이다."

그렉이 복잡한 심경이 담긴 표정으로 말했다.

칭찬으로 한 말이 아니었지만, 질크는 개의치 않았다.

"열렬한 칭찬에 몸 둘 바를 모르겠군요. 이제 몇 군데 더 돈 후에 판오스 공작가로 가지요."

브래드가 고개를 끄덕였다.

"알았어. 먼저 본가에 알려 둘게."

최초의 교섭이 끝나 안도하는 네 사람을 크레아레가 흥미진진한 듯이 관찰하고 있었다.

파란 렌즈가 줄곧 쳐다보자 진정이 안 되는지 질크가 뒤돌아보며 말을 걸었다.

"제게 뭔가 용건입니까, 크레아레 씨?"

일단 신사적인 태도였으나, 크레아레한테는 무의미했다.

『너는 유능한 쓰레기네. 마스터를 이용했으니까 실험체로 삼아야겠다고 생각했는데, 교섭에 성공했으니 용서해 줄게.』

"하하하, 그건 고맙군요. ──예? 실험체?"

평소대로 비아냥이나 비꼬는 말을 흘려들으며 웃던 질크였으나 크레아레의 '실험체'라는 말이 신경 쓰였다.

크레아레는 쾌활한 전자 음성으로 대답했다.

『성전환은 저번에 시험해 봤으니까 다음 실험을 준비하고 있었어. 네가 실험 대상이 되지 않아서 아쉽지만, 마스터의 목적이 달성될 수 있을 것 같아서 기뻐.』

질크를 비롯한 네 사람은 쾌활한 크레아레를 보며 얼굴이 새파래져 있었다.

'이 자식, 우리한테 무슨 짓을 할 속셈이었던 거지.'

# ★제05화「판오스 공작 대리」

판오스 공작가의 성.

무사히 회담 약속을 잡아낸 질크 일행이 성을 방문하자 공작 대리로 일하는【헤르트뤼더 세라 판오스】를 면회하게 됐다.

찰랑거리는 길고 검은 생머리가 그녀의 하얀 피부를 돋보이게 했다.

안제와 같은 빨간 눈동자가 특징적이었다.

이전보다도 분위기가 어른스러워진 헤르트뤼더는 판오스 공작 대리로서 영내를 책임지고 관리하고 있었다.

공주님에서 공작가 당주로. 이전에는 아직 앳된 느낌이 남아 있던 공주님이 지금은 시크한 검은 드레스를 완벽하게 소화해 내고 있다.

"발트파르트 공작은 판오스 가문에 뭘 바라는 걸까?"

헤르트뤼더는 알현실에서 한때 옥좌였던 의자에 앉아, 팔걸이에 팔꿈치를 대고 삐딱한 자세를 취하고 있었다.

그 태도가 질크 일행을 환영하고 있지 않음을 말해 주고 있었다.

질크는 어깨를 으쓱였다.

"공작 대리, 저희는 호르파트 왕국을 위해──."

"거짓말."

질크가 왕국을 위해 교섭하러 왔다고 말하자, 헤르트뤼더가 즉각 그걸 부정했다.

알현실에는 공국 시절의 귀족 외에 호르파트 왕국에서 파견된 주재관의 모습도 있었다.

패배한 판오스 공작가를 감시하는 역할을 맡은 그는 어딘가 좌불안석인 것처럼 보였다.

언제 판오스 공작가가 호르파트 왕국을 배신할지 알 수 없는 것이다.

평소에 거만하게 굴었던 탓에, 언제 죽이려 할지 모른다는 불안을 품고 있는 듯했다.

헤르트뤼더는 오른손을 들더니 전원에게 이 자리에서 나가도록 명령했다.

"이자들과 이야기를 하고 싶어. 전원, 나가도록 해."

그러자 주재관이 제동을 걸었다.

"기다려 주십시오! 그러한 제멋대로인 행동은——."

"나가라고 말했어."

입장이 역전되었기 때문에 주재관은 귀족들한테 이끌려 방에서 나갔다. 귀족 몇이 헤르트뤼더의 몸을 걱정하여 남고 싶다고 말했지만, 이것 또한 각하되었다.

그렇게 해서, 질크 일행만이 알현실에 남겨졌다.

그러자 헤르트뤼더가 자세를 바로 고쳤다.

"잘 왔어. 이대로 오지 않았으면 이쪽에서 찾아갔을 거야."

헤르트뤼더는 미소를 띠고 있었고, 조금 전과는 태도가 달랐다.

곤혹스러워한 질크는 그걸 표정에 드러내지 않도록 애썼다.

"그럼 일단 저희를 환영하신다고 생각해도 괜찮겠습니까?"

"물론이야. 국내에는 지금이야말로 호르파트 왕국을 멸망시키고 오랫동안 쌓인 원한을 풀자고 떠드는 귀족이나 백성이 많지만, 나는 그의 실력을 높이 평가하고 있거든."

눈을 가늘게 뜨고 몸을 뒤로 젖히며 미소 짓는 헤르트뤼더의 모습이 어딘가 요사스럽게 느껴졌다.

질크는 평정을 가장했다.

'주재관한테 시달리면서 여군주의 관록을 쌓은 모양이군요.'

이건 계산에 없던 일이었지만, 교섭은 계속해야만 했다.

"그럼 저희와 협력해 주신다고 봐도 되겠습니까?"

"이게 그렇게 간단한 일이라고 생각해?"

헤르트뤼더는 판오스 공작가의 현 상황에 관해 이야기하기 시작했다.

"라셸 신성 왕국에서 동맹에 가세하라는 서신이 왔었어. 조건이 좋아서 귀족들은 그쪽을 지지하고 있지."

"그거 곤란하게 됐군요. 저희가 할 수 있는 일이 있다면 무엇이든 말씀해 주십시오. 가능한 한 응할 생각입니다."

헤르트뤼더는 팔짱을 끼더니, 옥좌에서 질크 일행을 내려다봤다.

몇 단 높은 계단 위에 옥좌가 있어서 질크 일행은 항상 올려다보는 모양새였다.

"그럼, 왕국으로부터 독립을 요구하겠어. 그리고 자금이 필요해. 군사력도 중요하지. 아인호른급 세 척 정도면 돼. 다른 비행전함도 최소 100척은 준비하고. 물론 보급물자까지 전부."

너무나도 도가 지나친 요구에 잠자코 있던 브래드가 입을 열고 말았다.

"터무니없는 요구로군."

하지만 헤르트뤼더는 여전히 미소를 지우지 않았다.

그녀는 립스틱을 바른 입술에 손을 대더니, 쿡쿡 웃었다.

"그러면 판오스 가문과 적대하려고? 필드 변경백이 우리를 상대하는 데 주력하면 다른 곳의 지원이 소홀해질 텐데?"

"큭!"

브래드가 받아치지 못하고 말을 집어삼켰다.

헤르트뤼더는 질크에게 시선을 되돌렸다.

"그래서 어떻게 할래? 이 정도면 싼 거래라고 생각하는데."

질크는 어깨를 으쓱였다.

"농담이 지나치시군요. 그 요구를 수락하면 당신들은 이번에야말로 진심으로 왕국을 공격할 생각이 아닙니까. 설령 공작 대리께서 가만히 있더라도, 귀족들은 참지 않겠지요."

질크의 예상은 적중한 모양이라, 헤르트뤼더는 솔직하게 인정했다.

"그렇겠지."

"제법 솔직하게 인정하는군요."

"부하들의 의견을 존중하고 있는 것뿐이야. 나는 이길 수 없는 싸움보다 국가 발전에 더 관심이 있거든."

헤르트뤼더 자신이 왕국과의 전쟁에 의욕적이지 않다는 걸 알고 질크는 안도했다.

"그렇다면 판오스 공작가는 라셸에 가담하지 않는다고 단언해 주실 수 있겠지요?"

헤르트뤼더는 겉웃음을 띠더니 질크에게 물었다.

"듣자 하니, 소국들을 돌아다니면서 보주를 나눠줬다지? 우리에게 줄 건 없는 모양이지?"

"워낙 귀중한 물건이라서 말이죠. 이제 남은 게 없습니다."

"그거 아쉽네."

아쉽다고 말하면서도 헤르트뤼더는 미소 짓고 있었다.

"──왕국의 국경을 지키는 귀족들이 판오스 가에 왔었어. 라셸과 교섭 중이라고 하던데."

헤르트뤼더의 말에 질크는 반응하지 않았지만, 감정을 그대로 드러내는 그렉이나 교섭에 익숙지 않은 크리스는 눈에 띄게 동요했다.

헤르트뤼더는 둘을 보며 웃더니 다시 무표정한 얼굴을 질크에게 향했다.

"공짜로 아군이 되라니, 너무 자기 멋대로라고 생각하지 않아?"

"──알겠습니다. 그럼 서둘러 보주를 준비하도록 하지요."

"하나로는 안 돼. 못해도 최소 세 개는 줘야겠어. 그리고 판오스 가에서 가져간 비행 전함을 반환할 것. 아울러―― 주재관들도 모두 철수시켜."

질크는 손가락으로 뺨을 긁적였다.

"유감이지만 제가 맡은 보주는 두 개밖에 남지 않았습니다. 게다가 비행 전함은 왕궁에서 맡은 일이라 제 마음대로 반환할 수는 없습니다. 주재관에 관해서도――."

"그거 봐, 역시 그의 독단이잖아."

호르파트 왕국의 허가를 받지 않은 점을 지적하자 질크는 입을 다물고 말았다.

질크 뒤에 있는 세 사람이 노골적으로 동요하자, 헤르트뤼더가 입가를 가리며 웃기 시작했다.

"좋아. 보주 두 개로 배신하지 않겠다고 약속해 줄게. 단, 비행 전함과 주재관 건은 이 싸움이 끝나면 어떻게든 하도록 해."

"괜찮은 겁니까? 저희가 약속을 지킨다는 보장이 없습니다만?"

질크는 헤르트뤼더의 태도 변화에 곤혹스러워하고 있었다.

헤르트뤼더는 옥좌에 등을 기대고 천장을 올려다보며 중얼거렸다.

"그러면 약속은 지킬 테니까 말이야. ――그리고, 가짜 성녀님 한테도 그때\*는 고마웠다고 전해줘 주겠어?"

질크는 깊이 고개를 끄덕였다.

---

*3권에서 마리에가 헤르트뤼더를 감쌌던 때.–역주

"반드시 전하겠습니다."

"그래. 그리고, 이건 그에게 보내는 선물이야."

헤르트뤼더는 리온에게 보내는 선물로 삼아 줬으면 좋겠다고 말하고는, 자기가 손에 넣은 정보를 질크 일행에게 들려줬다.

◇

밤중에 긴급한 용건이라는 말을 듣고 억지로 깨워진 나는 상당히 언짢은 표정을 하고 있었다.

루크시온이 방의 벽을 스크린 대신으로 삼아 영상을 투영하자, 초조해보이는 질크의 얼굴이 비쳤다.

"이런 밤중에 무슨 용건이야?"

하품하는 내게 질크는 인사도 없이 용건을 전했다.

그 태도가 매우 긴급한 용건임을 말해 주고 있었다.

「왕궁은 국경 귀족과 지방 귀족들을 저버릴 생각입니다.」

"어……?"

질크의 말을 듣고 졸음이 날아갔다. 질크가 무슨 말을 하는 것인지 이해할 수가 없었다.

질크도 설명이 부족했다고 생각했는지, 자세하게 이야기해 주었다.

「왕궁은 이번 전쟁을 이용해서, 배신하는 영주 귀족들을 뿌리 뽑을 생각입니다.」

"어……?"

세력을 깎으려는 건 줄 알았는데, 설마 뿌리 뽑을 작정일 줄은 몰랐다. 그렇게까지 철저하게 할 거라고는 나도 질크도 생각하지 않았다.

"그렇게까지 해서 무슨——."

무슨 의미가 있지? 라는 말을 끝내기 전에, 나는 내 입을 손으로 막았다.

왕궁은 영주 귀족을 두려워하고 있다.

비장의 수단인 왕가의 배를 잃은 데다, 얼마 전까지 레드글레이브 공작가가 찬탈을 꾀하기도 했었다. 어쩌면 지금도 물밑에서 움직이고 있을지도 모른다. 호르파트 왕국은 매우 위태로운 처지다.

내가 왕가 편을 들면 진정될 줄 알았는데.

"——왕궁은 진심이라는 건가."

「정확히 말한다면 왕가겠지요. 왕비님이 손을 쓰고 계실 겁니다.」

"그 이야기는 어디서 들은 거야?"

예상을 벗어난 정보에 놀랐지만, 중요한 건 이게 얼마나 정확한가에 달려있다.

그러자 예상 밖의 이름이 튀어나왔다.

「헤르트뤼더 공작 대리입니다. 리온 군에게 보내는 선물이라면서 알려주더군요.」

"헤르트뤼더 씨가? ——우리를 속이려는 건 아니고?"

왕국과 판오스 공작가 사이에는 쌓이고 쌓인 원한이 있다.

이쪽을 속여서 무언가 이익을 얻을 속셈인 건 아닐까?

그러나 질크는 단언했다.

「그건 아닙니다. 공작 대리가 선물이라고 말할 때 소녀처럼 수줍어했으니까요.」

"소녀라니?"

「둔감하군요. 리온 군에게 반했다는 말입니다.」

"아, 그래."

연애 관계에 관해서는 질크를 조금도 믿지 않는다. 보나 마나 이것도 질크의 착각이겠지.

「전혀 안 믿는 표정이군요. 아무튼 확실한 증거가 있는 건 아니지만, 정보는 사실일 가능성이 큽니다. 조금 전까지 브래드 군이 본가에서 여러 가지로 조사했는데, 꼭 부정할 수만은 없다고 말했습니다.」

이 녀석들도 독자적으로 조사하고 있었던 것이리라. 정보가 올바른지 확인하느라 이런 시간이 된 모양이다.

"——네가 추진 중인 동맹 와해는 순조로워?"

「그건 예정대로 되고 있습니다만, 이대로 계속 진행할 겁니까? 먼저 왕궁의 움직임을 조사하는 편이 좋다고 생각합니다만?」

"일단 동맹의 전력을 깎아두고 싶으니까 지금은 예정대로 움직여. 왕궁 쪽은 내가 어떻게든—— 아니다. 잠깐 기다려 봐."

「왜 그러지요?」

나는 연줄로 정보를 얻을 수 없을지 생각했다.

"클라리스 선배가 궁정 귀족 출신이지? 당주가 현역 대신이고."

그러나 질크의 표정은 그다지 밝지 않았다.

「애틀리 가에 의지하는 건 나쁘지 않은 생각입니다만, 너무 기대면 대가를 요구할 겁니다. 분명 귀찮은 일이 되겠지요.」

질크는 대가를 걱정하는 모양이지만, 다소 돈을 쓰는 건 아깝지 않다.

지금은 한정된 시간으로 얼마나 정확한 정보를 얻을 수 있느냐가 중요하다.

"다소의 무리는 감수해야지."

「……뭐, 본인이 그렇다면 저도 더 말리지는 않겠습니다.」

"너희는 예정대로 동맹 와해를 계속 진행해. 왕궁 문제는 내가 어떻게든 할게."

통신을 끝내자, 루크시온이 내게 가까이 다가왔다. 정위치가 되어 가고 있는 내 오른쪽 어깨 부근에 오더니 빨간 렌즈를 나한테 향했다.

『애틀리 가문만으로는 정보의 정확도에 문제가 발생할 가능성이 있습니다.』

"알고 있어. 근데 내가 의지할 만한 상대가 별로 없잖아. 안제는 본가와 연을 끊었으니까 레드글레이브 가도 의지할 수 없고."

루크시온은 빨간 렌즈를 점멸시키며, 의지가 될 것 같은 상대의 이름을 열거했다.

『그렇다면 제가 자금을 준비할 테니 로즈블레이드 가문을 의지하는 건 어떨는지요? 그 밖에도 도미니크 포우 모트레이 백작도 있습니다.』

"모트레이 백작은 레드글레이브 가문 파벌이잖아. 그런 사람이 우리한테 협력하겠냐."

『마스터의 팬을 자칭하고 있지 않았습니까?』

"아니, 그건 그렇긴 한데……. 뭐, 밑져야 본전이니 편지는 보내 볼까. 그래서, 너는 어떻게 할 건데?"

『지금은 라셀의 정보를 모으고 있습니다. 거기에 에리카와 미아의 몸도 조사해야 하는 상황입니다. ──마스터, 저도 바쁩니다.』

루크시온은 자기는 바쁘다고 말하면서 일부러 내 얼굴에 가까이 다가와 압박을 가했다.

"알았으니까, 가까이 붙어서 위압하지 마."

이렇게 해서, 나는 의지할 수 있는 연줄을 총동원하여 정보를 모으기로 했다.

◇

다음 날 아침.

프레이저 후작가의 성에서 지내던 미아는 아침을 먹기 위해 식당에 와 있었다.

식당에는 사용인들이나 성을 방문한 손님들의 모습이 있었다. 미아 일행도 귀빈 대우가 아니기에 예외는 아니었다.

근처에는 핀이나 브레이브, 칼도 함께 있었다.

미아가 먹는 모습을 보고 칼이 미소 지었다.

아침부터 기운차게 식사하던 미아는 그 시선이 조금 창피했다.

"할아버님, 너무 보지 말아 주세요. 미아도 일단 숙녀라고요."

약간 어른스러운 척 발돋움하는 발언을 들은 칼은 한층 기뻐했다.

"이거 실례했구나. 그런데, 오늘 예정은 있느냐? 딱히 없다면 나랑 같이 관광하는 건 어떻겠느냐?"

미아는 핀의 얼굴을 힐끔 살피고는 고개를 숙였다.

"그, 슬슬 치료에 들어갈 예정이라, 별로 시간이 없어요."

미아는 병의 원인을 찾기 위해 리온의 힘을 빌릴 예정이었다.

칼도 미아의 병을 걱정하고 있었기에 치료 방법이 있을지도 모른다는 이야기에 기뻐했다.

"그렇군. 아쉽지만 어쩔 수 없구나."

"네."

다만, 그때까지 아직 시간이 조금 남아 있다.

미아는 옆에 앉아 있는 핀에게 앉은 채로 상반신을 향하며 얼굴을 약간 붉혔다.

"저기, 기사님!"

"응?"

핀은 매너 좋게 식사하고 있었다. 한편, 핀에게 자기 몫의 아침 식사를 받은 브레이브는 매너 따위는 신경 쓰는 기색도 없었다.

핀과 브레이브가 미아한테 시선을 향했다.

미아는 심장 고동이 빨라지는 것을 느끼며 핀에게 권유했다.

"저, 같이 외출하지 않으시겠어요?"

그 순간 칼의 표정이 몹시 심란하게 변했다.

◇

프레이저가의 호수.

핀은 호수를 관광하며 기뻐하는 미아를 바라보고 있었다.

들떠 있는 모습이 전생의 여동생과 몹시 닮아 있었다.

"보세요, 기사님! 보트가 있어요. 보트! 타 보고 싶어요!"

잔교에 늘어선 보트를 가리킨 미아한테 핀은 미소로 답했다.

"공주님께서 명하시는 대로."

"또 그렇게 미아를 놀리고."

뺨을 부풀리며 고개를 돌린 미아한테, 핀은 웃으면서 대답했다.

"진심으로 그렇게 생각하고 있어. 나한테 미아는 공주님이니까 말이지."

핀은 진심이었다.

미아는 전생의 여동생과 매우 닮았다.

처음 만났을 때는 놀라서 저도 모르게 눈물을 흘리고 말았다. 그런 핀을 걱정하여 뛰어왔을 만큼 미아는 다정한 아이였다.

미아가 얼굴이 빨개진 채 쑥스러워했다.

"기사님의 얼굴을 볼 수가 없어······."

그러자 브레이브가 둘을 보며 못 말린다는 듯이 외눈을 좌우로 내저었다.

『아무래도 좋은데, 탈 거면 얼른 타자고. 파트너! 나는 제일 앞이 좋아!』

제일 앞쪽을 희망하는 브레이브한테 핀은 건성으로 대답했다.

"호수에 떨어지거나 하지 마라."

『안 떨어져! 나 공중에 떠 있잖아!』

셋이서 잔교로 간 뒤, 핀이 대여료를 지불하고 보트에 탔다.

칼은 쌍안경을 손에 들고 핀 일행을 멀리서 바라보고 있었다.

"저 애송이가······. 미아한테 발칙한 짓을 했다간 처형해 주마."

흉흉한 말을 늘어놓던 칼은 누군가가 가까이 다가오는 발소리를 듣고 뒤돌아봤다.

거기에는 리온이 서 있었다.

"어라? 칼 씨였던가? 이런 곳에서 뭐 하고 있어?"

리온의 오른쪽 어깨 부근에 떠 있는 루크시온이 칼한테 빨간 렌즈를 향하며 안쪽 링을 움직였다.

의도를 읽으려 하는 게 느껴졌지만, 칼은 미소를 지으며 응대했다.

"미아가 보트에 타고 있거든. 그 모습을 바라보고 있었다."

겉꾸리는 칼 옆으로 온 리온은 보트에 탄 핀과 미아를 봤다.

"진짜네. 정말 한시를 떨어지질 않는구만. 핀 녀석, 과보호라니까."

리온이 어이없어하자 루크시온이 곧바로 지적했다.

『마스터도 남 말할 처지는 아니지만요. 오늘도 노엘과 함께 있지 않았습니까. 저들 못지않은 과보호라고 생각합니다.』

"——시끄러워."

인공지능과 대화하는 리온을 보고 칼은 흥미가 동했다.

칼이 턱을 매만지면서 둘의 모습을 보고 있자, 리온이 그걸 알아차리고 물었다.

"왜 그래?"

"둘이 제법 친해 보이는구나. 애송이—— 헤링이나 브레이브랑 비슷하지만, 관계가 미묘하게 달라. 이거 흥미롭군."

칼의 평가를 들은 리온과 루크시온은 아무래도 불만스러운 모양이다.

서로 고개를 돌리고 말았다.

"충성심 없는 인공지능이 곁에 있으면 여러모로 고생이라고."

『성격 비뚤어진 마스터를 지닌 제가 더 고생하고 있습니다.』

어딘가 닮은 사이라는 느낌인 둘을 앞에 두고, 칼은 약간 경계심을 풀었다.

그리고 리온에게 최근의 낌새를 물었다.

"이거 실례했네. 그나저나, 요새 여러모로 흉흉한 것 같던데. 외부인에게 이야기할 수는 없을 테지만, 괜찮은 건가?"

리온은 손가락으로 뺨을 긁적이더니 시선을 피하며 대답했다.

모든 것을 이야기할 수는 없고, 이야기할 생각도 없는 모양이었다.

"여러 가지로 큰일이지만 말이야. 뭐, 평화적으로 끝내고 싶어."

"평화적, 이라. 헤링이 자네가 무척 강하다고 하더군. 자네라면 라셀 신성 왕국을 혼자서 제압할 수 있는 것 아닌가?"

파고드는 질문을 하자, 루크시온의 경계가 강해졌다.

말이 없어지고, 빨간 렌즈가 칼의 움직임을 더욱 주시했다.

이상한 움직임을 하면 즉각 대처할 것이다.

다만, 리온은 경계심이 거의 없었다.

핀과 미아의 지인이라는 이유로 경계심이 느슨해진 것이다.

"그런 방식은 싫어. 이래 보여도 나는 평화주의자거든."

"귀축 기사라 불리는 자네가 말인가?"

놀리는 것처럼 웃는 칼에게, 리온은 농담조로 받아쳤다.

"그 녀석은 나랑 다른 사람인 모양이네. 나는 귀축도 아니고, 그렇게 두려움을 살 인간도 아니야. 다른 녀석들이 멋대로 부르고 있을 뿐이지."

"그게 다른 이들의 평가라고 생각하네만…… 뭐, 됐네. 그럼 자네가 목표로 하는 건 무엇인가? 강한 힘도 있겠다, 이루고 싶은 소원 정도는 있겠지?"

지위, 명예, 돈, 이성—— 바란다면 모든 것을 얻을 수 있을지도 모른다.

 하지만 리온은 목 뒤를 긁으며 진저리난 표정을 보였다.

 "이 이상은 나한텐 버거워. 원래 나는 시골에서 준남작으로서 슬로우 라이프를 보내고 있었을 인간이야. 대체 뭐가 잘못돼서 이렇게까지 출세한 건지……."

 그 말을 들은 칼은 놀라서 눈을 부릅뜨고 말았다.

 "원해서 출세한 게 아니었단 말인가? 전혀? 남자라면 다소는 출세욕이 있는 법 아닌가?"

 "적어도 난 아니야. 나는 신분에 따른 책임이라든가, 그런 게 진짜 싫거든. 할 수만 있다면 홀가분한 신분이 더 좋아."

 칼은 리온을 보고 생각했다.

 '뭐, 욕심이 전혀 없는 건 아니겠지만, 출세욕이 희박한 건 사실일지도 모르겠군.'

 그때였다.

 리온이 이변을 알아차리고 칼의 시선을 보트 쪽으로 유도했다.

 "저기, 뭔가 이상하지 않아?"

 "응? 뭐이?!"

 칼이 잔교 쪽을 보니 미아가 보트에서 내려 혼자서 뛰어가고 있었다. 아무래도 우는 듯했다.

 핀은 가만히 서 있었고, 브레이브는 황급히 미아를 뒤쫓아갔다.

 무슨 일이 있었는지는 명백했다.

'애, 애송이이이이이!! 나의 미아를 울렸구나아아아아아!!'

◇

미아는 성으로 돌아가, 자기한테 주어진 방에 틀어박혀 있었다.

상태가 이상하다는 걸 알아차린 에리카가 엘리야랑 같이 방으로 찾아왔다.

엘리야는 여성의 방이라는 이유로 밖에서 기다리고 있는 모양이다.

무릎을 끌어안고 울고 있는 미아에게 에리카가 다가갔다.

"──그래. 고백했구나."

미아는 커다란 눈물방울을 뚝뚝 흘리며 핀한테 고백한 것을 에리카한테 말했다.

"미아는! 미아는── 기사님을 정말 좋아해서. 쭉 곁에 있고 싶다고 했어요. 하지만 기사님은, 미아를 여동생으로밖에 보지 않는다고……."

일생일대의 고백이었겠지만, 핀에게 미아는 여동생 같은 존재일 뿐이었다.

연애 대상조차 아니라는 말에 미아는 충격을 받았다.

방 한구석에서 낌새를 지켜보고 있는 브레이브는 어찌할 바를 몰라 곤란해하고 있었다.

『파트너는 딱히 미아가 싫은 게 아니야. 단지, 단지── 파트너

한테 미아는 소중한 존재지만, 연인이란 건 아니라서 말이야.』

브레이브는 어떻게 설명하면 미아를 상처입히지 않을지 고민하느라 제대로 위로하지 못하고 있었다.

에리카가 미아의 등을 문질렀다.

"훌륭해. 자신이 먼저 고백한 건 대단한 일이야. 미아는 굳센 아이구나."

미아는 에리카한테 안겨들었다.

"에리카 님! 미아는 기사님을—— 으아아아앙!!"

미아가 큰 소리를 내며 울기 시작하자, 에리카는 미아를 꼭 끌어안고 위로했다.

## ⭐제06화 「전생의 여동생」

"이 망할 자식아! 대체 미아의 어디가 마음에 안 드는 거냐, 이 짜샤아!!"

심야.

담화실로 이끌려 온 나는 마리에한테 추궁당하는 핀의 모습을 보고 있었다.

침울해진 핀은 손깍지를 끼고 그 위에 이마를 얹고 있다.

"나는 미아를 위해서 할 수 있는 일이라면 뭐든 할 각오가 있어. 하지만…… 연인만은 될 수 없어."

낮에 핀은 미아한테서 고백받았다는 모양이다.

그 여성향 게임 3탄의 주인공한테서 고백받은 핀은 그걸 거절하고 말았다.

나는 핀의 마음을 헤아렸다.

"그거지? 자기가 공략 대상이 아니라든가, 모브는 안된다고 생각한 거지? 이해해. 이해한다, 핀."

혼자서 고개를 끄덕이고 있자, 핀이 얼굴을 들고 고개를 갸웃했다.

"아니, 그런 이유가 아니야."

"엉?"

내가 얼빠진 표정을 짓고 있자, 루크시온이 때는 이때라는 듯 날 타박했다.

『누구나가 마스터 같은 고민을 품고 있다고 생각하지 않는 편이 좋습니다. 보란 듯이 득의양양한 얼굴로 예상을 빗맞히다니, 창피하지 않습니까?』

마리에도 날 노려봤다.

"도움이 안 되는 오빠네. 그런 걸 신경 쓰는 건 오빠뿐이야. 애초에 모브가 어쨌느니, 입으로만 떠들고 약혼자를 세 명이나 만든 게 누군데?"

――다들 매정하지 않아?!

내가 집중 공격당해 침울해하자 오히려 핀이 위로해 줬다.

"미, 미안하다. 모브라서 그런 건 아니지만, 내가 미아한테 어울리는 남자가 아니라는 건 틀린 말이 아니야. 나는 미아의 연인이 될 수 없어."

내가 핀의 상냥함에 감동하고 있자, 마리에가 노골적으로 혀를 찼다.

"거기서 꾸물꾸물 고민하지 말라구. 좋아한다면 그걸로 됐잖아."

미적지근한 핀의 태도에 화를 내는 마리에였으나, 핀에게는 사정이 있었다.

"그런 게 아니다. 나한테 미아는 여동생이야."

핀은 자기 여동생의 이야기를 들려주었다.

"내 여동생은―― 전생의 여동생은 병으로 줄곧 입원해 있었어."

◇

저녁.

아르바이트를 끝낸 청년은 선물을 들고 병문안을 와 있었다.

늘 다녀 익숙해진 병실로 가는 도중, 안면을 튼 사이가 된 간호사들에게 인사했다.

병실 문을 열고는 창가 맨 안쪽 침대로 향했다.

"그거, 재밌어?"

청년이 말을 건 상대는 휴대용 게임기로 놀고 있는 여동생이었다.

오빠가 병문안을 온 것을 알아차린 여동생이 고개를 들고 미소 지었다.

"응!"

얼굴 한가득 띤 미소를 보여줬지만, 병으로 입원한 여동생은 이전보다도 야위어 있었다. 그녀가 손에 든 휴대용 게임기가 유독 크게 느껴졌다.

청년은 그것이 슬펐지만, 어두운 표정을 지으면 여동생이 슬퍼한다는 것을 알고 있기에 애써 미소 지으며 이야기했다.

"그렇구나. 그건 잘됐네."

침대 옆에 놓여 있는 의자에 앉자, 여동생이 휴대용 게임기를 내려놓았다.

플레이하고 있던 게임 소프트는 청년이 준 선물이었다.

뭘 사면 좋을지 알 수 없어서 적당히 고른 여성향 게임이었다.

여동생은 청년이 사준 게임을 즐겁게 플레이하고 있었다.

그래서 어떤 내용인지 신경 쓰였다.

"어떤 게임이야?"

내용에 흥미를 나타내자 여동생이 조금 부끄러워하는 듯하면서도 기쁘게 알려줬다.

"주인공이 학원에 입학해서 남자애들이랑 친해지는 게임이야. 재미있어서 벌써 몇 번이나 처음부터 다시 플레이하고 있어."

입원 생활로 시간이 남아돌고 있기 때문인지, 여동생은 청년이 선물한 게임을 몇 번이나 플레이하고 있었다.

그야말로, 몇 번이고 몇 번이고 반복해서.

플레이할 수 있는 게임 소프트를 그다지 가지고 있지 않기에 선택지가 적은 것이리라고 청년은 생각했다.

"아르바이트비가 들어오면 또 사줄게. 이번에는 뭐가 좋은지 가르쳐 줘."

그렇게 말하자 여동생은 미안해하는 듯한 표정으로 말했다.

"괜찮아. 오빠도 힘들잖아?"

"신경 쓰지 마. 게임 하나 정도 살 여유는 있어. 뭐가 좋아?"

청년이 어떻게든 여동생이 원하는 것을 들으려 하자, 여동생의 시선이 까매진 휴대용 게임기 화면으로 향했다.

"그럼, 이 시리즈의 다른 작품을 갖고 싶어."

"시리즈를? 그게 그렇게 좋아?"

"――응. 이걸 하고 있으면 마치 학교에 다니는 기분이 들거든."

조금 전까지 밝게 행동하던 여동생이었으나, 학교라는 말을 중얼거리더니 표정이 어두워지고 말았다.

벌써 몇 년이나 학교에 가지 못했다.

청년은 여동생한테서 보이지 않는 위치에서 주먹을 꽉 쥐었다.

하지만 표정만큼은 밝게 지으며 미소를 무너뜨리지 않았다.

"괜찮아. 시간은 걸릴지도 모르지만, 다시 학교에 다닐 수 있게 될 거야."

여동생이 청년의 얼굴을 봤다. 매달리는 듯한 표정이 청년의 마음을 옥죄며 괴롭게 했다.

"정말? 또 밖에 나가서 놀 수 있을까? 학교에도 갈 수 있을까?"

"그래, 분명 놀 수 있을 거고 학교에도 다닐 수 있을 거야."

――청년은 거짓말을 했다.

퇴원할 수 있을지도 미심쩍은데, 여동생한테 희망을 안겨주기 위해 괜찮다고 말해 버렸다.

여동생이 미소 지었다.

"오빠가 말한다면 안심이네."

"!! 그, 그래. 그러니까, 얼른 완쾌하자."

"응!"

청년은 여동생의 미소를 똑바로 보는 게 괴로웠다.

◇

"——그리고 나서 몇 달 뒤였다. 여동생이 발매일을 기대하던 게임 소프트를 사서 병원으로 가는 길이었지."

소파에 앉은 핀은 손깍지를 낀 손에 이마를 얹고 괴로운 듯이 이야기하고 있었다.

어느샌가 나도 마리에도 핀의 이야기를 몰입하여 듣고 있었다.

루크시온도 침묵을 지키고 있었다. 참고로 브레이브는 외눈에서 눈물이 넘쳐흐르고 있었다.

『파트너…….』

"도중에 휴대폰이 울렸다. 문득 불길한 예감이 들더군. 전화를 받아 보니 병원에서 온 연락이었지. 나는 미친 듯이 뛰었다. 정말, 달리고 또 달렸지. 하지만…… 난 결국 늦고 말았다."

괴로운 듯이, 고통스러운 듯이, 핀은 전생을 떠올리며 가슴을 거칠게 움켜쥐었다.

핀에게 여동생이란 내가 생각하는 여동생과 다른 존재인 모양이다.

핀이 고개를 들었다.

"미아는 내 여동생과 많이 닮았어."

평소에는 쿨한 표정을 짓고 있는 주제에, 오늘에 한해서는 약한 면을 보여주었다. 남자인 나조차도 다정하게 대해 주고 싶다는 생각이 들 정도였다. 아마 여성이었다면 분명 모성 본능이나 여심이 강하게 자극되었을 것이다.

"전에도 그렇게 말했었지. 그래서 지켜 주고 싶었다고."

"얼마나 닮았는지, 나는 그 애가, 여동생이 다시 태어난 게 아닐까 생각했다. 처음 만났을 당시의 미아는 아직 건강했어. 바깥에서 뛰노는 활발한 애였지."

병원 침대에서 죽은 여동생이 다시 태어나서 건강한 모습을 보여주고 있다고 생각한 모양이다. 아니, 그렇게 믿고 있는 건가?

핀은 양손으로 얼굴을 덮었다. 손 틈으로 눈물이 흘러내렸다.

"그런데 어느새 미아는 수수께끼의 병에 걸려서 괴로워하고 있어……! 나는 용납할 수 없어! 그 애를 위해서라면 뭐든 할 거야. 목숨도 아깝지 않아! ……하지만 이번 일 만큼은……. 내게는 소중한 여동생으로밖에 보이지 않는다고……."

어떻게 본다면 연인 이상의 존재. 미아는 핀에게 가족이나 마찬가지로 생각되고 있다.

하지만 어떻게 해도 연인은 될 수 없는 모양이다.

"뭐, 그건 어쩔 수 없지. 전생의 여동생을 그리 빼닮았다면 연애 감정이 들 리가 없으니……."

"그렇지? 하지만 결국 미아는 이런 나한테 반해 버렸어. 나는 어쩌면 좋지……?"

핀은 머리를 감싸 쥐었다.

나는 그에게 건넬 말을 찾을 수 없었다.

내가 무난하게 위로해 주려고 했더니, 잠자코 있던 마리에가 방이 울릴 만큼 큰 목소리를 냈다.

"가만히 듣고 있으려니, 꾸물꾸물 핑계나 대고 말이야! 좋아한다면 좋아한다고 말하면 되잖아!"

마리에의 노성에 핀이 쩔쩔맸다.

"내 이야기를 안 듣고 있었던 거냐? 그 애는 나한테는 여동생이고——."

"전생 이야기 같은 거나 꺼내고서는, 기분 나쁘단 말이야! 애초에 미아는 네 여동생이 아니잖아!"

"아, 아니, 하지만……."

"전생의 여동생이랑 닮았으니까 뭐? 그 애한테 너는 정말 좋아하는 기사님이야. 그걸, 여동생으로밖에 보이지 않으니까 무리라고? 좀 더 생각이란 걸 하고 대답하란 말이야, 멍청아!!"

멍청이라는 말을 들은 핀이 받아치려 했으나, 도중에 체념하고 입을 다물었다.

미아한테서 여동생의 모습을 보고 있었던 건 자기 자신임을 깨달은 것이리라.

그 아이는 핀의 여동생이 아니다.

마리에는 분개하여 다리를 꼰 채로 다리를 덜덜 떨기 시작했다.

짜증 난 게 팍팍 느껴졌다.

"네가 여동생한테 다정하고 이상적인 오빠였다는 건 인정해 줄게. 하지만 그건 미아와는 아무 상관도 없어. 네 멋대로 여동생 취급하지 말란 말이야, 기분 나쁘게."

핀이 조금 충격을 받은 듯한 표정을 짓고 있다.

여자한테 '기분 나쁘다'든가 '생리적으로 무리'라는 말을 들으면 남자는 어째서 마음에 상처를 입는 것일까?

나는 무슨 말을 들어도 동요하지 않는 강철 같은 마음을 갖고 싶어요.

어째서인지 나까지 침울해지기 시작했다.

마리에는 핀에게 재차 쐐기를 박았다.

"애초에 말이야, 미아가 검사를 위해 캡슐에 들어간다는 걸 알고 있었지? 그런데 이 중요한 순간에 쓸데없는 문제나 일으키고 있다니, 대체 무슨 생각이야? 너, 정말로 그 애를 소중하게 생각하고 있어?"

"그건 정말이다! 나는 진심으로——."

"나한테는 자신을 우선하는 것으로밖에 보이지 않는데? 넌 그저 구하지 못했던 여동생 대신, 미아를 귀여워하고 있는 것뿐이잖아."

그 말을 들은 핀은 격노하여 이를 악물었지만, 주먹을 꽉 쥐고 화를 참았다.

아무래도 핀 역시 자기한테 잘못이 있다는 건 인정하는 모양이다.

그런 파트너의 모습을 본 브레이브가 핀을 감쌌다.

『이제 그만해! 이 이상 파트너를 괴롭히지 마! 내가 대신 혼날 테니까!』

핀 앞으로 나서서 작은 양팔을 펼친 브레이브의 모습은 그야말로 파트너에 걸맞은 모습이었다.

나는 루크시온한테 시선을 향했다.

내 시선을 알아차린 루크시온이 곧장 부정했다.

『저는 마스터의 응석을 받아 주지 않을 겁니다. 오냐오냐해주는 건 마스터를 위한 일이 되지 않습니다.』

"엄하기만 하고 상냥함이 조금도 느껴지지 않는다만?"

내가 자기 파트너와 이야기하고 있자, 마리에가 브레이브를 보며 한마디 했다.

"기분 나빠~."

마리에한테 기분 나쁘다는 말을 들은 브레이브가 천천히 바닥에 떨어져 눈물을 흘렸다.

아무래도 상당히 충격이었던 모양이다.

『──딱히 상관없어. 파트너랑 미아는 날 귀엽다고 말해 주니까.』

나는 브레이브가 울고 있는 모습을 보고, 이 말을 하지 않을 수가 없었다.

"마장의 코어도 상처받기 쉬운 건가?"

잠자코 있던 핀이 소파에서 일어나더니 브레이브를 줍더니 방에서 나가려고 했다. 나는 핀에게 말을 걸었다.

"어디 가나?"

"──미아한테. 그 애랑 진심으로 마주 보고 이야기하고 싶어."

핀이 방을 나가자 나는 마리에한테 약간 험악한 시선을 보냈다.

"말이 지나치잖냐. 남자의 마음도 조금은 생각해 주라고."

"뭐래? 중요한 검사 전에 쓸데없는 짓을 저질렀잖아. 대답을 보류한다든가, 방법이 더 있는데도."

"재한테는 아무래도 미아가 여동생으로 보인다잖아. 나도 여동생만큼은 이성으로 볼 수 없다고."

마리에를 발끝부터 머리끝까지 봤지만, 이성으로서의 매력을 조금도 느끼지 않았다.

내 시선에 기분이 언짢아진 마리에는 가슴을 팔로 숨기고 등을 돌렸다.

"이상한 눈으로 보지 마, 망할 오빠!"

"볼 게 있었다니, 그건 몰랐군. 안제나 리비아, 노엘이랑 비교하면 너는 그냥── 푸헉!"

깨달았을 때는 마리에가 소파에서 일어나 내 품에 파고들고 있었다.

마리에가 내지른 팔꿈치 찌르기가 내 배에 꽂혔다.

엄청난 고통에 바닥에 무릎을 꿇고 양손으로 배를 붙잡았다.

"죄, 죄송했습니다. 말이 지나쳤습니다……."

"알면 됐어."

내 사과를 받은 마리에는 소파 팔걸이에 걸터앉았다.

"뭐, 남매 사이에 연애 감정을 품으라니, 나도 무리지만. 망할 오빠는 도무지 이성으로 볼 수 없고, 애초에 매력도 없어. 오빠를 고를 바에야 차라리 혼자 살래."

나는 배에서 느껴지는 고통에 괴로워하며 받아쳤다.

"네가 반한 공략 대상들은 지금은 매력도 없는 내 부하지만 말이다. 그리고 너는 내가 네 생활비를 쥐고 있다는 걸 잊은 거 아니냐?"

"진짜 짜증 나는 인간이네! 그러니까 망할 오빠인 거야!"

마리에가 떠들어 대기 시작하자 루크시온이 우리를 보며 빨간 렌즈를 좌우로 내저었다.

『아무리 시간이 지나도 변하질 않는군요. 조금도 성장이 느껴지지 않습니다.』

◇

밤.

밀렌의 방에 안제와 율리우스, 그리고 에리카가 찾아왔다.

세 사람은 모두 초조한 기색이었다. 밀렌은 공교롭게도 이 상황에서 그들의 성장을 느꼈다.

"──세 명 모두 낯빛이 변해서 찾아오다니, 다들 조금은 성장했군요."

읽던 책을 책상 위에 내려놓은 밀렌은 세 사람의 얼굴을 살펴봤다.

가장 먼저 입을 연 것은 율리우스였다.

"그럼 왕궁이 영주 귀족들의 힘을 깎으려 한다는 게 사실이군요. 어째서입니까? 어째서 지금입니까?"

율리우스는 어머니인 밀렌에게 험악한 시선을 향했다.

그만큼 분노하고 있는 것이리라.

밀렌은 그런 율리우스를 차가운 눈으로 쳐다보고 있었다.

"지난 100년간 왕국이 해왔던 행동이 아닌가요? 옛날도 지금도, 무엇하나 바뀐 건 없습니다."

"이제야 겨우 정세가 진정되기 시작했는데, 다시 악화시킬 이유가 어디에 있습니까! 리온이 왕가의 편을 들었으니 우리는 손을 맞잡고——."

"——손을 맞잡아? 어처구니없는 소리를."

밀렌은 율리우스의 생각을 일소(一笑)했다.

"지금이 평화로우면 아무런 문제도 없는 건가요? 이건 한두 해의 문제가 아닙니다. 왕족이라면 수십 년, 수백 년 앞을 내다보고 말하도록 하세요."

율리우스가 어금니를 악물었다. 이번에는 에리카가 밀렌을 설득했다.

"어머님, 그렇다고 해도 이번에는 도가 지나치세요. 나라가 어지러워지면 백성이 고통받습니다. 그래서는 의미가 없어요. 부디 다시 생각해 주세요. 아직 늦지 않았습니다."

상처를 입는 건 귀족만이 아니다. 국경이나 변경에 사는 백성도 피해를 받는다.

그걸 피해 줬으면 좋겠다고 말하자, 밀렌은 에리카에게 엄하게 내뱉었다.

"고작 그런 각오로 국정에 참견하는 건 용납할 수 없습니다. 물론 단기적으로는 피해가 나오겠지요. 하지만 장기적으로 보면 어떤가요?"

"그, 그건⋯⋯."

에리카가 당황하자, 밀렌이 의자에서 일어나 창가로 향했다.

그녀는 창밖을 바라보며 호르파트 왕국의 과거를 이야기했다.

"이 나라의 귀족들은 예로부터 독립심이 강했어요. 말이 좋아서 모험가의 후예지, 사실은 일확천금을 노렸던 자들이란 겁니다. 충의나 의리가 아니라, 자기 이익을 우선하던 자질을 이어받은 것이지요."

세 사람 모두 그걸 알고 있기에 밀렌에게 반론하지 못했다.

밀렌은 세 사람을 돌아보더니 역사 수업을 하기 시작했다.

"역사를 배웠지요? 왕국이 지방 귀족들을 상대로 얼마나 고생했는지 잊었습니까? ──영주 귀족들은 왕국의 잠재적인 적이라고 가르쳤을 터예요."

긴 역사를 지나며 줏대가 빠져 온 지방 영주 귀족들이지만, 그들은 근원을 더듬어 올라가면 왕국과 싸웠던 자들의 후예도 많다.

왕가의 배라는 비장의 수와 압도적인 국력을 앞에 두고 호르파트 왕국에 충성을 맹세한 것에 지나지 않았다.

그렇더라도, 반란을 일으켜 왕국에 싸움을 거는 자들이 많이 있었다.

"여성을 우대한 정책도, 지방 귀족을 억압한 것도 전부 적의 힘을 약화하기 위해서예요. 그게 가능했던 것도 지금까지 왕국에 충분한 군사력이 있었기 때문이죠. 그걸 상실한 지금, 지방 영주들은 언제 배신할지 알 수 없는 적이에요."

"하, 하지만……."

"이 위기를 극복한 뒤를 생각하도록 하세요. 어리석은 영주들이 주변국 손에 놀아나 독립했다고 생각해 보세요. 그때 일어날 전쟁으로 얼마나 많은 피가 흐를지 알겠습니까? 독립이 잇따르면, 전쟁은 격화되고, 결국 백성도 징병 되겠지요."

에리카가 입을 다물어 버리자, 이번에는 안제가 밀렌과 이야기했다.

"지금은 리온이 있습니다. 영주 귀족들도 리온이 왕가의 편을 든다면 따를 겁니다. 독립도 망설이겠지요."

"그렇지요. 하지만 그 뒤는? 발트파르트 공작의 힘이 언제까지 그들을 눌러줄까요? 대를 이은 자가 찬탈을 생각하지 않을 거라는 보증은? 100년 뒤에도 이 나라가 남아 있을까요?"

밀렌은 고집을 부리고 있는 것처럼 보였다.

설득을 포기한 율리우스가 밀렌이 머릿속으로 그리고 있는 전개에 대해 질문했다.

"그러면 어머님은 어디를 지향하고 있는 겁니까? 이 전쟁에서 무엇을 얻을 생각이십니까?"

밀렌은 세 사람을 앞에 두고 담담히—— 마치 가르치는 것처럼 설명했다.

"──지나친 힘을 보여주는 건 악수예요. 전쟁을 주시하는 나라들에 위기감을 심어줄 테니까요. 특히 제국이 적으로 돌아서면 군사적으로도 정치적으로도 어려워집니다."

밀렌은 왕국에 피해를 내어 세계의 적이 되는 미래를 피할 생각이었다.

"다소의 피해가 나온다고 해도, 아슬아슬한 승리를 연출해야 합니다. 그러면 다른 나라들도 안심하겠지요. 그리고 교섭으로 유리한 조건을 끌어내서 화평을 맺는 것이 이상적인 방법입니다."

그리고 밀렌이 어두운 미소를 띠었다.

"물론, 라셸은 이 기회에 제거해야겠지만요. 공작을 이곳에 둔 것도 그게 목적입니다. 전쟁 종결 직전에 라셸을 멸망시킬 겁니다. 맹주국이 쓰러지면 군사동맹도 와해할 테니, 이후에는 각각 화평을 맺는 거지요."

안제가 미간을 찌푸리더니 격노한 얼굴로 밀렌을 노려봤다.

"리온을 이용하겠다는 말씀입니까? 싸우게 할 생각은 없다고 말씀하셨지 않습니까!"

평범한 인간이라면 안제가 노려보는 시선에 움츠러들어 버렸을 것이다.

하지만 밀렌은 서늘한 얼굴로 안제와 마주 보았다.

"싸우기에 비로소 귀족인 겁니다. 왕가에 충성을 맹세했으니, 반드시 완수해야 합니다. 애초에 그에게는 이 정도는 아무런 어려움도 아닐 텐데요?"

물론 루크시온이 있다면 어려운 일은 아니다. 하지만 안제는 리온의 정신을 걱정하고 있었다.

"리온이 밀렌 님을 흠모하고 있는 건 알고 계실 터입니다만."

"개인의 감정 따위 국가의 미래 앞에서는 무의미하다고 가르쳤습니다. ──애초에, 이렇게 된 건 당신들의 책임입니다."

밀렌이 세 사람에게 책임을 추궁하자, 세 사람은 기억에 없는 일이기에 의아해했다.

하지만 밀렌은 에리카를 똑바로 바라봤다.

"──에리카가 공작과 결혼했더라면 이렇게까지 할 필요도 없었어요. 둘의 아이가 언젠가 루크시온을 이어받고, 왕가에 새로운 힘을 주었을 테니까."

에리카가 책임을 느끼고 있는지, 얼굴에서 핏기가 가셨다.

고개를 숙이고, 조금 떨고 있는 여동생의 모습을 본 율리우스가 이를 감쌌다.

"그런 이유라면 딱히 에리카가 아니어도 되지 않습니까. 리온과 안제의 아이를 왕족으로 맞아들이는 방법도 있습니다."

밀렌은 율리우스의 말을 듣고 비웃었다.

"자기들은 본인이 원하는 대로 해 놓고서, 자식에게는 정략결혼을 강요하는 건가요? 당신들이 자기 의사를 우선한 시점에서 신용할 수 없습니다."

정략결혼을 거부했다. 그건 즉, 개인을 우선했다는 의미다.

그러니 장래 자기 자식들에게 정략결혼을 강요했다고 하더라도, 핑계를 들어 정략결혼을 파기하지는 않을까? 그런 우려가 항상 따라다니게 된다.

밀렌은 작게 한숨을 내쉬고는 세 사람에게 마지막으로 가르쳤다.

"가르치는 건 이게 마지막이에요. 자신들이 한 행동의 책임은 자신들이 지도록 하세요. 그리고, 공작에게도 전하도록 하세요. 너무 강한 힘을 가진 자는 반드시 세계에 영향을 끼친다고."

# ⭐ 제17화 「여자 후리기의 달인」

"리온 군~!"

프레이저령에 있는 일반 항구에 애틀리 가문이 소유한 비행선이 도착했다.

갑판에서 애틀리 가의 영애인 【클라리스 피아 애틀리】가 날 향해 손을 흔들었다.

그녀는 학원 졸업생으로, 내 선배다.

선배는 오렌지색 머리카락을 바람에 흩날리며, 녹색 눈동자를 나에게 향했다.

난 편지로 근황을 물었을 뿐인데, 어쩐지 내가 불러낸 모양새가 되고 말았다.

조금 미안한 일이지만, 일단은 선배가 웃는 얼굴로 손을 흔들고 있기에 안심했다.

트랩이 준비되자 클라리스 선배가 곧장 내려왔다.

"멀리까지 불러서 죄송합니다."

"어머? 날 만나서 기쁘지 않아?"

"저야 기쁘지만, 이런 시국에 국경에 오는 게 쉬운 일은 아니잖습니까."

전쟁 긴장감이 고조되고 있기에 온 나라가 어수선한 상황이다.

비행선을 내보내는 것도 여러 가지로 제한이 붙었을 터다.

내가 걸음을 내딛자, 클라리스 선배도 가벼운 발걸음으로 따라왔다.

"리온 군이 있다면 국경이라도 안전하잖아. 게다가 내가 직접 오는 편이 여러 가지로 더 좋겠다고 생각했어."

내가 고개를 갸웃하자 클라리스 선배는 미소를 지우고 진지한 표정을 지었다. 이다음부터는 아무래도 진지한 이야기인 모양이다.

"누구에게도 방해받지 않는 장소는 있을까? 아무한테나 들려줄 수 있는 이야기는 아니니까, 가능하면 둘만 있을 수 있는 장소가 좋겠는데."

그만큼 중요한 정보인가.

나는 루크시온을 쳐다봤다.

"어디가 좋겠어?"

『아인호른 선내라면 도청 걱정은 없습니다. 물론 저도 함께하겠습니다.』

루크시온이 시선을 향한 곳은 클라리스 선배 쪽이었다.

클라리스 선배는 개의치 않는 모양이다.

"――너는 리온 군의 사역마니까 딱히 상관없어."

『사역마가 아닙니다. 마(魔)에 관련된 존재가 아니라 과학의 결정입니다.』

클라리스 선배가 생글생글 웃는 표정으로 루크시온을 보고 있

었다.

"그건 미안하네."

◇

아인호른 선내.

담화실로 온 나는 클라리스 선배로부터 왕궁에서 무슨 일이 일어나고 있는지를 들었다.

소파에 앉은 클라리스 선배는 밀렌 씨의 이야기를 할 때 눈살을 찌푸렸다.

밀렌 씨를 경계하는 것처럼 보였다.

"결론부터 말하자면, 왕비님은 영주 귀족의 태반을 저버릴 생각이신 것 같아."

"버나드 대신도 거기에 동의하셨습니까?"

클라리스 선배의 아버지는 호르파트 왕국의 대신으로, 왕궁 내정에 밝은 인물이다.

"일단 반대하신 모양인데, 왕비님의 의지가 강경했대. 그 왜, 그분은 레파르트 출신인데다 라셸에 원한도 있으시잖아."

"원한이라고요?"

"레파르트 연합 왕국은 라셸의 반복적인 침공에 대항하여 뭉친 나라야. 그전까지는 한 대륙에 작은 나라들끼리 다투고 있었대. 연합을 세운 후로도 계속 라셸에 시달린 것 같지만."

라셸 신성 왕국은 주변국에 마구 싸움을 걸었던 모양이다.

참 민폐로군.

"그래서, 라셸을 없애기 위해서라면 뭘 해도 이상하지 않다는 거군요?"

"그렇게 하면 적어도 고향인 레파르트는 태평할 테니까. 그만큼 왕국은 조금 어지러워지겠지만, 대신 왕권은 강해지겠지."

내가 미간을 찌푸리며 불쾌감을 드러내자, 클라리스 선배가 빠른 말투로 보충 설명했다.

"물론 궁정 귀족이 모두 찬성한 건 아니야. 폐하도 강하게 반대하셨는걸."

"롤랜드가?"

"……폐하의 이름을 아무렇지 않게 말하는구나. 뭐, 리온 군이라면 그럴 수도 있나."

왕이 반대했는데도 밀렌 씨한테 밀린 건가. ──도움이 안 되는 왕이구만.

클라리스 선배가 내가 옆자리에 앉았다.

"그래서? 리온 군은 어떻게 하고 싶어?"

"가능하다면 전쟁이 시작되기 전에 전부 끝내고 싶군요."

이상을 입에 담자, 클라리스 선배가 그건 어렵다며 나한테서 고개를 돌렸다.

"그게 가능했으면 아무도 고생하지 않았겠지. 그냥 상대를 쓰러트린다고 끝나는 이야기가 아니잖아? 도가 지나치면 제국이 움직이니까. 그 유학생 기사와 친구지? 자칫 일이 잘못되면, 그와 싸우게 될 거야."

제국이 마장을 얼마나 보유하고 있는지 모르지만, 핀과 적대하는 건 나도 사양이다.

애초에 아로간츠를 상대로 무승부를 낼 수 있는 녀석이 그 녀석뿐이라는 보장도 없다.

"그렇겠지요……."

고개를 푹 떨구자, 클라리스 선배가 내 손에 자기 손을 겹쳤다.

"내가 왕궁 내의 의견을 반대파로 모아 볼까? 그러면 아무리 왕비님이라도 방침을 바꾸실 수밖에 없을 거야. 적어도 영주 귀족들을 저버리는 건 막을 수 있겠지."

"그런 게 가능합니까?"

"물론. 하지만 그건 그만한 대가가 필요한데……."

어느샌가 내 얼굴에 클라리스 선배의 얼굴이 가까이 다가와 있었다.

언제 닿아도 이상하지 않은 거리였다.

내가 놀라서 몇 번이나 눈을 깜박이고 있자, 루크시온이 말했다.

『안젤리카가 온 모양입니다.』

"어?"

문 쪽을 보니, 약간 거칠게 문이 열렸다.

뛰어왔는지 어깨를 들썩이며 숨을 헐떡이고 있었다.

안제가 숨을 몰아쉬다니, 어지간히도 서둘러서 온 모양이었다.

멀리서 다른 발소리도 들려왔다. 리비아와 노엘도 뒤쫓아온 모양이었다.

"클라리스!"

안제의 노성에 클라리스 선배가 혀를 차며 나와 거리를 뒀다.

딱 주먹 하나만큼.

"농담이야~. 그렇게 화내지 마."

"정말로 한 치도 방심할 수 없군. 궁정 귀족의 야비함을 느낀다."

안제가 그렇게 말하자, 클라리스 선배의 목소리 톤이 낮아졌다.

"툭하면 화를 내는 건 영주 귀족이라서 그런 건가?"

둘이 서로 노려보자, 뒤늦게 리비아와 노엘이 방에 들어왔다.

두 사람은 안제보다 더 숨을 몰아쉬고 있었다.

"겨우…… 따라잡았어요."

"안젤리카, 너무 빨라……."

쓰러지다시피 바닥에 주저앉는 둘을 보고, 나는 루크시온에게 시선을 향했다.

"네가 불렀냐?"

『예.』

◇

잠시 쉬고 난 뒤에 클라리스 선배의 이야기를 이어갔다.

안제와 리비아, 노엘은 여전히 자리를 지키고 있었다.

생글생글 웃는 클라리스 선배와 기분이 언짢은 약혼자 세 명이 서로 노려보고 있으니, 마치 바늘방석에 앉아 있는 듯한 기분이었다. 얼른 이야기를 끝내 버리자.

"그래서, 정말로 반대파 의견을 모을 수 있는 겁니까? 궁정 귀족에게는 형편 좋은 전개인 것 같습니다만?"

클라리스 선배가 내 쪽을 보더니 살짝 고개를 끄덕였다.

"왕궁은 그리 단결된 곳이 아니야. 왕비님의 의견에 반대하는 사람들이 있으니까, 그들의 협력을 받으면 돼. 이번 일로 왕비님은 적을 너무 많이 만드셨어. 초조해져서 억지로 추진한 탓에 불만을 품은 사람이 많아."

클라리스 선배의 설명에 안제는 입가에 주먹 쥔 손을 대며 자기의 예상을 말했다.

"──그분께서는 이 싸움이 잠재적인 적을 배제할 호기라고 말씀하셨다. 배신자를 배제하고, 왕가의 지위를 반석에 앉힐 생각이신 거다."

클라리스 선배가 내 쪽을 보고 납득한 것 같은 표정을 지었다.

"뭐, 남한테 기대서 왕권을 행사하는 건 모양이 안 사니까."

루크시온의 힘을 가진 건 나다.

즉, 지금의 왕가는 나를 의지하고 있는 상태다.

그건 왕가로서 존재 의의와 연관된 문제였다.

"저는 사이좋게 지내고 싶은데 말이죠."

클라리스 선배가 작게 한숨을 내쉬더니 등받이에 몸을 기댔다.

"그래서 왕비님이 괴로워하는 걸지도 모르겠네. 지금 리온 군은 왕이 되고 싶다고 말하면 그게 이루어지는 상황이니까. 왕비님이 두려워하시는 것도 이해는 가."

"제가요? 그럴 리가."

"될 수 있어. 너를 지지하거나 충성을 맹세하겠다고 하는 귀족이 얼마나 많은데."

클라리스 선배가 편지를 꺼내더니 낮은 탁자에 올려놓았다.

편지에 날인된 가문(家紋)을 보니 로즈블레이드 백작가와 모트레이 백작가를 비롯해, 내가 모르는 가문들까지 잔뜩 있었다.

안제가 편지를 손에 쥐더니 날 보며 살짝 미소 지었다.

"인기인이군."

왕위를 노릴 힘이 있고.

따르는 자가 있다.

새로운 나라를 세울 조건이 모두 갖추어졌다.

"——아니, 학원에서는 그리도 미움받고 있었는데, 이렇게 호감을 사니 조금 무섭네."

안제가 나한테 "내용을 봐도 괜찮겠나?"라며 확인을 구했기에 고개를 끄덕이자, 봉투를 뜯고 편지를 확인했다.

내용을 읽은 안제는 깊은 한숨을 내쉬었다.

"이미 적에게 붙을 준비를 한 영주 귀족들이 있는 모양이다. 전쟁이 시작되면 그들이 적을 안내할 거라는 듯하군."

이야기를 듣고 있던 리비아가 고개를 숙이고 무릎 위에서 주먹을 꽉 쥐었다.

"역시, 버림받았다고 생각한 걸까요?"

리비아의 의문에 클라리스 선배가 약간 강한 어조로 대답했다.

"사실상 저버린 거야. 그래서 돌아서려는 거고."

안제가 로즈블레이드 가의 편지를 읽더니, 놀란 얼굴로 내 쪽을 봤다.

"리온을 설득하도록 발트파르트 남작가에 부탁하려는 움직임이 있다는 모양이다. 이미 사자가 여럿 찾아갔다는군."

"본가에?!"

놀라서 일어나자 클라리스 선배가 팔짱을 끼고 작게 한숨을 내쉬었다.

"그냥 배신하자니 리온이 무서운 거지. 상대가 왕국뿐이었으면 웃으면서 배신했을걸."

안제가 뒤의 내용을 이야기했다.

"로즈블레이드 가문이 중재하여 면회를 거절하고 있다는 모양이다. 닉스 경과 도로테아의 결혼이 뜻밖에 면에서 도움이 되었군."

로즈블레이드 가문이 내 본가를 지키고 있다는 말에 나는 가슴을 쓸어내렸다. 그러나 안제의 표정은 나와 반대로 한층 더 굳어졌다.

"왜 그래?"

"——이 편지를 쓴 건 디어드리다. 이번 일의 답례를 기대하겠다는군."

"아~ 그렇네. 어떻게 답례할지 생각해야겠군."

편지를 확인하고자 손을 뻗었더니, 안제가 편지를 꾸깃꾸깃 짓 뭉개 내던져 버렸다.

"어, 저기……?"

"너는 안 봐도 된다."

안제의 기에 눌려 그 이상은 아무 말도 할 수 없었다.

안제가 편지를 짓뭉개 버리기 직전, 편지 끝부분 쪽에서 입술 자국 비슷한 걸 봤는데……. 잘못 본 거겠지?

노엘이 이 상황에 고민하여 머리를 긁으며 나한테 답을 요구 했다.

"그래서, 리온은 어떻게 할 거야?"

이 상황을 어떻게든 하기 위해서 나는——.

"——밀렌 씨를 설득해 볼게. 그리고 핀과도 이야기해봐야겠어."

핀의 이름을 꺼내자 안제가 미간을 찡그렸다.

"그 녀석이 강한 건 알지만, 제국의 방침에 의견을 낼 신분은 아닐 텐데?"

"그럴지도 모르지. 그래도, 이야기해 보겠어."

◇

밀렌은 메이드 둘을 데리고 복도를 걷고 있었다.

창문으로 정원의 경치가 보였기에 걸음을 멈췄다.

"프레이저 가는 정원에도 제법 공을 들이고 있네."

현 당주인 후작의 취미이리라.

메이드 중 한 명이 프레이저 후작의 이야기를 했다.

"후작이 직접 정원 손질을 할 때도 있다고 합니다."

"그래서 이렇게 정성이 들어간 거로군요."

창문에 가까이 다가가 2층에서 정원을 살펴봤다.

그러자 나이스 중년── 레파르트에서 온 외교관인 이반이 젊은 여성과 즐거운 듯이 대화하고 있는 게 보였다.

밀렌은 미간을 찌푸리더니, 작은 한숨을 쉬고 나서 무표정한 얼굴로 변했다.

"경박한 구석은 변함이 없군요."

이반과는 옛날부터 아는 사이였는데, 그는 틈만 나면 여성을 유혹하는 남자였다.

밀렌도 몇 번인가 꼬드김을 받은 적이 있다.

그가 젊은 여자한테 열중하는 모습을 보고 있으니, 세월의 흐름이 느껴졌다.

너는 이제 젊지 않다는 말을 듣는 것 같아 보기 괴로웠다.

창문에서 떨어져 걸음을 내딛자 메이드 중 한 명이 앞에서 오는 인물을 알아차렸다.

"밀렌 님."

"알고 있어요."

여느 때처럼 루크시온을 데리고 있는 리온이 반대편에서 다가왔다.

그 손에는 선물이 들려있었다.

"왕비님, 차라도 어떻습니까?"

뒤에 메이드가 있어서 그런지 리온이 밀렌을 왕비님이라고 불렀다.

밀렌은 미소를 지으며 부드럽게 거절했다.

"아쉽지만, 이제부터 볼일이 있어요. 미안해요."

그러자 리온보다 먼저 루크시온이 반응했다.

『다음 예정은 세 시간 뒤입니다. 마스터와의 시간을 만들 수 없다는 건 거짓말입니다.』

"어? 그래?"

리온이 놀란 표정을 짓더니, 이내 아쉬워하는 듯——하기보다도 슬퍼 보이는 표정을 지었다.

"밀렌 님한테 미움받아 버렸나."

농담조였지만, 슬픈 얼굴을 보고 있자니 가여움이 밀렌 안에 싹텄다.

결국 밀렌은 리온의 권유를 받아들이기로 했다.

"하아……. 좋아요. 조금만 어울리도록 할게요."

그러자 리온이 노골적으로 기뻐했다.

"감사합니다. 비장의 찻잎을 준비했으니 기대하시지요."

밀렌은 리온이 이 타이밍에 온 이유가 있다고 헤아려, 수행하는 메이드들을 물렸다.

"당신들은 쉬고 있도록 하세요."

◇

오랜만에 밀렌 씨와 차를 마실 생각에 나는 한껏 들떠 있었다.

기분 좋게 홍차를 준비하고 있자, 밀렌 씨가 먼저 내게 말을 걸었다.

"──제게 하고 싶은 말이 있나요?"

아무래도 눈치채신 모양이군.

나는 홍차를 준비하면서 밀렌 씨에게 용건을 꺼냈다.

"전 나라가 어지러워지는 걸 바라지 않습니다. 그러니 되도록 빨리 끝내고 싶습니다."

홍차를 컵에 따라 밀렌 씨에게 내밀었다.

컵 속의 홍차에 시선을 떨군 밀렌 씨는 조소하고 있는 것처럼 보였다.

"그게 가능하면 고생하지 않는다고 말했었지요? 안제한테서 들었습니다. 제국에서 온 유학생 기사는 공작과 비겼다는 것 같더군요? 제국에는 더 강한 기사나 병기가 존재할 가능성이 있어요. 그래도 이길 수 있다고 생각합니까?"

"제국과 싸울 생각도 없습니다."

"공작이 싸울 생각이 없어도, 상대는 다릅니다. 강력한 힘을 가진 존재는 누구든지 두려워하는 법이에요."

지금의 밀렌 씨를 설득하는 건 안제여도 무리였다.

내가 정치 이야기를 한다고 해도, 분명 납득해 주지 않을 것이다.

그래서, 억지로 이야기를 진행하기로 했다.

"질크 녀석들한테 동맹 와해를 지시했습니다. 판오스 공작가도 배신하지 않겠다고 약속했습니다."

"정말 쓸데없는 짓을 하는군요. 이런 수완을 두고도 폐적당하다니."

밀렌 씨는 '처음부터 진심을 발휘했어야지!'라고 말하고 싶은 것이리라.

폐적 되기 전에 능력을 발휘했더라면 이러지는 않았을 텐데.

"죄송하다고는 생각하지만, 저는 전쟁을 싫어해서요."

나도 자리에 앉자, 밀렌 씨가 고개를 들어 나를 똑바로 바라봤다.

"힘 있는 자의 오만이군요. 로스트 아이템의 강대한 힘이 있기에 할 수 있는 선택입니다."

"그렇습니까?"

"자기 의지로 전쟁을 끝낼 수 있다. 이걸 오만이 아니면 뭐라고 말할까요?"

어렴풋이 나도 밀렌 씨가 하고 싶은 말은 이해하고 있다.

평범한 사람에게 전쟁이란 자기 의지와 상관없이 휘말리는 것이다.

그러나 나는 내 의지로 쉽게 끝낼 수 있다. 반대로 싸우길 원한다면 전쟁을 시작하기도 쉽다.

남들보다 선택지가 많다. 사치스러운 이야기로군.

"그렇다면 제 오만이라고 하죠. 적을 이용해서 아군까지 말려들게 할 필요는 없지 않겠습니까?"

"이전에 이야기하지 않았던가요? 왕국—— 왕가한테 영주 귀족들은 잠재적인 적이라고."

"들었습니다만, 지금은 같은 편이지 않습니까."

실실 웃으면서 말하자, 밀렌 씨는 주름살이 질 정도로 미간을 찌푸렸다.

지금의 내 태도가 마음에 들지 않는 모양이다.

"공작은 장래에 관해 생각한 적이 있습니까? 100년 뒤를 상상한 적은요?"

"없군요. 저는 그때 살아있지 않으니 상관없습니다."

"그렇군요. 하지만 왕가는 다릅니다. 장래를 생각하고 행동할 책무가 있습니다."

내 대답이 마음에 들지 않았던 모양이라, 실망한 시선을 받고 말았다.

그건 그렇다 치고, 책무라……. 책임감이 강한 사람이라고 감탄했다.

어깨를 으쓱이고 홍차를 한 모금 마신 뒤—— 컵을 내려놓고 밀렌 씨에게 선언했다.

"그렇게 말씀하셔도 전 지금 방식이 싫습니다. 제 방식으로 끝내겠습니다."

밀렌 씨의 눈을 보고 말했다.

몇 초인가 몇십 초인가, 시간이 흐르자 밀렌 씨가 나한테서 시선을 돌리고 아랫입술을 깨물었다. 아무래도 받아들여 준 모양이다.

"공작이 하겠다면 왕가는 사실상 막을 방법이 없지요."

"죄송합니다. 하지만 사태를 성가시게는 만들지 않을 생각입니다."

다른 나라가 이 전쟁에 가세하는 것만큼은 피해야만 한다.

밀렌 씨가 날 보며 의아해하고 있었다.

"할 수 있겠어요? 그저 적을 쓰러뜨리면 해결되는 이야기가 아니에요."

"어떻게든 해내겠습니다."

근거 따위 없지만, 하겠다고 선언하자 밀렌 씨가 당황했다.

논리나 정론으로는 밀렌 씨한테 이길 수 없지만, 억지로 밀어붙였더니 의외로 통했다.

밀렌 씨가 고개를 숙이고 말았다.

"그만큼 자유롭게 살 수 있는 공작이 부럽네요. 저한테도 힘이 있다면, 좀 더 제가 원하는 대로 살 수 있었을 텐데."

"아직 늦지 않았어요."

가벼운 어조로 그렇게 말하자 밀렌 씨가 고개를 들었다.

어딘가 잔뜩 힘주고 있던 것으로부터 해방되어 편해진 듯한 표정을 하고 있다.

"저는 진심으로 공작한테 에리카를 시집보내고 싶었어요. 그렇게 하면 그 애는 행복해질 수 있다고 생각했으니까."

"저는 그다지 인정하고 싶지 않습니다만, 왕녀님은 약혼자가 좋다는 것 같습니다."

"그 애도 나쁘지는 않지만, 공작과 비교할 재목은 아니죠. 공작과 맺어졌더라면 그 애도 나라도 평안했을 텐데. ──마음대로 되지 않는 법이네요."

밀렌 씨는 에리카가 전생의 내 조카라는 걸 모른다. 그래서 나와 결혼시키려 하는 것이다. 하지만 조카와 결혼이라니, 말도 안 되는 이야기다.

"좀 봐주시지요. 저는 왕녀님보다 밀렌 씨가 좋습니다."

밀렌 씨는 무슨 말을 들은 것인지 이해하지 못했는지 몇 번이나 눈을 깜박이고 있었다. 그런 뒤, 그제야 겨우 깨달았는지 뺨을 빨갛게 물들이며 발끈했다.

"이런 때까지 절 놀리는군요."

"농담이 아닙니다만."

"몇 번이나 에리카를 찾아왔으면서, 잘도 그런 거짓말을 하네요. 남성은 정말 젊은 여성이 좋은가 봐요."

"──저한테는 밀렌 씨가 더 매력적입니다."

"그, 그렇게 또 놀리고……."

가시 돋친 느낌이 사라지고, 밀렌 씨가 이전처럼 귀여워져 있었다.

그렇다. 내가 처음 만났을 무렵의 밀렌 씨다.

"아니요, 저는 진심으로 그렇게 생각하고 있습니다!"

"네?!"

의심받는 게 안타까워서 평소보다도 진지한 목소리로 말했다.

"저는 에리카 님보다 밀렌 씨가 더 좋습니다. 결혼한다면, 밀렌 씨를 고를 겁니다."

정말로 신분만 없었더라면 이 사람은 완벽한데.

왕비가 아니었다면, 하고 진심으로 생각한다.

그러자 밀렌 씨의 얼굴이 붉어졌다. 컵을 손에 들고, 홍차를 다 마시더니 흐트러진 호흡을 가다듬기 시작했다.

"공작—— 리온 군은 정말로 너무한 남자예요."

"그렇습니까?"

◇

성 복도를 걷고 있던 이반은 당황하고 있는 메이드들을 발견했다.

'음? 그녀들은 밀렌 님을 시중드는 메이드들이 아닌가?'

닫힌 방 앞에서 침착하지 못한 기색인 두 사람이 신경 쓰여 말을 걸기로 했다.

"무슨 일이라도 있습니까?"

말을 건 게 이반이었기에 메이드들은 경계심을 풀었다.

"밀렌 님께서는 발트파르트 공작을 독대 중이십니다."

"되도록 피할 상황이지만, 공작을 설득할 기회라고 말씀하셨습니다."

왕비라는 입장으로 남성과 밀실에서 단둘이 있다는 건 추문에 지나지 않는다.

아무 일도 없더라도, 억측하여 안 좋은 소문을 퍼뜨리는 것이 인간이다.

하지만 이반은 이걸 좋은 기회라고 생각했다.

"걱정하지 않아도 괜찮겠지요. 그분이 문제를 일으킬 리 없습니다."

'풋내 나는 정의감으로 비행 전함을 멋대로 움직이고, 밀렌 님의 계획에도 난색을 표하고 있다고는 들었다. 하지만 그분이라면 풋내기를 마음대로 가지고 노실 수 있겠지.'

조국 레파르트 연합 왕국을 위해 밀렌이 리온을 구워삶아 줄 것이다.

그런 기대를 하고 있자, 방의 문이 열렸다.

밀렌과 리온이 방 안에서 나왔는데, 이반은 눈을 한계까지 부릅뜨며 놀랐다.

'아, 아니⋯⋯?!'

이반은 호색가답게 늘 여자를 꼬드기고 다녔기에 여성의 미묘한 감정 변화에 예민했다.

그는 방에서 나온 둘의 분위기를 본 것만으로도 여러 가지를 알아차릴 수 있었다.

리온이 밀렌의 한쪽 손을 양손으로 잡고 있다.

"걱정하지 않으셔도 전부 해결하겠습니다. 왕비님—— 아니, 밀렌 씨는 좋은 소식을 기다리고 계십시오."

"말만 번지르르해지네요. ——기대하지 않고 기다리고 있겠어요."

평범하게 보면 우쭐해진 풋내기가 큰소리를 떵떵 치고 있는 장면이지만, 이반은 밀렌의 표정이나 몸짓에서 속마음을 간파했다.

입으로는 기대하지 않는다고 말하면서, 밀렌은 뺨을 살짝 빨갛게 물들이고 있었다.

리온의 얼굴을 똑바로 바라보지 못하는 듯한데, 몸은 항상 리온 쪽을 향해 있었다.

어딘가 부끄러워하는 소녀 같은 모습에 이반은 식은땀을 흘렸다.

'그, 그 음험한 공주로 불렸던 밀렌 님이 애송이를 앞에 두고 소녀가 되어 계신다고?! 잘못 보았다. 나는 공작을 잘못 보았어. 공작은 풋내기 따위가 아니다. 수많은 경험으로 단련된 여자 후리기의 달인이다!'

마음속으로 리온에게 두려움을 품은 이반은 두 사람이 가볍게 인사하고 자신에게서 멀어져 가는 모습을 보며 미세하게 떨고 있었다.

　메이드들도 밀렌을 뒤쫓아 가서, 혼자 남게 되자 중얼거렸다.

　"농락당한 건 밀렌 님이었어!"

## ★제08화★ 「맞기 전에 때려라」


"삼촌, 대체 어떤 설득을 한 건가요?"

아침.

복도에는 리온 외에 루크시온과 마리에, 에리카가 모여 있었다.

완고했던 밀렌이 방침을 변경했다는 소식을 들은 에리카는 깜짝 놀라 리온에게 캐물었다.

리온은 고개를 갸웃했다.

"그냥 평범하게 설득했는데?"

마리에는 떨떠름한 표정으로 고개를 돌리며 혀를 찼다.

"이 인간, 분명히 뭔가 했어."

마리에는 리온의 말을 믿지 않았다.

"진실을 가르쳐 주세요. 어머님한테 이 싸움은 왕국의 미래를 좌우하는 중요한 것이었어요. 평범한 설득으로 생각을 바꾸셨을 리 없어요."

에리카는 밀렌의 번복이 도무지 믿기지 않았다.

리온은 턱을 들고 난처한 듯이 궁리하다가, 에리카의 질문에 대답했다.

"아니, 정말로. 그냥 '저한테 맡겨 주십시오'라고 말한 것뿐이야. 그 외에는 딱히 한 말도 없어."

"그, 그럴 수가……."

에리카와 율리우스, 안젤리카가 설득했을 땐 누구도 밀렌의 마음을 누그러뜨리지 못했다.

그런데 그걸 삼촌인 리온은 단 하루 만에 이뤄냈다는 게 몹시 충격적이었다.

에리카는 말로는 하지 않았으나, 리온의 정치와 군사 센스는 평범하다고 생각했었다.

평화로운 시골 남작가에서 자랐으며, 지금껏 정치에 관여하는 걸 피해왔기에 흥미도 없을 터였다.

에리카는 리온한테 앞으로의 일에 관해 물었다.

"그럼, 이 전쟁을 어떻게 끝낼 생각인가요?"

그러자 리온은 고민하지 않고 대답했다.

"뻔하잖아? 라셀에 가서 신성왕인가 하는 놈을 한 방 후려갈겨야지."

에리카는 말이 막혀 아무 말도 하지 못했다.

단기간에 해결하면 다른 나라들도 경계심이 강해진다는 문제를 리온이 무시했기 때문이다.

하지만 제국과 싸울 각오를 굳힌 낌새는 없었다.

목소리도 나오지 않는 에리카를 마리에가 동정하여 위로했다.

"이 말만 들어서는 걱정이겠지만, 신경 쓰지 않아도 괜찮아. 이럴 때의 오빠는 이러니저러니 해도 끝내 문제를 해결하거든."

"어, 엄마? 삼촌을 믿는 거야?"

마리에는 에리카한테서 시선을 피하면서 손가락으로 뺨을 긁적였다.

"믿는다고 해야 하나, 그렇게 되겠지~ 싶어서. 이것만큼은 오랫동안 알고 지낸 사이니까 왠지 모르게 알게 된단 말이지."

에리카가 보기에 마리에는 리온을 신뢰하고 있었다.

이 이상 실랑이하는 건 무의미하다는 것을 깨달은 에리카는 마지막으로 리온에게 물었다.

"삼촌, 정말로 괜찮은 건가요?"

리온은 오른손으로 가슴을 두드리고는 에리카에게 씩 웃어 보였다.

"날 믿으라고. 여하간 나한테는 루크시온이 붙어 있으니까 말이지."

루크시온은 리온이 자기한테 기대자 기가 막힌 모양이다.

『결국 저의 힘에 의지하는 겁니까.』

"당연하잖냐. 내가 단독으로 전쟁을 어떻게 하겠냐."

『그걸 자신만만하게 말하지 말아 주십시오.』

리온과 루크시온의 모습을 보고 있던 에리카는 이런 상태로 괜찮은 걸까? 하고 두통을 느끼고 있었다.

에리카가 자기 방으로 돌아가던 도중이었다.

복도 건너편에서 밀렌이 오더니, 어째서인지 에리카의 모습을 보고는 깜짝 놀랐다.

왜 놀라는 걸까? 그런 의문을 가지며, 에리카는 밀렌에게 인사했다.

"안녕하세요, 어머님."

"그, 그래, 안녕."

어딘가 어색한 밀렌의 태도에 에리카는 고개를 갸웃했다.

얼마 전까지만 해도 몹시 날카로운 분위기였을 텐데.

평소 침착하며 위엄이 있고 다정하며 엄격하신 분이었는데, 오늘은 이상하게도 난감해하고 있었다.

뭔가 조금 미안해하는 듯이 느껴지기도 했다.

"무슨 일 있으신가요?"

"조금 이야기를 하지요."

에리카가 걱정되어 묻자, 밀렌은 옆에 있던 메이드들을 물리고는 에리카와 단둘이 이야기했다.

복도 기둥 뒤편으로 이동하자 밀렌이 대뜸 사과했다.

"——에리카, 내가 잘못하고 있었어."

"어머님?"

무엇을 사과하는 것일까? 당황하는 에리카를 보고 밀렌은 복잡한 표정을 지었다.

에리카한테 기막혀하고 있는 게 아니라, 자기 자신한테 기막혀하고 있어서—— 그걸 딸에게 어떻게 설명해야 할지 고민하는 것 같았다.

"전쟁 건도 그렇지만, 공작── 리온 군과 맺어지는 것이 에리카의 행복이라고 생각했어. 그라면 너를 행복하게 해줄 수 있다고 생각해서. 아니, 그렇게 믿고 있었지."

"──저한테는 엘리야가 있으니까요."

프레이저 가문과의 약혼 파기까지 생각하고 있었던 밀렌은 에리카를 보며 미안해하고 있는 듯했다.

"딸이 행복해지길 바랐는데, 어느새 내 이상을 강압하고 있었어. 사실은 에리카가 정략결혼 속에서도 행복하기를 바랐단다."

밀렌은 정략결혼으로 롤랜드와 맺어졌지만, 개인적으로 행복했다고는 말하기 어렵다.

롤랜드 역시도 사랑한 여성과 맺어진 건 아니다.

그것이 정략결혼이고, 개인의 의견을 존중하고 있어서는 성립되지 않는다.

다만, 밀렌은 그 속에서도 에리카가 행복했으면 좋겠다고 생각했다.

그래서 고른 상대가 리온이었다.

"하지만 나의 독선이었어. 에리카의 마음도 생각하지 않은 일이었지."

에리카는 밀렌의 심정을 알기에 타박할 수 없었다.

호르파트 왕국은 지금 살얼음판 위를 걷고 있다.

그런 왕국을 이끄는 밀렌의 노고는 심상치 않을 것이다.

억지로 이야기를 진행한 이유도 달리 방법을 찾을 수 없었기 때문이었다.

"어머님이 어려운 처지였다는 건 저도 알고 있어요. 그러니 너무 마음에 두지 마세요."

에리카의 말에 밀렌의 눈동자가 글썽거렸다.

"네가 조금만 더 성격이 독했다면 내 후계자로 키웠을 텐데. ──그래도 솔직하고 다정한 딸로 자라 준 건 엄마로서 기쁘게 생각한단다."

에리카한테 독한 면이 부족하다고 말하면서도, 밀렌은 딸의 성장을 기뻐하고 있었다.

자기처럼 되지 않아서 다행이라고 생각했다.

밀렌이 손가락으로 눈물을 닦는 걸 보고 에리카는 놀랐다.

"어머님?"

"아무것도 아니야. 율리우스와 에리카도 어느새 성장했다고 생각한 것뿐이란다. 제대로 육아도 못 했지만, 손이 타지 않으니 쓸쓸하게 느껴지네."

에리카는 그 말에 복잡한 기분이 되었다.

전생이 있기에 밀렌한테 미안한 마음이 들었다.

그리고 원래 용건도 꺼낼 수가 없게 되었다.

'삼촌과 무슨 일이 있었는지 물어볼 수 있는 분위기가 아니네…….'

◇

프레이저령의 호수.

호수에는 경치를 바라볼 수 있는 곳에 벤치가 설치되어 있다.

나는 거기에 앉아 경치를 바라보고 있던 칼 씨 옆에 앉았다.

"조금 이야기를 하지 않겠습니까, 황제 폐하?"

칼 씨—— 볼데노와 신성 마법 제국의 황제 폐하는 내 쪽으로 시선만을 향했지만, 곧바로 경치 쪽을 봤다.

신원이 알려졌는데도 침착하다.

"알고 있었나. 핀 애송이가 말해줬나?"

나는 고개를 저어 부정했다.

"아닙니다. 지금까지 들었던 이야기와 핀의 태도에서 추측한 겁니다. 대놓고 말하자면 감입니다."

뭔가 수상하다고 생각은 했지만, 설마 일부러 미아의 모습을 보러 올 줄은 몰랐다.

핀이 한 이야기를 연결해서 맞춰 보니, 칼 씨가 황제 폐하이고 나와 같은 전생자라는 예상은 할 수 있었다.

그건 그렇고, 한 나라의 수장이란 자들이 다들 발놀림이 너무 가볍지 않아?

"——그래서, 나한테 뭔가 볼일인가?"

"저는 라셀을 공격할 생각입니다. 이번에는 눈감아 주시지 않겠습니까?"

나도 관광지의 경치를 보며 용건을 꺼내자, 지팡이를 세워 양 손을 얹은 황제 폐하는 언짢아하며 말했다.

"압도적인 힘을 가진 자를 보고도 묵인할 수는 없다. 언제든 자네 기분에 따라 어느 나라가 멸망할 수 있으니까."

"아니요. 전 멸망시킬 생각이 없습니다."

"뭣이?"

나는 기지개를 켠 뒤 하늘을 올려다보며 본심을 이야기했다.

"나라를 멸망시킨다니, 귀찮게 짝이 없잖습니까. 저는 원한까지 사가며 그러고 싶지는 않습니다. 전 이래 보여도 평화주의자이거든요."

루크시온이 조금 떨어진 곳에서『진짜 평화주의자한테 사과하는 게 좋습니다』라느니 말하고 있지만, 무시하고 황제 폐하와 대화했다.

"그래도 안 되겠습니까?"

황제 폐하는 골똘히 생각하기 시작했다. 몇 분이 지난 뒤 입을 열었다.

"만약 평화적으로 해결한다면 묵인해주마."

"평화적이라니요?"

"황제라고 해서 모든 것을 마음대로 할 수는 없다. 가신들이 호르파트 왕국은 위험하다고 진언하면, 나는 그걸 들어줄 수밖에 없다."

"황제 폐하의 입장이 그리 약합니까?"

내 질문에 황제 폐하는 복잡한 표정이 되었다.

"권력이야 있지. 하지만 독재는 또 다른 이야기다. 너도 전생자라면 무슨 말인지 이해할 수 있겠지?"

"뭐, 어렴풋이는요."

"너, 생각보다 바보구나."

바보라는 말에 열 받아서 황제 폐하의 얼굴을 보니 어째서인지 기쁜 듯한 표정을 짓고 있었다.

"아니, 뭘 웃고 계신 겁니까?"

"이런 남자 때문에 불안해했던 건가 하고 생각했더니, 어처구니없어서 말이다."

"이런 남자라니요……."

황제 폐하는 깊은 한숨을 내쉬더니 제국의 사정을 들려주었다.

"제국은 널 위험인물이라고 생각하고 있다."

"예?"

내가 놀라자 황제 폐하가 황당하다는 얼굴을 보였다.

"당연하지 않으냐. 전례 없을 만큼 단기간에 공작이 되더니, 알제르 공화국에 유학 가서 나라를 괴멸 직전까지 몰아넣었잖느냐. 그런데 널 평화주의자라고 누가 생각하겠나."

핀도 그렇지만 제국 사람은 날 오해하고 있다. 빨리 정정해야 한다.

"그건 제 잘못이 아니라고요! 날 출세시킨 건 롤랜드고, 알제르 공화국이 멸망한 건 내란과 라셸의 암약 때문이었다고요!"

그 자식들, 뒤에서 너무 살금살금 움직였어.

"라셀이 움직인 건 나도 알고 있다. 그래서 언젠가 한 번 따끔한 맛을 보여주려고 했었지."

"――그래서요?"

"신성왕을 후려갈겨 주고 싶은 건 나도 같은 마음이란 뜻이다. 녀석들은 예로부터 제국을 형님 취급하면서 성가신 일을 떠넘겨 왔거든. 솔직히 이번에는 네가 관련된 문제가 아니었더라면 나도 라셀이 어찌 되든 끝까지 철저하게 무시했을 거다."

발끈한 황제 폐하를 보건대, 라셀은 여러 가지로 저지른 게 많은 모양이다.

황제 폐하가 날 보며 복잡한 표정을 지었다.

"명심해라. 도가 지나치면 내 의사와 상관없이 제국은 왕국을 적으로 규정할 거다."

"그럼 확실한 선을 알고 싶군요. 어느 정도로 가감하면 되겠습니까? 저로서는 성이 날아가도 나라가 남아 있으면 세이프입니다만……."

내가 아슬아슬한 라인을 공략하려 하자, 황제 폐하가 얼굴을 찌푸렸다.

"너, 성격 나쁘다는 말 자주 듣지?"

"예, 어째서인지 자주 오해를 받아서 그런 말을 듣네요."

◇

리코른이 프레이저령으로 돌아온 건 그로부터 수일 뒤였다.

각국을 돌고 있던 질크 일행을 도로 불러들인 건 단기간에 이 전쟁을 끝내기 위해서다.

그걸 위해서는 전력이 필요하다.

군항으로 오자, 리코른에서 내린 질크 일행한테 율리우스가 뛰어갔다.

"너희들, 정말 잘 해줬다! 동맹을 이탈한 나라들이 늘고 있다고 왕궁에서 보고가 왔다!"

매우 기뻐하는 율리우스에게 질크는 미소를 지으며 대답했다.

"이 정도는 식은 죽 먹기입니다. 뭐, 리코른과 보주를 준비해 준 리온 군 덕분이지만요."

알고 보니 일부러 리코른을 빌린 이유가 아인호른급으로 적을 위협하기 위해서였다.

이 자식, 진짜로 야비하구만.

질크 이외의 인물들은 얼굴에 지친 기색이 역력했다.

피로가 심각한지 브래드는 품에 안은 비둘기와 토끼한테 말을 걸고 있었다.

"로즈, 마리. 너희들만이 여행 중의 힐링이었어."

평소 기운이 남아도는 그렉도 바닥에 털썩 주저앉아 있었다. 어쩐지 조금 야윈 것처럼 보였다.

"──나는 이제 두 번 다시 질크의 부하 노릇은 하지 않을 거다."

뭔가 안 좋은 일이라도 있었던 걸까?

크리스는 눈에서 광채를 잃은 채 실실 웃고 있었다.

"그래. 목욕탕에 들어가자. 새 목욕물에 가장 먼저 들어가는 거야. 그렇게 하면 이 싫은 기억도 분명 씻어낼 수 있을 거다. 목욕은 만능이다. 마음의 상처도 치유해 줄 거다."

세 사람의 상태가 명백하게 이상했다.

"너는 대체 뭔 짓을 했길래 재들이 저러는 거야?"

질문을 받은 질크는 세 사람을 보더니 이마에 손을 대며 고개를 내저었다.

와 이 제스처만으로 열받아.

"간략한 모험을 좀 했거든요. 유적이나 던전이 아니라 각국에서 살짝 활동했을 뿐이지만요."

아무래도 돌아다녔던 나라들에서 말 못 할 짓을 하고 온 모양이었다.

"너는 마음대로 하도록 풀어 두면 위험한 타입이구만."

"유감이군요. 어쨌든 주어진 임무를 충실하게 완수하고 왔잖습니까?"

수상쩍은 대사를 흘려들으며, 나는 다섯 명의 시선을 모으기 위해 손뼉을 쳤다.

"좋아~, 너희들 주목해~."

느슨한 목소리로 외치자, 기운 없는 세 사람이 휘청휘청하며 내 쪽으로 다가왔다.

솔직히 조금 무서웠다.

"찔끔찔끔하는 건 역시 내 성미에 안 맞아. 그래서 라셀에 한 방 먹여주기로 했다. 너희도 계속 일해 줘야겠어."

내 이야기를 듣고 질크가 눈을 휘둥그레 떴다.

"잠깐 기다려 주십시오. 그럼 저희가 한 고생은?"

사실 단기 결전에 나서면 열심히 공작한 의미가 약해진다.

"미안하다. 상황이 바뀌었어."

그러자 브래드와 그렉, 크리스 세 사람이 무너져 내리듯이 풀썩 주저앉아 울기 시작했다.

아무래도 질크 밑에서 상당히 고생한 모양이다.

"우리의 고생은 뭐였던 거냐고!"

"나의── 내 노력은 어떻게 되는 거냐!"

"내가 얼마나 인내한 줄 아는 거냐!"

남자 놈 셋이 울고 있는 건 볼썽사나웠기에 나는 율리우스 쪽을 봤다.

"그런 이유로, 왕자인 너는 이번에도 집 보기다."

"뭣! 아, 크흠, 어쩔 수 없지. 나는 왕자니까. 신분에 걸맞게 행동해야겠지. 음!"

내 말에 순순히 따르는 척하고 있지만, 나는 이 녀석이 무슨 짓을 할지 쉽게 예상되었다.

◇

아인호른 작전실.

원형 테이블── 원탁이 설치되어 있고 중앙에는 움푹 팬 부분이 있으며, 그 위에는 축구공 정도 크기의 수정이 떠 있었다.

영상 등을 투영하는 장치인 듯한데, 설명이 귀찮기에 마법 수정구라고 대충 둘러댔다.

내 양옆에는 루크시온과 크레아레가 날 보좌하고 있었다.

작전실에는 동료들과 핀, 칼 씨도 있었다. 다섯 바보가 두 외부자를 수상쩍게 여겼지만, 내가 허가했다고 말하니 마지못해 납득했다.

영상 장치에서는 백의 도시의 입체 영상이 투영되고 있었다.

영상을 보며 작전을 생각하는 건데, 안제가 기가 막힌다는 듯이 한숨을 내쉬었다.

"네가 자중하는 걸 그만뒀다는 건 알았다만, 이건 상상 이상이로군."

리비아도 입체 영상을 보고 잔뜩 흥분한 듯했다. 축소 투영된 백의 도시 입체 영상에 손을 대보며 감탄을 쏟아냈다.

"이거, 정말로 그림── 영상이군요. 엄청나게 현실적인데도, 만질 수가 없다니, 신기해요!"

노엘도 리비아 옆에서 영상을 보며 감탄하고 있었다.

"호수 위에 부유섬이 있네. 프레이저령의 관광지와 비슷한걸."

세 사람이 입체 영상을 열심히 보고 있자, 율리우스를 비롯한 다섯 바보가 복잡한 표정으로 날 보고 있었다.

"──아직도 숨겨둔 게 있었던 건가?"

상상을 가뿐히 뛰어넘는 루크시온의 과학 기술에 다섯 바보와 마리에, 카라, 카일이 놀라움을 감추지 못했다.

"이런 엄청난 걸 쉽게 밝힐 수 있겠냐. 내가 얼마나 신중하게 움직이고 있었는지 알겠어?"

내가 그간 자중하고 있었다고 말하자, 그렉이 어처구니가 없다는 얼굴로 날 쳐다봤다.

"행동은 별로 신중하지 않았던 것 같은데."

"이래 보여도 신경 쓰고 있었다고!"

"그게? 어디가?"

잡담하며 떠들고 있자, 작전실에 초대된 밀렌 씨가 뺨에 손을 대며 한숨을 내쉬었다.

한숨을 쉬는 모습조차 그림이 될 정도로 아름다웠다.

"정말 계속 놀라기만 할 뿐이네요. 가능하면 이게 마지막이길 바라요."

그런 밀렌 씨의 희망에 크레아레가 잔혹한 진실을 말했다.

『후훗, 더 놀라게 해줄 테니까 기대하고 있도록 해.』

"고대 문명의 기술이 지금보다 뛰어나다는 건 알고 있었지만, 이런 수준일 줄은 몰랐어요."

구인류가 만들어 낸 인공지능에 밀렌 씨가 또다시 한숨을 내쉬었다.

에리카가 내게 물었다.

"공작, 라셸에 일격을 먹이겠다고 말했죠? 구체적으로 뭘 할 생각입니까?"

참가자들의 시선이 내게 모이자, 나는 백의 도시에 있는 성을 가리켰다.

"녀석들의 수도에 들어가서 성에 있는 마장을 파괴할 거야."

마장 파괴를 제안하자 양옆의 루크시온과 크레아레가 몇 번이고 끄덕끄덕했다.

『훌륭합니다. 마장을 이 세상에서 제거하는 동시에, 라셸의 비장의 수를 빼앗는 것이군요. 마스터치고는 합리적인 판단입니다.』

『마장 파괴라니! 마스터도 참, 뭘 좀 알잖아~! 나도 전력으로 마스터를 서포트할게!』

마장 파괴라는 말에 양쪽 모두 의욕을 보였다.

핀 옆에 있던 브레이브는 그 모습을 복잡해 보이는 얼굴⋯⋯? 외눈으로 쳐다보고 있었다.

『이 자식들, 마장을 파괴할 수만 있다면 전쟁 같은 건 아무래도 좋다고 생각하고 있어.』

브레이브의 발언을 들은 핀은 벽에 등을 기대고 팔짱을 꼈다.

"나도 너도 이 일과는 무관한 제삼자니까 지금은 잠자코 있어라."

『코어가 없는 마장은 회수하고 싶은데 말이지⋯⋯.』

아쉬운 듯이 중얼거린 브레이브가 입을 다물자, 마리에가 고개를 갸웃했다.

"그 녀석들이 가진 패를 빼앗는 건 좋지만, 그걸로 전쟁이 끝나?"

마리에는 내 대답에 기대하지 않는지, 율리우스 쪽을 보며 물었다.

마리에가 자신을 의지해 줘서 기쁜지, 율리우스가 빠른 말투로 종전을 향한 이치를 설명하기 시작했다.

"불가능하지는 않다. 수도를 기습당한 것도 모자라 비장의 수까지 잃는다면 전의가 꺾여도 이상하지 않아. 다만…… 문제는 타국이 이걸 보고 어떻게 생각하느냐이다."

질크가 대화에 끼어들었다.

"타국도 리온 군을 두려워하고 있었습니다. 이 이상 귀축 기사의 이명이 퍼지면 제국이 움직일 가능성이 큽니다."

질크가 경계심이 담긴 시선으로 핀을 힐끔 보며 말했다.

그렉과 크리스도 핀의 움직임을 주시하고 있었다.

핀도 상황을 이해하고 있는지 팔짱을 낀 채, 움직일 생각이 없다는 의사를 내비쳤다.

마리에가 불안한 듯이 날 봤다.

"진짜 마장이었던가? 꽤 고전했었는데, 정말로 괜찮아? 제국 상대로도 이길 수 있는 거지?"

칼 씨는 여전히 눈을 감고 이야기를 듣고 있었다.

나는 마리에의 의견에 코웃음을 쳤다.

"누가 그런 귀찮은 짓을 한대? ——라셀의 피해도 최소한으로 억누를 거야."

밀렌 씨는 내 이야기를 듣고 조금 언짢은 표정이 되었지만 아무 말도 하지 않았다.

안제는 내가 생각할 것 같은 작전이라고 판단한 것이리라.

"쳐들어가서 교섭이라도 할 셈인가?"

그렇다. 내가 목적은 직접적인 교섭이다.

"뒤에서 으스대고 있을 신성왕을 끌어내서, 주먹으로 후려갈기고 난 뒤에 대화할 거다."

오른쪽 어깨 부근에 있는 루크시온이 내 설명에 보충했다.

『총구를 들이대면서 하는 교섭은 대화가 아니라 협박이라고 합니다.』

"전쟁을 피하기 위해서야."

『──이러면서 평화주의라니, 어처구니가 없군요.』

이 자리에 모인 사람들은 내가 하고 싶은 것이 무엇인지 이해했지만, 역시 몇 가지 문제가 있는 모양이다.

브래드가 뺨을 씰룩였다.

"그 작전은 리온이 외교 전권을 받지 않으면 불가능해. 멋대로 교섭하면 왕궁이 또 소란스러워질 거야."

공작인 내가 나라의 방침에 따르지 않고 제멋대로 행동하면 불만이 나온다.

그렉도 문제점을 지적했다.

"국경이나 지방 영주들은 이미 적에게 붙을 준비를 하고 있었다고. 개전 전에 전부 정리되면, 그 뒤에는 어떻게 할 거냐?"

개전은 하지 않았지만, 전쟁은 이미 시작되었다.

여기도 저기도 전부 움직이기 시작해서, 갑자기 멈추라는 말을 들은들 무리였다.

율리우스가 자기 턱에 주먹을 대며 미간을 찡그렸다.

"나여도 안 되겠군. 단순한 왕자인 나한테는 교섭할 권리도 없다. 왕궁도 지금의 나는 인정하지 않겠지."

냉정한 다섯 바보를 보고 있던 밀렌 씨가 슬픈 듯이 고개를 젓더니 손수건을 꺼내 눈물을 훔쳤다.

"그 총명함을 어째서 좀 더 빨리 발휘하지 못한 건가요."

인제 와서 능력을 발휘해 봤자, 밀렌 씨가 보기엔 전부 때늦은 것이리라.

아이러니하게도 지금의 율리우스가 가장 왕태자에 걸맞은 상태였다.

어머니가 울자 겸연쩍어진 율리우스가 화제를 돌리는 것처럼 나한테 말을 걸었다.

"지금부터 왕궁에 돌아가겠나? 다소 시간은 걸리지만, 전권을 위임받으면 가능할 거다."

그러자 크리스가 안경 위치를 손가락으로 조정하며 다른 문제를 지적했다.

"권한 등의 문제는 해결되었다고 하더라도, 어느 정도의 전력을 내보낼 수 있을지가 불안하군. 이 작전, 실행 가능한 비행선은 아인호른과 리코른뿐이지 않나? 고작 두 척으로는 적이 밀어닥칠 거다."

고작 두 척뿐이면 수로 밀어붙일 수 있다고 판단한 적이 밀어
닥칠 것이다.

성가신 모조 마장도 대량으로 나오겠지.

"적이 마장을 내보내면 일반적인 갑옷으로는 맞서 싸울 수가
없다."

왕국이나 프레이저 가의 갑옷을 투입해도 모조 마장 앞에서는
도움이 되지 않으리라.

나는 질크, 브래드, 그렉, 크리스 네 사람에게 시선을 차례로
향했다.

"너희 넷의 활약에 기대하고 있어."

그렉이 머리를 긁적이더니 복잡한 표정을 지었다.

"아니, 못 하겠다고는 말하지 않겠다만, 적의 주력이 수도에 모
여 있는 거지? 시간을 번다고 쳐도, 조금 버겁다고."

루크시온제 갑옷을 준비해도 중과부적이다.

잇따라 문제가 나와 골치를 앓는 우리.

차라리 다소의 피해가 나오더라도―― 하고 생각했을 때, 칼
씨가 핀 쪽을 봤다.

"도와주는 게 어떠냐?"

칼 씨가 그렇게 말하자 핀이 놀라서 되물었다.

"이들을 내가? 그랬다가는――."

"상관없다. 돕는 김에, 나도 동행하지. 조금은 도움이 될 거다."

"괜찮겠어? 왕국의 전쟁에 관여하는 일인데."

칼 씨가 날 봤다.

"정말로 피해를 억누르고 전쟁을 피할 수 있다면 그것도 나쁘지 않지."

아로간츠를 압도한 브레이브가 전력에 가세한다는 말을 듣고, 그렉이 날 보며 고개를 끄덕였다.

그러자 칼 씨를 보던 밀렌 씨가 뭔가를 알아차렸는지 눈을 크게 떴다.

칼 씨가 동행한다면, 하고 밀렌 씨도 참가를 결정했다.

"좋아요. 그렇다면 저도 동행해서 교섭에 참여하겠습니다. 왕궁 관리들도 이걸로 조용해질 거예요."

밀렌 씨가 왕궁을 조용히 만드는 것으로 되어, 이로써 문제가 전부 해결됐다.

루크시온이 내게 물었다.

『조건이 클리어되었군요. 언제든지 작전을 실행할 수 있습니다.』

나는 입꼬리를 올리며 웃고는, 전원에게 말했다.

"그럼, 민폐인 라셀 녀석들을 후려갈기러 갈까."

프레이저 가문의 성안.

출발 준비로 바쁜 밀렌에게 이반이 달려와 설득을 시도했다.

"밀렌 님, 멈춰 주십시오. 레파르트 연합 왕국을 위해서라도 이번 전쟁으로 라셀을 궁지에 몰아넣겠다고 약속하시지 않았습니까."

당초 계획으로는 호르파트 왕국의 피해를 무시하고 라셀 신성 왕국을 멸망시킬 예정이었다.

라셀 신성 왕국을 손에 넣는 것은 호르파트 왕국이 아니라, 레파르트 연합 왕국일 예정이었다.

어차피 구 판오스 공국과의 싸움 이후로 계속 피폐해진 호르파트 왕국은 라셀을 통치하기 어려웠다.

밀렌은 복도를 잰걸음으로 걸었지만, 이반이 뒤쫓아왔다.

"단기간에 피해를 최소한으로 억누르겠다고 공작이 약속했습니다."

"그런 헛소리를 믿는 겁니까?! 밀렌 님, 눈을 떠 주십시오. 당신은 그 남자한테 속고 있습니다!"

이반이 끝까지 쫓아오기에, 밀렌은 멈춰 섰다.

"제가 속았다면, 제 수준이 그뿐이었던 겁니다. 게다가── 아니,

이건 말할 필요는 없겠군요."

확실히 밀렌은 리온한테 승산이 있다고 봤다.

그 이유를 이 자리에서 밝힐 필요는 없다.

밀렌은 이반한테 단언했다.

"오래도록 레파르트를 괴롭힌 라셀이 가진 비장의 수를 이 싸움으로 배제하겠습니다. 본국에도 그렇게 전하도록 하세요."

밀렌을 설득하는 건 무리라고 판단한 이반이 고개를 푹 떨구며 대답했다.

"──잘 알겠습니다."

◇

그 무렵, 핀은 브레이브와 칼을 데리고 미아의 방을 찾아갔다.

문이 닫혀 있기에, 문 너머로 이야기했다.

핀은 고백 이후로 미아와 얼굴을 마주하고 이야기하지 못하고 있었다.

"미아── 나는 리온 일행을 돕게 됐다."

브레이브는 대답이 없는 방을 향해 대화하는 핀을 걱정스러운 듯이 지켜보고 있었다.

하지만 칼은 핏발 선 눈으로 핀을 쳐다보고 있다.

미아한테 상처를 준 핀을 용서할 수 없는 모양이지만, 그게 고백과 얽힌 문제라 심경이 복잡한 것이리라.

미아의 연정이 이루어진다면 핀과 미아는 사귀는 사이다.

이루어지지 않는다면 칼에게는 다행이지만, 그로 인해 미아가 상처를 받게 되는 건 문제였다.

"네 검사는 리코른이 돌아오고 나서 한다는 모양이야. 에리카 왕녀님과 같이 검사한다니까, 한동안 성에서 기다리고 있어."

——이렇게까지 말해도 대답이 없다.

'나는 뭘 하는 거지. 미아를 지키자고 해놓고 상처나 주다니⋯⋯.'

자기 판단이 잘못되었다고는 생각하지 않지만, 상처를 주었다는 사실에 변함은 없다.

핀이 문 앞에서 떠나려 하자, 방 안에서 발소리가 들려왔다.

문에 몸을 기댄 듯한 미아가 핀에게 말을 걸었다.

「기사님은 꼭 미아한테 돌아와 주실 건가요? 미아를, 싫어하게 되지는 않으셨나요?」

"! 그래, 당연하잖아! 나는 지금도 미아가 제일 소중해. 그러니까 반드시 돌아올게."

그러자 문이 열리고 안에서 미아가 나왔다.

조금 수척해진 미아를 보고 핀과 칼이 충격을 받았다.

칼이 뭔가를 말하려 하자, 브레이브가 손을 뻗어 칼의 입을 막았다.

아무래도 둘의 방해는 시키지 않으려는 모양이다.

핀이 미아를 끌어안았다.

"미안했다. 이렇게 될 때까지 너를 몰아넣다니."

미아가 핀한테 팔을 감고, 옷을 꽉 쥐었다.

"미아를 좋아하지 않으셔도 괜찮아요. 하지만, 반드시 돌아와 주세요."

눈물짓는 미아한테 핀은 지금의 마음을 답했다.

"──지금 당장 대답은 낼 수 없어. 하지만 언젠가 네 마음과도 마주 볼 생각이다. 그때까지 기다려 주겠어?"

자기 마음과 마주 볼 시간이 필요하다고 말하는 핀에게, 미아는 울면서 대답했다.

"네."

◇

프레이저령 군항.

아인호른과 리코른에 물자를 싣는 와중에 엘리야가 나한테 바짝 다가왔다.

"공작님, 저도 가겠습니다!"

나는 절로 미간이 찌푸려졌다.

"싫어. 넌 프레이저 가의 후계자이잖아. 너한테 무슨 일이 생기면 난 책임 못 진다고."

민폐니까 오지 말라고 했건만, 엘리야는 물러나지 않았다.

"왕비님께서도 가신다고 들었습니다. 그럼 제가 가도 문제없지 않습니까!"

"문제 있어. 내가 싫어."

이유를 대놓고 말하자, 엘리야는 고개를 푹 숙여 버렸다.

엘리야는 어째서 전쟁에 나가고 싶은지를 내게 말했다.

"공작님께서 절 싫어하신다는 건 알고 있습니다. 하지만——
저는 에리카한테 걸맞은 남자가 되고 싶습니다."

에리카를 소중히 여기는 나와 마리에한테 미움받고 있다는 걸
눈치챈 모양이다.

뭐, 노골적인 태도였으니까 당연하지만.

그런데도 나한테 머리를 숙이며 참가를 희망하는 건 아무래도
에리카 때문인 듯했다.

"공작님과 에리카 사이에 약혼 이야기가 나온 것은 알고 있습
니다. 저, 저도 공작님과 결혼하는 편이 나라를 위한 일이 된다고
생각합니다."

"그런 이야기도 있었지."

내가 거절했던 거지만, 엘리야한테는 자세한 사정이 알려지지
않은 모양이다.

기껏해야 왕궁에서 약혼 파기 이야기가 나왔다고 들은 정도일
것이다.

"에리카에게 물어보지 그래?"

"——무섭습니다."

"뭐?"

"에리카가 저보다도 공작님이 더 좋다고 한다면—— 저는 다시

일어나지 못할 것 같습니다. 그러니까, 더욱 에리카한테 걸맞은 남자가 되고 싶습니다."

그니까, 에리카의 입에서 나와의 약혼 이야기를 듣고 싶지 않으니까 싸움에 나가겠다?

이 녀석은 사고방식이 근본적으로 잘못되어 있는 것 같다.

루크시온이 나한테 말을 걸었다.

『마스터.』

"응?"

루크시온의 시선 끝을 보니 거기에는 여자애가 서 있었다.

걱정스러운 듯이 엘리야를 지켜보고 있는 모습에, 나는 커다란 한숨을 내쉬었다.

——아무래도 그를 더 매몰차게 대하기는 어려울 것 같았다. 여기서 더 하면 진짜 혼날지도 모른다.

"엘리야 라파 프레이저!"

"네, 넵!"

"나의 배에 널 태울 생각은 없다."

내가 단언하자 엘리야는 어금니를 악물며 주먹을 꽉 쥐었다.

분하고 괴로워하는 듯하면서도 계속해서 끈덕지게 물고 늘어졌다.

"그, 그렇다면, 프레이저 가의 비행선으로 쫓아가겠습니다."

"불가능하다. 평범한 비행선으론 쫓아올 수 없어."

프레이저 가문이 소유한 비행선이 우수할지라도, 아인호른과 리코른을 따라잡는 건 불가능하다.

애초에 기본 성능이 너무 다르다.

엘리야가 분한 마음에 눈물을 흘리기 시작하자 나는 깊은 한숨을 내쉬었다.

"너는 프레이저 가문의 후계자잖아. 그럼 너의 책무를 다해."

"제 책무 말입니까?"

나는 멀리서 우리를 보고 있는 여자아이를 가리켰다.

그러자 엘리야의 시선도 그쪽으로 향했다.

"에리카……."

걱정하며 지켜보고 있는 에리카를 알아차렸기에 나는 이야기를 계속했다.

"왕녀님도, 내 손님인 미아도 여기 남을 거야. 너는 여기서 오기로라도 둘을 지켜. 스친 상처 하나라도 났다간, 널 너덜너덜하게 두들겨 패 주마."

짜증을 내며 말하자, 루크시온이 날 놀렸다.

『아직도 둘의 관계를 인정하지 않는 겁니까? 본인들이 납득한, 정략적으로도 올바른 결혼이라고요.』

"이해랑 납득은 별개잖냐!"

나는 루크시온한테 고함을 치고는, 난감한 표정을 짓고 있는 엘리야한테 말했다.

"솔직히 나는 널 인정하지 않았고, 인정하고 싶지도 않다. 하지만, 하지만 말이다—— 저 애가 너를 인정했으니까, 어쩔 수 없이.

어쩔 수 없이! 인정해 주마."

"저, 저기……."

엘리야의 어깨에 손을 올려놓고 꽉 쥐었다.

"너는 남아서 네 할 일을 해라. 나는 내 할 일을 할 테니. 왕녀님을 부탁한다."

엘리야가 주먹을 꽉 쥐고 힘차게 고개를 끄덕이며 대답했다.

"예! 맡겨 주십시오."

"——하지만, 둘에게 무슨 일이 생기면 절대로 용서하지 않을 거다."

만약을 위해 으름장을 놓자, 엘리야가 식은땀을 흘리며 조금 떨고 있었다.

"네, 넵."

◇

리코른 함교에는 크레아레 외에 작업용 로봇들의 모습이 있었다.

그 외에는——.

"리온은 아인호른에 타는 거 아니야?"

——노엘과 안제, 리비아의 모습이 있었다.

고개를 갸웃하는 노엘에게 나는 작게 한숨을 내쉬었다.

"세 명 다 따라올 것까지는 없는데……."

내가 안전한 곳에 있으면 좋겠다고 바랐는데도, 세 사람 모두 리코른에 승선했다.

안제가 허리에 손을 대며 발끈한 표정으로 날 쳐다봤다.

"우리는 도움이 되지 않는다는 말이냐?"

"아니, 그런 의미가 아니라……."

대답하지 못하고 있자, 안제가 팔짱을 끼고 작게 한숨을 쉬었다.

"뭐, 나는 별 대단한 도움은 못 되겠지. 하지만 리비아와 노엘은 다르다."

안제가 둘에게 시선을 향하자, 노엘이 오른손으로 가슴을 두드렸다.

오른손 손등에 있는, 성수의 무녀임을 나타내는 문장이 눈에 들어왔다.

"맡겨 줘. 이래 보여도 도움이 될 테니까. 뭐, 나는 서포트 역할이지만."

노엘의 시선이 향한 곳에는 가슴에 오른손을 댄 리비아가 있었다.

긴장한 기색이지만 내가 쳐다보자 미소 지었다.

"이전부터 아래랑 같이 뭘 할 수 있을지 이야기를 나눠 왔어요. 괜찮아요, 리온 씨의 발목을 잡진 않을 거예요."

그 말을 듣고 나는 힐난하는 듯한 시선으로 크레아레를 쳐다봤다.

크레아레 본인은 내가 쳐다봐도 평소와 다름없이 태연자약하다.

"쓸데없는 짓을."

『어머? 마스터의 도움이 되고 싶다는 그녀들의 소원을 들어준 거야. 마스터도 참, 사랑받고 있네. 그런데도 아무것도 시켜 주지 않는다니, 마스터는 최악이야~.』

날 위해서 뭔가 하고 싶다는 마음은 기쁘지만, 안전한 장소에 있어 주길 바라는 건 잘못된 일일까?

불만스러워하는 듯한 내게 리비아가 가까이 다가와 나랑 팔짱을 꼈다.

"리온 씨. 저희도 도움이 되어 보일게요. 조금만 더 저희를 믿어 주시지 않겠어요?"

"그야 믿고는 있지만, 전쟁은 이야기가 좀 다르잖아."

이게 단순한 모험—— 던전 공략이었다면 나 역시 제지하지 않았을 것이다.

하지만 전쟁은 이야기가 다르다.

세 사람이 약하다고는 생각하지 않지만, 전쟁에서 다른 사람을 죽였을 때 느낄 정신적인 부담은 클 것이다.

다정하면 다정한 만큼 마음이 상처받는다.

나같이 둔감하다면 괜찮지만, 세 사람은 다들 섬세하다.

리비아가 나를 보며 곤란한 듯이 미소 짓고 있었다.

아무래도 내가 뭘 불안하게 생각하고 있는지 눈치챈 모양이다.

"리온 씨가 저희를 걱정해 주고 계시는 건 알아요. 하지만, 괜찮겠죠? 왜냐면 리온 씨는 싸움을 멈추러 가는 거니까요."

"——리비아."

정신이 번쩍 들었다.

그렇다. 나는 싸움을 멈추러 가는 것이지, 전쟁을 하러 가는 게
아니다.

가능한 한 적의 피해도 줄일 생각이다.

리비아가 내 손을 양손으로 감싸고 부드럽게 쥐었다.

"믿고 있어요. 그러니 그걸 돕게 해주세요."

"——알았어."

리비아와 서로 마주 보고 있자, 방 한구석에 있기 거북해하는
듯한 집단이 있었다.

카라와 카일을 데리고 있는 마리에다.

마리에가 짜증스러운 얼굴로 우리를 봤다.

"이제부터 싸우러 가는데, 함교에서 농탕질하지 않았으면 좋
겠네."

카라는 작게 한숨을 내쉬었다.

"저도 만남을 갖고 싶어요."

카일은 그런 카라를 위로했다.

"진정되고 나면 학원에서 찾을 수 있어요."

"그렇다면 좋겠는데, 요즘 남자는 3학년한테 매몰차니까."

현 상황에 눈물짓는 카라를 카일이 필사적으로 달랬다.

리비아와 손을 마주 잡은 나는 마리에 일행 쪽을 봤다.

"너희도 이쪽에 타는 거냐?"

지금 알아차렸다는 반응을 보이자, 세 사람이 노골적으로 언짢은 표정을 지었다.

마리에가 허리에 손을 대고 상반신을 앞으로 숙이며 따다닥 쏘아붙였다.

"미안하게 됐네! 애초에 회복 마법을 쓸 수 있으니 도우라고 한 건 그쪽이잖아? 왜 모르는 척 말하는 거야."

"미안했다. 하지만 평소에 먹여 살려 주고 있으니까, 가끔은 날 위해서 일하라고."

"일하고 있다구! 엄청나게 애쓰고 있는데, 나를 평가하지 않는 건 그쪽이잖아!"

시끄럽게 키익 키익 떠드는 마리에를 보며 노엘이 난감한 듯이 웃었다.

"마리에 쨩도 힘들겠네."

동정받은 마리에는 노엘한테 내 험담을 불어넣었다.

"노엘도 조심하는 편이 좋아. 이 인간은 낚은 물고기한테 먹이를 안 주는 최악의 남자니까. 가끔은 후려갈기는 게 좋다구."

"——생각해 둘게."

노엘은 내 쪽을 보며 조금 생각한 뒤에 마리에의 의견에 따르는 듯한 반응을 했다.

나는 그런 노엘의 대답에 놀랐다.

"어?! 마리에가 하는 말을 진지하게 받아들이는 거야?!"

놀라고 있자, 리비아가 생글생글 웃는 채로 내 손을 쥔 손에 힘을 더해 갔다.

안제도 뭔가 말하고 싶어 하는 것처럼 날 보고 있었다.

──어째서인지 내가 궁지에 몰린 듯한 느낌이 든다.

루크시온과 크레아레가 이 상황을 보며 이야기하기 시작했다.

『어째서 둔감함만큼은 낮지 않는 것일까요.』

『이건 이미 마스터의 개성이자 단점이네.』

제멋대로 하고 싶은 말을 마구 지껄이는 인공지능들.

그리고 뭔가 말하고 싶어 하는 듯한 약혼자들.

거기다 나한테 되려 한 방 먹여줘서 기뻐 보이는 마리에 일행 삼인조.

나는 도망치다시피 리코른에서 철수했다.

◇

백의 도시에 있는 신성왕의 거성.

오늘은 하늘이 맑게 개어 기분이 좋은 신성왕은 발코니에 나와 성 아랫마을을 내려다보고 있었다.

신성왕이 자랑거리인 흰 수염을 매만지며 말했다.

"아득바득 일하는 자들을 내려다보니 기분이 좋군."

백성을 자애롭게 여기는 마음 따위는 없다.

오히려 힘들어하는 모습에 기쁨을 느끼는 성격이었다.

신성왕에게는 남의 목숨조차 자신의 것이었다.

그래서 성기사들을 쓰고 버리는 말로 삼아도 마음이 아프지 않았다.

주위에서는 미녀들이 시중을 들며 신성왕의 비위를 맞추는 것처럼 애쓰고 있다.

그럴 때였다.

발코니로 신성왕을 지키는 친위대 기사가 뛰어서 들어왔다.

수염을 기른 기사는 신성왕에게 가까이 다가오더니 무릎을 꿇고 무례한 행동을 사죄했다.

"위대하신 폐하, 무례한 행동을 용서해 주십시오!"

"──뭐냐?"

불쾌한 듯이 고개만을 돌려 뒤돌아보자, 기사의 얼굴은 새파래져 있었다.

"아군에게서 급보입니다! 프레이저령에서 귀축 기사가 소유한 두 척의 비행 전함이 출항했다는 소식이 들어왔습니다!"

"뭣이라?"

중요한 보고에 신성왕은 기사 쪽으로 몸을 돌렸다.

기사는 한층 상세한 보고를 했다.

"불확정한 정보입니다만, 귀축 기사는 불경하게도 이 라셀 신성 왕국에 쳐들어가겠다며 지껄이고 있었다고 합니다. 위대하신 폐하, 곧바로 피난 준비를!"

귀축 기사가 라셀에 쳐들어온다는 것을 알고 시중을 들던 미녀들도 동요했다.

몸을 떨며 얼굴이 새파래지는 자들밖에 없었다.

그만큼 리온의 이름은 라셸에서 두려움을 사고 있었다.

신성왕이 혀를 찼지만, 곧바로 생각을 전환했다.

발코니 난간에 양손을 올리고, 눈앞에 보이는 비행 전함의 대열에 미소를 띠었다.

"왜 도망쳐야 하지? 여기에는 군의 반수 이상이 집결해 있다. 이건 단락한 행동에 나선 호르파트 왕국의 실태다. 곧바로 제국에 사자를 보내라. 호르파트 왕국이 야심을 드러냈다는 것을 알면 제국도 움직일 거다."

당당하게 행동하자 주위의 불안이 어느 정도 누그러졌다.

기사도 신성왕의 거동에 감명을 받고 있다.

"그, 그러면, 이 성에 남으시는 겁니까?"

"당연하다. 귀축 기사가 아무리 강하다 할지라도, 여기에는 수십 명에 달하는 성기사들이 모여 있다."

기사가 깊숙이 머리를 숙였다.

"실례했습니다. 그럼, 저도 임무에 복귀하겠습니다."

"음."

기사가 뛰어서 나가자, 신성왕은 주위에 있는 미녀들에게 중얼거렸다.

"——도망칠 준비를 해라."

놀란 주위 미녀들은 연신 눈을 깜박였다. 아까와 전혀 다른 말이었지만, 신성왕은 신경 쓰지 않았다.

'뭐, 내가 도망칠 동안의 시간 벌이 정도는 해주겠지.'

군도 목숨을 버리고 싸우는 성기사들도, 신성왕에게는 그저 쓰고 버리는 말에 지나지 않는다.

자기 목숨만 무사하다면, 전후에 호르파트 왕국에서 얼마든지 뜯어낼 수 있다.

자랑거리인 흰 수염을 매만진 신성왕이 이후의 계획을 궁리하고 있자 미녀 중 한 명이 양손으로 입가를 누르며 외쳤다.

"위, 위에서 뭔가 빛났어요!"

전원의 시선이 상공으로 향하자, 태양을 등진 무언가가 있었다.

신성왕은 눈을 휘둥그레 뜨며, 자신의 심장 고동이 빨라지는 것을 느꼈다.

명령을 내리려 했더니, 자기가 생각했던 것보다도 동요하고 있었던 모양이라 거의 비명이 되어 나왔다.

"저, 전군, 요격해라아아아!!"

너무나도 갑작스러운 적의 출현에, 신성왕은 소리를 지르고는 곧바로 성안으로 뛰어 들어갔다.

◇

고고도를 비행하는 아인호른과 리코른.

리코른이 선행하고 있어서, 아인호른 함교에 있는 나는 걱정되어 안절부절못하고 있었다.

211

"목표지점에 도착했는데 어째서 리코른을 뒤로 물리지 않는 거야?! 저기에는 안제랑 리비아, 노엘이 있다고!!"

루크시온한테 호통을 쳤지만, 루크시온은 조금도 신경 쓰지 않고 평소처럼 담담하게 대답했다.

『크레아레로부터 제안이 있었습니다. 리코른이 선행하여 적의 공격을 막겠다고 합니다. 효과적이라고 판단했기에 채용했습니다.』

"제멋대로 굴지 마! 리코른을 방패로 삼을 셈이냐?"

『예.』

단언한 루크시온을 때리고자 주먹을 크게 휘둘러 올렸지만, 핀이 내 팔을 붙잡았다.

지금의 핀은 검은 파일럿 슈트로 갈아입은 상태였다.

"싸우고 있을 상황이냐! 내가 나가서 배를 지킬 테니까, 너는 출격 준비를 해라. 쿠로스케, 언제든지 갈 수 있겠지?"

핀이 부르자 브레이브는 불만스럽게 대답했다.

『언제든 괜찮다고. 하지만 파트너. 가끔은 브레이브라고 불러줬으면 좋겠어.』

"아아, 다음에."

『그렇게 말하면서 항상 안 불러 주잖아!』

핀이 함교에서 나가려 하자, 루크시온이 제지했다.

『방해하지 마십시오. 여러분은 리코른을── 저 세 사람을 지나치게 과소평가하고 있습니다.』

그러자 선행하던 리코른이 백의 도시를 향해 강하하기 시작했다. 대각으로 지상을 향해 힘차게 돌격했다.

『리코른, 강하합니다.』

"제기랄!"

함교에서 뛰쳐나가려 했더니, 우리의 접근을 알아차린 라셀의 비행 전함이 상승해 왔다.

거기서 갑옷이 몇백 기가 출격했는데, 모조 마장도 섞여 있었다.

비행 전함 갑판에도 라이플을 든 갑옷의 모습이 보였다.

몇십 기나 되는 갑옷을 태운 비행 전함이 상승하여 리코른을 조준하고 있었다.

루크시온이 말했다.

『적의 포격이 옵니다. 리코른, 필드 전개.』

"──농담이지?"

눈앞의 광경이, 나는 믿기지 않았다.

리코른 함교.

준비된 좌석에 앉은 밀렌은 눈앞의 인물에게 시선을 빼앗겼다.

"이게 사람이 사용할 수 있는 마법이야?"

밀어닥치는 갑옷과 라이플 탄환.

리비아는 그것들을 함교에서 마법으로 모조리 막아내고 있었다.

준비된 원형 모양 장치 위에 선 리비아는 희미한 하얀빛에 감싸여 있다.

하얀빛 속에 금색 입자가 미세하게 섞여 있었다.

리비아의 머리카락이 부풀어 오른 것처럼 두둥실 떠올라 퍼져 있는 건 분명 마력의 흐름으로 인한 것이리라.

리비아를 서포트하는 크레아레가 쾌활하게 상황을 전했다.

『필드 전개에 성공. 신성 속성이니까 아예 그냥 성역이라고 부를까?』

성역—— 리코른을 희미하게 빛나는 구체 형상 필드가 뒤덮었다.

마법으로 만들어진 필드 표면에 마법진 무늬가 보였다.

쾌활한 크레아레한테 대답한 건 화기관제(火器管制) 역할을 맡은 안제였다.

"이름은 나중에 마음대로 정해라. 지금은 적을 막는 게 우선이다! 우현에서 모조 마장을 선두로 갑옷 집단이 온다."

『그건 알고 있지만, 문제는 어떻게 날려 버릴까?』

"격추에 집중할 필요 없다. 위협으로 충분하다."

안제의 명령을 받고 크레아레가 리코른을 조작했다.

『무모한 명령이지만 마스터의 의향이니까 따를게.』

리코른에 수납되어 있던 요격용 다총신 기총이 출현했다.

개틀링건—— 기총의 총신이 회전하기 시작하더니 잇따라 탄환을 흩뿌려 나갔다.

이 세계에는 갑옷용 기관총이 존재하지 않는다.

그 이유는 탄환 제조 비용이 많이 들기 때문이다.

전장에서는 대 비행 전함이나 대 갑옷을 상정한 마력을 담은 마탄을 사용한다.

평범한 탄환은 마력 필드에 막혀 위력이 크게 줄기 때문이다.

그래서 전장에서 총기란 정확하게 조준하여 한 발씩 쏘는 게 보통이었다.

그러나 리코른은 탄환을 아낌없이 흩뿌렸다.

모조 마장들은 일반 탄환이라고 생각했는지 다른 갑옷을 지키기 위해 앞으로 나서서 탄환의 비로부터 아군을 지키려 했다.

그 행동에 안제가 어금니를 악물었다.

"바보 놈들이."

크레아레는 마장에 연관된 자에게 어떠한 미래가 기다리고 있어도 개의치 않는다.

여느 때처럼 쾌활하게 떠들었다.

『어머, 어머. 이게 평범한 탄환인 줄 아는가 보네. 하지만 이건 최고급 마탄이야.』

크레아레의 말대로였다.

마탄이 모조 마장의 장갑을 깎아 나갔다.

평범한 갑옷이라면 한 발로 꿰뚫렸겠지만, 상대는 모조품이라고는 해도 마장이다. 일반 갑옷보다 튼튼하고, 강한 마력으로 보호받고 있다. 마탄이라고 할지라도 쉽게는 꿰뚫을 수 없다.

하지만 몇 발, 몇십 발, 몇백 발이나 맞으면 결국은 깎여 나간다.

이내 한계에 달한 마장이 장갑을 관통당해 검은 액체를 뿜어내며 추락했다.

이를 뒤따르던 갑옷들은 모조 마장이 추락하는 모습을 보고 혼란에 빠져 뿔뿔이 도망치기 시작했다.

『으음~, 갑옷은 이거면 되겠지만 비행선 상대로는 어렵겠네. 자칫 잘못하면 격추해버릴 것 같아.』

전장은 백의 도시 바로 위.

비행선이 추락하면 그대로 성 아랫마을에 떨어져 심대한 피해를 낼 것이다.

그걸 허용할 수 없는 노엘이 당황한 기색으로 리비아한테 오른손을 향했다.

노엘이 지닌 무녀의 문장이 녹색 빛을 내뿜었다.

축적해 두었던 성수의 에너지가 희미한 녹색 빛을 내뿜으며 리비아한테 흘러갔다.

노엘이 리비아에게 마력을 공급한 것이다.

성역을 유지하는 데 대량의 마력을 소비하는 리비아를 서포트했다.

"그렇게 되면 농담으로는 안 끝나니까, 올리비아한테 맡길게."

리비아가 천천히 고개를 끄덕였다.

"맡겨 주세요!"

앞쪽을 똑바로 바라본 리비아가 오른손을 앞으로 향하자 리코른 주위에 수십 미터 규모의 마법진 수백 개가 나타났다.

마법진은 일제히 방향을 바꾸어 아래쪽을 향했다.

밀렌은 여전히 의도를 읽을 수가 없었다.

'마법진으로 공격? 아니, 그런 짓을 하면 바로 밑에 있는 라셀의 수도가 불탈 테지.'

리비아가 그런 선택을 할 리 없다. 도무지 무슨 마법인지 예상할 수가 없었다.

리비아가 오른손을 당겨, 위에서 내려치는 것처럼 휘둘렀다.

"조금 흔들리겠지만 참아 주세요!"

적에게 들리지 않는다는 것을 알고 있을 텐데도 리비아는 적에게 미안함을 전했다.

리비아의 그 무른 성격에 밀렌이 눈살을 찌푸렸으나——.

"이게 무슨?!"

곧 밀렌은 리비아의 무른 성격을 타박할 마음이 싹 사라졌다.

리비아의 행동과 동시에 마법진이 라셀의 비행 전함을 향해 강하하기 시작했다.

마법진이 비행 전함에 닿자 상승하던 움직임이 멈추더니, 오히려 적이 천천히 하강하기 시작했다.

밀렌은 어느샌가 좌석에서 일어서 있었다.

리비아가 뭘 한 건지 깨닫고 놀라서 식은땀을 흘렸다.

"마법진으로 비행 전함을 위에서 억누른 겁니까?! 어떻게 그런 일이!"

밀렌 역시 왕가에서 마법 교육을 받았지만, 리비아의 마법은

흉내 낼 엄두조차 나지 않았다.

오히려 이런 걸 할 수 있다고 주장하는 녀석이 있으면 제정신인지 의심이 들 수준이었다.

그 충격적인 광경이 지금 눈앞에서 펼쳐지고 있었다.

자랑스러운 친구의 활약이 기쁜지 밀렌 옆에 서 있던 안제가 조금 득의양양하게 자랑했다.

"어떻습니까. 이게 밀렌 님께서 학원에 들이신 특대생의 실력입니다."

특대생으로서 평민을 입학시켰을 때, 밀렌은 반대하지 않았다.

특대생을 직접 고르지는 않았지만, 입학 허가를 요청하는 서류에 사인한 기억은 있다.

"나는 선발에 관여하지 않았어. 추천이 올라왔기에 허가를 냈을 뿐이야. 설마, 이런 인재를 데려왔을 거라고는 생각지도 않았어."

밀렌은 마음속으로 복잡한 기분이 들었다.

조금 강하기만 할 뿐이라면 쌍수를 들고 기뻐했겠지만, 리비아의 능력은 위협을 느낄 정도였다.

리온과 루크시온이 없었더라면 밀렌은 리비아를 경계하고 있었으리라.

안제가 리비아의 뒷모습을 봤다.

"리비아, 그대로 억눌러라. 나머지는 리온이 해줄 거다."

안제의 목소리를 들은 리비아는 앞을 본 채 대답했다.

"──리온 씨가 일을 마칠 때까지 시간은 저희가 벌어 보이겠어요."

저희. 혼자서 싸우고 있는 게 아님을 이해하고 있는 대사다.

밀렌은 세 사람과── 인공지능 한 기가 연계하여 만들어 낸 결과가 너무나도 굉장해서 현기증을 느꼈다.

"아무래도 제가 당신들을 얕보고 있었던 모양이군요. 아니, 실력을 조금도 헤아리지 못하고 있었어요."

"밀렌 님?"

"──안제, 강하게 자랐군요. 당신을 잃은 게 정말로 아깝습니다."

밀렌한테 아까운 인재라는 말을 들었지만, 안제는 고개를 가로저었다.

"저보다 리비아와 노엘이 더 대단합니다."

자기는 둘에게 뒤처진다고 말하는 안제에게 밀렌이 미소를 지으며 가르쳐줬다.

"다른 사람의 실력을 인정할 수 있는 것도 강하다는 증거예요. 그리고 협력해서 이만한 일을 해낼 수 있는 인연은 얻기 힘든 법이에요. 소중히 여기도록 하세요."

안제가 묵묵히 고개를 끄덕이자 밀렌은 마지막으로 말했다.

"이제 가르칠 게 없네. 어느샌가 나를 앞서가고 있었어."

밀렌은 그렇게 자조했지만, 타이밍이 나쁘게도 전투 소리로 인해 밀렌의 목소리는 지워졌다.

◇

리비아의 마법을 보고 있던 건 밀렌뿐만이 아니다.

함교에 밀렌이 있어서 주눅 든 상태였던 마리에는 구석 쪽에서 전투를 지켜보고 있었다.

율리우스를 비롯한 귀공자들을 농락했다는 이유로 마리에는 밀렌한테서 날카로운 시선을 받을 때가 많다.

그 때문에 얌전히 있었던 것인데, 그곳에서도 리비아가 범상치 않음을 느끼고 있었다.

카라가 바깥을 가리켰다.

"마리에 님, 보세요. 적의 비행선이 억눌려서 고도를 낮추고 있어요."

카일은 창문에 달라붙어 적이 우왕좌왕하는 모습을 보고 있었다.

"적도 놀라서 당황하고 있네요. 이건, 이대로 승부가 나는 것 아닐까요? 주인님은 어떻게 생각하시나요?"

카일이 물어봤지만, 마리에는 아무 대답도 할 수 없었다.

시선은 리비아한테 고정되어 있다.

'역시, 너무 강해서 치트라 불리는 1탄의 주인공답네. 언동 때문에 인기가 없었지만, 진짜 강해서 의지가 돼.'

그 여성향 게임에서 주인공은 흑기사와 마찬가지로 공식 치트

취급을 받았었다.

그녀에게 그만한 능력이 있다는 건 알고는 있었지만, 직접 보니 마리에도 놀라지 않을 수 없었다.

마리에 또한 마법을 배우고 습득하였기에 리비아가 범상치 않다는 걸 이해할 수 있었다.

'아무리 노력해 봤자 나는 주인공한테 미치지 못한다는 거네.'

마리에는 회복 마법을 쓸 수 있지만, 그건 약간 있었던 재능에 의지하여 피나는 노력을 한 결과다.

스스로 열심히 노력했다고 생각하지만, 리비아의 마법은 노력만으로는 메울 수 없는 재능의 차이를 여지없이 보여줬다.

'잘 생각해 보니, 우리가 쟤한테 싸움을 걸었었던 거지?'

어딘가에서 길을 잘못 들었다면, 주인공인 리비아가 진심으로 적으로 돌아섰을지도 모른다.

그렇게 생각하니 몸이 부르르 떨렸다.

'오빠가 어떻게든 해줘서 정말로 다행이야아아아!!'

마리에는 리온한테 감사했다.

◇

아인호른 격납고.

루크시온제 갑옷이 늘어선 가운데, 바깥 상황을 모니터로 보고 있던 네 사람── 율리우스를 제외한 다섯 바보가 리비아의 전투를 보며 완전히 기겁하고 있었다.

브래드가 다른 세 명의 얼굴을 보며 뺨을 움찔거렸다.

"야, 이거—— 이길 수 있겠어?"

크리스는 눈을 감고 대담한 미소를 짓고는 말했다.

"일대일 상황으로 끌고 가면 승산이 있다. 하지만 그러지 못하면 완패한다."

그렉은 팔짱을 끼고 당당히 선언했다.

"솔직히, 싸우고 싶지 않군. 싸우면 일방적으로 지겠어."

리코른의 무장도 흉악하지만, 무엇보다도 리비아의 마법이 악랄하다.

마법으로 일방적으로 비행 전함을 억눌러 두고 있는데, 실전에서 당하면 손써 볼 도리도 없이 모함이 격침당한다.

질크가 얼굴이 파래진 채 입가를 손으로 누르고 있었다.

"마탄을 일절 통과시키지 않는 것도 흉악하군요. 이러면 어쩔 도리가 없습니다. 싸우지 않는 게 상책이에요."

네 사람의 견해가 일치하자, 격납고 안에 발소리가 들려왔다.

뒤돌아보니 거기엔 또다시 수수께끼의 인물—— 가면의 기사가 서 있었다.

"실력자들이 한심한 말을 하는군. 싸우기 전에 전의가 내려가 있는 모양이다만, 그걸로 이번 싸움에서 이길 수 있겠나?"

네 사람을 실력자라고 인정하면서도 어딘가 도발적인 태도였다.

그렉이 가면의 기사를 손가락질하며 가리켰다.

"너 이 자식, 어디로 들어왔냐!"

크리스는 검을 뽑아 자세를 취하더니, 칼끝을 가면의 기사한테 향했다.

"또 너인가."

질크도 권총을 들고 총구를 가면의 기사에게 겨누고 있었다.

"어디든지 침입해 오는군요. 마치 쥐새끼 같습니다."

가면의 기사는 쥐새끼라는 말을 들어 화가 났는지, 목소리가 조금 커졌다.

"실례인 녀석이구나! 모처럼 도와주러 왔는데, 그 태도는 무례하지 않나."

팔짱을 끼는 가면의 기사.

그의 모습은 이전보다도 더 호화로워져 있었다.

가면 외에, 착용한 옷이나 망토가 새것이었다.

옷 안에는 파일럿 슈트를 착용하고 있어서 언제든 갑옷에 올라탈 수 있었다.

브래드가 격납고 입구에 시선을 향했다.

"리온이 왔어. 이번에야말로 너의 가면을 벗겨 배에서 내던져주지."

하지만 가면의 기사는 드센 태도를 무너뜨리지 않았다.

마치 리온이 자기를 묵인해줄 것임을 알고 있는 듯했다.

"그러면 리온 경에게 물어보도록 할까. 리온 경! 나한테도 갑옷을 한 기 준비해 주었으면 한다. 율리우스 전하를 위해 준비된 훌륭한 갑옷이 있을 테지?"

율리우스는 아인호른에 타고 있지 않은데도 준비된 하얀 갑옷.

무릎을 꿇고 선 자세로 파일럿이 탑승하는 것을 기다리는 모습인데, 네 사람은 이를 의아하게 여기고 있었다.

아무도 타지 않는데 어째서 실은 건가, 하고.

핀을 데리고 격납고에 온 리온은 가면의 기사를 힐끔 보더니 흥미 없다는 듯이 말했다.

"마음대로 해. 하지만 망가뜨리면 변상시킬 거야."

변상이라는 말을 듣고 가면의 기사가 살짝 멈칫했다.

"가, 가능한 한 파손하지 않겠다고 맹세하지."

리온은 그대로 아로간츠의 콕핏으로 향했다.

그때 다른 네 명에게도 말을 걸었다.

"리비아와 안제, 노엘이 만들어 준 기회야. 마무리는 우리가 하는 거다."

브래드를 비롯한 네 명이 서로 얼굴을 마주 보며 고개를 끄덕였다.

"여성에게 이렇게까지 시켜 놓고 실패할 수는 없단 말이지. 나도 전력을 내보도록 할까."

리온은 미소를 띠고는, 그대로 콕핏 해치를 닫았다.

◇

『아로간츠 기체 체크가 종료되었습니다. 올 그린, 언제든지 출격할 수 있습니다.』

루크시온의 목소리를 들으며 아로간츠를 움직여 격납고 해치로 향했다.

다섯 바보도 갑옷에 올라타 기동시키고는 아로간츠 뒤를 따랐다.

「핀, 너는 어떻게 할 거지?」

갑옷을 전개하지 않는 핀에게 묻자, 핀은 어깨를 으쓱였다.

「밖에서 두를 테니까 신경 쓰지 마라. 이대로 밖으로 던져 주면 된다.」

나는 그런 말을 하는 핀을 이해할 수 없었다.

전생에서 스카이다이빙 같은 게 딱 질색이었던 나는 핀의 배짱을 존경했다.

「안 무섭냐?」

「파트너가 있으니까.」

핀이 파트너인 브레이브를 보자, 핀의 말이 기쁜지 가슴을 펴는 듯한 몸짓을 하고 있었다.

「하핫, 좋은 콤비구만. ——루크시온, 우리도 나간다.」

『알겠습니다. 해치 오픈.』

루크시온이 말하는 것과 동시에 아인호른 격납고 해치가 열렸다.

선체 옆 좌우에 마련된 해치가 열리자 격납고에 바람이 거칠게 불었다.

그런 와중에서도 핀은 여유로운 얼굴로 서 있었다.

바깥을 보니 산발적인 저항이 펼쳐지고 있다.

적의 비행 전함은 움직이지 못하는 상황이어서 갑옷 대다수는 리코른을 노렸지만, 리비아의 필드에 가로막혔다.

글자 그대로 리코른—— 아니, 리비아를 상대로 속수무책이었다.

그런 와중에 아인호른에 접근하는 기체의 모습을 확인했다.

「먼저 나간다.」

아로간츠가 등에 짊어진 컨테이너 백팩의 부스터가 불을 뿜고, 격납고 밖으로 뛰쳐나가자 적 갑옷이 육박해 왔다.

통신 회선이 아니라 외부 마이크가 적의 목소리를 포착했다.

「찾았다, 귀축 기사다!」

「우리 성기사의 원적을 쳐라!」

「위대하신 폐하와 아름다운 조국을 위하여!」

이 대사를 듣는 것만으로도 상대가 모조 마장임을 알아차릴 수 있었다.

고작 한 번의 출격을 위해 목숨을 버리는 그들은 글자 그대로 국가에 목숨을 바친 존재다.

그 삶의 방식에는 의문을 가졌지만, 바보 취급하기도 망설여졌다.

「너희들 성기사는 여기서 끝내 주마.」

하다못해 라셸의 성기사라는 존재를 근절토록 하자.

조종간을 움직이고 페달을 밟자 아로간츠가 가속했다.

성기사들한테서 거리를 두기 위해 나선을 그리는 것처럼 강하했다.

"살아날 가망은 없는 거지?"

『예.』

무의미한 대화에 어울려 준 루크시온도 이번만큼은 빈정대는 말을 하지 않았다.

"그렇겠지. ──라이플을 꺼내."

『라이플을 사출합니다.』

컨테이너에서 나온 라이플을 아로간츠가 오른손으로 잡고 조준 자세를 취하자 모니터에 모조 마장의 모습이 보였다.

록 온── 조준이 적에게 고정되고, 방아쇠를 당기자 라이플에서 탄환이 발사되어 모조 마장의 머리를 날려버렸다.

그대로 재생하려나 싶었는데, 남은 마장의 몸에 균열이 가더니 바사삭 부서졌다.

"또 흉악해졌구만. 위력을 올리기만 한 게 아니지?"

재생 능력을 가진 마장을 일격에 처리해 버렸다.

『지금까지의 데이터를 기초로 대 마장용으로 개수하고, 탄환도 마장에게 더욱 높은 효과를 발휘하도록 개량하였습니다.』

축적한 데이터를 기반으로 루크시온과 크레아레가 더욱 강력한 무기를 만들어 낸 모양이다.

동료가 당하는 걸 본 성기사들은 전의가 꺾이기는커녕 격앙하여 아로간츠한테 덤벼들었다.

성기사들은 마장에 흡수당하여 정신이 불안정해진 상태였다.

「잘도 동료를!」

격앙하여 속도를 높인 모조 마장이었으나, 아로간츠로 걷어차 날려버렸다.

속도는 빨라졌어도 직진해 온다면 무섭지 않다.

「예측하기가 쉽다고!」

걷어차 날아간 모조 마장이 공중에서 자세를 바로잡으려 하고 있을 때 라이플을 겨눠 방아쇠를 당겼다.

파편이 되어 흩날린 모조 마장이 백의 도시의 상징인 백악의 성에 추락하여 검은 액체를 흩뿌렸다.

그래도 성기사들의 모조 마장은 귀축 기사라 불리는 나를 눈엣가시로 여기며 아로간츠에 무리 지어 달려들었다.

「위대한 조국을 위하여!」

나라를 위하여, 라며 외치며 다가오는 모조 마장은 손에 거대한 해머를 쥐고 있었다.

공중에서 해머를 크게 올린 후 아로간츠와 접근하기 전에 내리치더니, 회전하며 돌격해 왔다.

이 무슨 생각 없는 거친 공격 방법일까?

가벼운 느낌으로 말을 내뱉으며 아로간츠를 회피시켰다.

「미안하지만 나는 개인주의라서 나라를 위해서라는 말을 들어도 공감이 안 된단 말이지.」

회전하는 모조 마장은 크게 원을 그리는 것처럼 방향을 바꾸어 재차 아로간츠를 향해 날아왔다.

"미사일! 움직임을 멈추는 거면 충분해."

『발사합니다.』

아로간츠의 컨테이너에서 미사일이 발사되자, 그것이 회전하는 모조 마장에 명중하여 회전축을 흔들었다.

회전 속도가 떨어져 공중에서 휘청휘청하는 모조 마장을 향해 라이플을 겨누고 방아쇠를 당겼다.

흉부를 관통당한 모조 마장이 그대로 움직이지 않게 되더니 추락했다.

다음으로 나타난 모조 마장은 세 기가 동시에 덮쳐 오는 모양이다.

연계가 잘 되어 있는 걸 보면, 성기사로서의 실력이 높은 것이리라.

마장을 폭주시키지 않고 연계를 취하는 시점에서 실력자임을 알 수 있다.

「혼자서 격추할 수 없다면, 셋이서 처치할 뿐이다!」

산발적인 공격이 눈에 띄는 모조 마장이지만, 연계하니 성가셨다.

아로간츠라면 성능으로 이길 수 있겠지만, 피해를 받는 건 싫었다.

타겟으로 정한 적에게 접근해서 아로간츠의 왼손으로 장저(掌底)

를 꽂아 넣었다.

"우선은 하나."

임팩트를 맞고 마장이 날아가자 검은 액체가 피처럼 튀어 아로 간츠한테 쏟아졌다.

『돌아가면 세심하게 세정해야겠군요.』

루크시온이 진심으로 기분 나쁜 듯이 말했는데, 인공지능인 주제에 깔끔한 걸 좋아한다고 할지, 마장 혐오가 철저한 것도 신기한 이야기다.

담담하게 적을 쓰러뜨리면 될 텐데, 어째서인지 마음 같은 걸 가지고 있다.

구인류들은 무슨 생각으로 인공지능들한테 마음을 갖게 한 것일까?

「잘도 형을!!」

아무래도 세 기의 모조 마장을 조종하는 성기사는 형제였던 모양이다. 형의 원수를 갚기 위해 돌격해 오는 모조 마장을 걷어차서 날린 나는 다른 한 기를 노렸다.

분노로 이성을 잃은 모조 마장 덕분에 연계가 쉽사리 흐트러졌다.

「이걸로 둘── 남은 건 너뿐이다.」

형의 원수를 갚는다는 목적을 가진 모조 마장은 정신적으로 불안정해졌는지 인간형 모습을 유지하지 못하고 부풀어 올랐다.

둥글게 부풀어 구체 상태가 되더니, 커다란 입이 출현했다.

그리고 등에는 구체 크기에 비하면 작은 박쥐 날개가 돋아나 있었다.

「널 산산이 조각내 주마아아아!!」

크게 벌린 입 안을 보니 톱날이 진동하고 있었다.

아로간츠를 물려고 달려들었기에, 왼팔을 내밀어 줬다.

팔꿈치부터 아래를 물어뜯은 모조 마장이 톱니 날을 진동시켜 금속끼리 마찰하는 기분 나쁜 소리를 냈다. 입 안의 불꽃이 바깥으로 튀자 루크시온이 어처구니없어했다.

『놀이가 지나칩니다. 그게 아니면, 안타깝게 여긴 겁니까?』

내 기분에 민감한 녀석이다.

형의 원수를 죽이고 싶다는 모습에 닉스나 코린—— 남자 형제의 얼굴이 떠올랐다.

나도 같은 입장이라면 반드시 복수했을 것이다.

차츰 금속음이 나지 않게 됐고, 모조 마장이 입을 벌렸다.

아로간츠의 왼팔은 다소 흠집이 나긴 했지만 무사했고, 대신 모조 마장의 톱니 모양 이빨이 전부 부서져 있었다.

"——날려 버려."

『알겠습니다.』

왼팔에서 충격파를 발생시키자, 모조 마장이 터지며 날아갔다.

감상에 젖을 여유도 없기에 나는 고개를 움직여 다음 목표를 찾았다.

생각하는 건 전부 다 끝난 다음에 하자.

"다음은!"

『지상에서 새로운 모조 마장이 올라오고 있습니다. 아무래도 숙련도가 낮은 성기사를 투입하기 시작한 모양입니다.』

침공받아 당황한 라셀 신성 왕국은 아직 어엿한 한 사람 몫을 한다고는 말하기 어려운 성기사 후보생까지 투입하기 시작한 것 같다.

그걸 알 수 있는 이유는 올라온 모조 마장의 모습 때문이었다.

어느 것이고 전부 일그러진 형태를 하고 있다.

"얼른 쓰러뜨리고 마장을 파괴한다."

『──아뇨, 그럴 필요는 없습니다.』

컬러풀한 갑옷들이 아로간츠 옆을 지나쳐 급강하했다.

율리우스── 가면 기사가 탄 하얀 갑옷을 선두로 빨간색과 물색 갑옷이 뒤이었다.

세 기가 모조 마장을 베고자 달려들었다.

그리고 아로간츠를 향해 오던 모조 마장 한 기는── 멀리서 라이플을 겨누는 질크의 녹색 갑옷이 쏜 탄환에 관통당했다.

질크한테서 통신이 들어왔다.

"여기는 저희한테 맡기고 먼저 가십시오."

"가끔은 도움이 되잖냐."

농담조로 가볍게 말했더니, 질크도 내게 맞춰 줬다.

"저희가 일하는 모습을 좀 더 평가해 줬으면 하는군요. 사태가 진정되고 나면 제 평가를 수정하기 위해서도 대화의 장을 만들어 주십시오."

약빠르게 자기만 평가를 고치라고 말하는 부분이 질크답다.

다른 네 명에 관해서는 재평가하지 않아도 된다고 말하고 있는 것이나 마찬가지다.

질크가 탄 갑옷이 잇따라 모조 마장을 쏴서 격추했다.

아무래도 아로간츠가 들고 있는 라이플과 동등한 성능인 듯하다.

강하하려 했더니, 날개를 펼친 마장—— 핀과 브레이브가 융합한 진짜 마장이 우리 옆에 와 있었다.

그 모습을 본 성기사들이 놀라고 있다.

「어째서 성기사가 배신하는 거지?!」

「아니, 애초에 누구냐!」

「저렇게 아름다운 모습은 그리 없다고.」

진짜 마장을 앞에 두고 당황하는 성기사들. 하지만 그는 핀—— 제국이 소유한 마장이다.

핀은 모조 마장들을 상대하지 않았다.

「리온, 쿠로스케가 호수 밑에서 강한 마장의 반응이 느껴진다고 말하고 있다.」

「성이 아니라?」

핀을 대신하여 브레이브가 내게 마장이 있는 장소를 알려주었다.

『틀림없어. 호수다.』

오른쪽 어깨를 보니 루크시온의 빨간 렌즈가 점멸하고 있었다.

『마장의 위치를 특정했습니다. 그리고 신성왕으로 추정되는 인물이 탈출하기 위해 비행선에 올라타고 있습니다.』

"그쪽이 먼저인가?"

『아뇨, 아무래도 일이 성가셔질 것 같습니다.』

루크시온은 그렇게 말했으나, 그 어조는 어딘가 어처구니없어하는 말투였다.

나한테 어처구니없어하는 게 아니다.

정말로 구제 불능이라고 생각하고 내뱉은 중얼거림인 듯하다.

그 직후, 핀이 아로간츠를 떠밀쳤다.

「피해라!」

「큭!」

핀이 소리치기 전에 보인 건 호수 안에서 무언가가 튀어나와 생겨난 물기둥이었다.

그것도 한두 개가 아니라, 몇십 개나 생겨나 있다.

핀의 마장이 검을 뽑아 자세를 취하더니, 호수에서 나온 무언가를 베었다.

잘 보니 핀이 벤 것은 상당히 커다란 씨앗이었다.

사이즈는 어른 한 명 정도 크기일까? 그런 씨앗이 호수에서 잇따라 발사되었다.

그걸 본 루크시온이 빨간 렌즈를 요사스럽게 빛냈다.

『미사일 사용 허가를 요청합니다.』

"사용해."

망설이지 않고 허가를 내리자 컨테이너 백팩 해치가 열리고 거기서 미사일이 발사되었다.

미사일은 호수에서 쏘아져 나온 씨앗을 추적했다.

씨앗에 명중하여 폭발을 일으켰고, 불탄 씨앗이 호수로 떨어졌다.

「무슨 씨앗이지?」

핀한테는 예상이 안 되는 모양이다.

「나는 모르겠다. 쿠로스케는 어때?」

『오랜 세월 동안 독자적인 성장을 이뤘으니까 나도 예상이 안 돼. 뭐, 식물 계열이라고는 생각하지만.』

식물 계열이라는 마장이 잠든 호수에서 넝쿨이 뻗어 왔다.

끝부분에 보인 건 쌍각류(雙殼類) 조개 같은 형상을 한 잎—— 아니, 전생에서 본 듯한 형상이다.

조개에 가시가 붙은 듯한 그 꺼림칙한 모습이 호수에서 여섯 개나 출현했다.

「생각났어. 파리지옥이다!」

내가 중얼거리자 듣고 있던 핀도 납득했다.

「듣고 보니 확실히 닮았군. 뭐, 닮았기만 할 뿐 다른 녀석이겠지만.」

거대한 파리지옥이 무차별적으로 주위를 덮치고 있었다.

가장 가까이에 있던 모조 마장을 덮치더니 사이에 끼우고 그대로——.

「어, 어째서지! 나는 아군—— 이다——!」

순식간에 사이에 끼어 녹아 버린 모양이다.

"폭주하고 있잖냐!"

『무리하게 기동시킨 것이겠지요. 정말로 성가신 적이군요. 그건 그렇고, 발사된 씨앗에도 문제가 있습니다.』

모니터에 미처 다 처리하지 못하고 놓친 씨앗의 모습이 비쳤다. 성 아랫마을에 떨어진 씨앗에서는 다리 여섯 개가 돋아나 있었고, 씨앗이 갈라져 커다란 입으로 변하더니 성 아랫마을 사람들을 덮치기 시작했다.

커다란 입으로 근처에 있던 사람들을 덮치는 모습은 보고 있으려니 기분 좋은 광경이 아니었다.

"먼저 이쪽인가."

구조하러 가고자 조종간을 움직이자 그보다 먼저 성 아랫마을에 보라색 갑옷이 내려섰다.

쓸데없이 멋진 포즈를 취하는 그 갑옷은 창 여섯 자루를 짊어지고 있다.

「여긴 나한테 맡겨 주실까.」

◇

성 아랫마을에 착지한 브래드가 탄 갑옷은 오른손에 원뿔형 창을 들고 있었다.

짊어진 창도 같은 구조인데, 다른 무기는 보이지 않는다.

콕핏에서 바깥 모습을 보니 아로간츠와 브레이브가 호수에서 발사되는 씨앗을 쏴서 떨어뜨리고 있었다.

미처 다 처리하지 못한 씨앗이 성 아랫마을에 떨어지더니 괴물로 변해 움직이기 시작했다.

브래드는 창을 지면에 꽂고 자루 끝부분에 갑옷의 양손을 얹었다.

적지에서 여유를 보이는 자세이지만, 본인은 놀이로 이런 행동을 하는 게 아니다.

주위에서는 마장에서 발사된 씨앗이 사람들을 덮치고 있었다.

그 광경에 얼굴을 찌푸렸다.

"실로 추악하네. 지켜야 할 백성을 괴롭히다니, 귀족으로서——기사로서 그냥 넘어갈 수 없어."

표정을 지우고 집중한 브래드가 조종간을 꽉 쥐자 마력이 흘러넘쳤다. 콕핏에 마련된 마력 감지장치가 그걸 받아 갑옷의 등에 있는 창으로 전달했다.

등에서 사출된 여섯 자루의 창은 공중을 날아다녔다.

브래드가 탄 갑옷에서 내려진 명령을 마력으로 받아들이고 그걸 실행한다.

"혼자서 다수를 압도하는 게 내 갑옷의 특징이거든. 즉, 나는 너희의 천적이란 거지."

대답은 없지만 자기를 긍정하는 발언은 멈추지 않는다.

브래드가 조종하는 여섯 자루의 창에는 광학 병기가 탑재되어 있었다. 리온은 그걸 마법적인 무언가라고 브래드한테 설명했다.

다만, 브래드도 바보는 아니다.

마법적인 공격 수단이 아니라는 건 이미 알고 있다.

창이 씨앗 괴물들에게 돌격하여 괴물들을 꿰뚫고 쓰러뜨려 나갔다.

그리고 여섯 자루의 창이 상공으로 날아오르더니 창끝을 지상으로 향했다.

"한 마리도 놓치지 않아."

브래드의 말대로 창에서 발사된 레이저가 씨앗 괴물들을 불태웠다.

성 아랫마을 사람들이 그런 광경을 보며 아연해하고 있었다.

개중에는 구해준 브래드의 갑옷에 다가오는 사람들도 있다.

그런 사람들에게, 브래드가 콕핏 안에서 도망치라고 재촉했다.

「지금 바로 도망가.」

◇

──성 아랫마을에 내려가 포즈를 취하는 브래드를 봤을 때는 약간 걱정했다.

하지만 씨앗 괴물로부터 성 아랫마을을 지키는 모습을 보고 안도했다.

"저 녀석도 하면 할 수 있잖아."

내가 드물게도 칭찬해 주자, 루크시온도 감탄하고 있었다.

『혼자서 다수를 상대할 수 있는 갑옷입니다만, 그만큼 파일럿의 기량도 높아야 합니다. 상성이 유리하다고는 해도, 브래드는 잘하고 있습니다.』

"나머지는 다섯 바보한테 맡기고, 우리는 마장을 상대한다."

마장을 상대하는 데 집중할 수 있다고 했더니, 검을 휘둘러 씨앗을 베던 핀이 내게 신성왕 확보에 관해 확인했다.

「왕이 도망치려 하고 있다만, 그쪽은 놔두는 건가?」

「맡겨 놨으니까 괜찮아. 자, 그럼 우선은 어떻게 해서 쓰러뜨릴까—.」

호수 안에서 파리지옥 같은 거대식물을 출현시키는 마장을 어떻게 하면 끝내낼 수 있을지 생각했다.

"저 기분 나쁜 식물을 전부 불태워서 적이 어떻게 나오는지를 확인할까."

라이플을 컨테이너에 수납하고, 대신 배틀 액스를 꺼냈다.

아로간츠가 배틀 액스를 오른손에 들자, 브레이브가 기분 나빠하는 듯한 목소리를 냈다.

『우으, 나는 그 도끼가 싫어. 기분 나쁜 소리가 나.』

배틀 액스는 고주파 블레이드가 채용되어 있어서, 베는 데 특화되어 있다.

고주파를 발생시키기 때문에 다소 시끄러운 게 흠이지만, 그래도 지금의 적을 상대하는 데는 최적일 것이다.

"전부 베어 날리면 아무리 저놈이라도 기어 나오겠지?"

『정보가 부족하여 판단 불가능합니다.』

아로간츠가 속도를 높여 거대한 파리지옥으로 향하자, 적이 반응하여 조개 같은 잎을 벌리며 덤벼들었다.

아로간츠를 가속하여 피했지만, 그 때문에 몸이 시트에 억눌렸다.

격한 움직임은 역시 파일럿한테도 부담이 크지만——.

"우선은 한 놈!"

——피하면서 파리지옥을 베어 떨어뜨리자, 조개 같은 잎이 호수로 추락했다.

줄기가 촉수처럼 꾸물대며 마구 날뛰었고, 잘린 곳에서 검은 액체를 흩뿌렸다.

아로간츠한테 베인 것에 앙심을 품었는지 다른 파리지옥이 움직이기 시작했다. 아로간츠를 노리고 달려들자, 핀이 그중 한 놈을 베어 떨어뜨렸다.

롱소드로 미려한 칼솜씨를 피로한 핀은 다른 파리지옥도 베어 떨어뜨리고 있었다.

날개를 펼치고 자유롭게 날아다니는 핀의 마장—— 브레이브는 파리지옥이나 촉수를 잇달아 베어나갔다.

"마장도 나쁘지 않네. 갑옷 성능은 저쪽이 더 위지?"

『——바보 같은 소리 하지 마시고, 일을 하시는 게 어떻습니까? 그리고 아로간츠의 성능과 비교할 거라면 종합적인 능력으로 판단해 주십시오. 다채로운 옵션 파츠를 가진 아로간츠는 어떠한 상황에도 임기응변으로 대응 가능합니다. 마장한테 질 리가 없습니다.』

내가 마장을 칭찬한 탓에 불쾌해진 루크시온이 빠른 어조로 거침없이 쏘아붙였다.

"내가 잘못했으니까 화내지 말라고."

『저는 화내지 않습니다. ——마스터, 밑에서 옵니다.』

루크시온의 경고에 반응하여 아로간츠를 상승시키자, 촉수나 새로운 파리지옥 등이 출현했다.

그것들은 호수 안에서 잇따라 모습을 나타냈다.

그 광경을 보고 나는 호수 바깥에 나온 식물을 쓰러뜨려도 의미가 없음을 깨달았다.

"이건 아무리 열심히 해도 의미가 없겠군."

『재생과 증식을 확인했습니다. ——아무래도 적은 마스터가 좋아하지 않는 수법으로 마장을 기동시킨 듯하군요.』

"내가 좋아하지 않는?"

미간이 찌푸려지는 것을 느꼈다. 생각한 것 이상으로 나는 불쾌하게 느끼고 있었던 모양이다.

"어떻게 할래?"

『——아로간츠는 전장을 고르지 않습니다. 아인호른에서 수중전용 장비를 사출하겠습니다. 공중에서 장비를 교체하여 주십시오.』

「난 수중전 경험이 없단 말이지.」

내가 싫어하고 있자, 촉수들이 아로간츠에 무리 지어 몰려들었다.

미사일을 발사하여 불태우고, 그래도 쓰러뜨리지 못한 적은 배틀 액스로 베어 갈랐다.

핀 쪽도 촉수에 쫓기고 있다.

「물속 말이냐? 나도 한 번밖에 경험이 없다.」

「있다면 괜찮잖아. 너한테 맡겨도 돼? 나는 이제 돌아가고 싶어.」

호수 속에서 촉수를 조종하는 마장과 싸운다든가, 좀 봐줬으면 한다.

핀한테 떠넘기려 했더니, 브레이브가 먼저 대답했다.

『너희들의 전쟁이잖냐! 파트너는 돕고 있을 뿐이라는 걸 잊은 건 아니겠지?』

브레이브의 반응에 루크시온은 차갑게 대답했다.

『그쪽이 돕지 않아도 마스터의 승리는 흔들리지 않습니다. 돕게 해주고 있다, 라고 말하는 편이 정확하겠지요.』

『이런 때까지 짜증 나는 고철 부스러기구만!』

『마장의 코어와 친해질 생각은 없습니다. 인간처럼 말한다면, '꼬리 말고 도망쳐라'일까요? 공포를 느끼고 있다면 도망쳐도 괜찮습니다.』

『아아아아!! 나는 이 자식이 싫어어어어어!! 해주자고, 파트너!!』

루크시온한테 놀림당해서 격앙하며 의욕을 보이는 브레이브는 귀염성이 있군.

핀 쪽은 어처구니없어했다.

「진정해라, 쿠로스케. 그리고 우리까지 수중에 들어가면 식물들을 상대할 여유가 없어진다. 아니, 그보다 그만큼 호언장담했으니까 자기 힘으로 어떻게든 하라고, 리온.」

칼 씨한테 비교적 평화롭게 전쟁을 끝내겠다고 약속한 체면상, 내가 싸우지 않는다는 선택지는 없다.

핀한테 전부 떠넘겨 버리면 칼 씨도 내게 불신감을 품을 것이다.

아니, 핀을 싫어하는 칼 씨니까 오히려 기뻐해 주려나? 핀 녀석을 곤란하게 만들고 왔습니다! 라고 보고하면 분명 크게 기뻐해 줄 것 같은 느낌이 든다.

루크시온이 전력 분석을 개시해 보니, 핀의 예상대로였던 모양이다.

『다섯 명도 현 상황에서는 식물에서 손을 뗄 수가 없습니다. 마장은 저희만으로 파괴하도록 하지요.』

"역시 항상 내가 제일 귀찮은 역할을 맡게 된단 말이지."

촉수나 파리지옥에서 도망치기 위해 공중에서 날아다니고 있자, 아인호른에서 발사된 교환 장비 파츠가 가까이 다가왔다.

공중에서의 장비 교환은 난도가 높은데, 적에게 쫓기는 상태에서는 더더욱 어렵다. 장비 교환용 파츠는 날아다니는 아로간츠를 쫓아왔지만, 장비를 교환할 틈이 없었다.

"조금 힘들려나?"

아로간츠한테 뻗어 오는 촉수를 배틀 액스로 베었다.

하지만 절단면에서 재생하여 다시 덮쳐 온다.

"일단 거리를──."

거리를 두려고 하자, 아로간츠와 촉수 사이에 날개를 펼친 브레이브가 나타났다.

촉수들을 롱소드로 베어 버리고는, 그대로 아로간츠의 방패가 되어 주었다.

「핀!」

「여기는 맡겨라. 너는 얼른 끝내라고.」

「고맙다! 돌아오면 답례하마.」

「기대하지 않고 기다리고 있지.」

아로간츠를 쫓아왔던 촉수가 브레이브의 롱소드에 베여나갔다.

적에게서 거리를 벌리자, 루크시온이 장비 교환을 실행했다.

『컨테이너 백팩과 각부(脚部)를 퍼지(purge)합니다.』

다리 부분은 무릎부터 아래가 분리되었고, 컨테이너가 분리되자 아로간츠의 속도가 저하되었다.

대신 준비된 다리 파츠가 도킹했는데, 수중용이기 때문인지 평소보다도 굵어졌다.

백팩은 로켓을 두 개 나란히 놓은 듯한 물건이었다.

양쪽 모두 도킹하자 루크시온이 곧바로 체크했다.

『장비 교환이 종료되었습니다.』

아로간츠의 오른손에는 수중총이 쥐어져 있었다.

그대로 자유낙하에 몸을 맡겨 강하하는 도중에 나는 깊은 한숨을 내쉬었다.

"이렇게 될 줄 알았으면 수중에서도 시험 탑승해두는 거였는데."

주전장이 하늘이기에 물속에서 싸울 일은 없을 거라며 여태까지 피해 왔다.

지금에 와서 후회하고 있자, 아로간츠가 수면에 충돌했고 그와 동시에 루크시온이 말했다.

『조금은 아로간츠의 성능을 다시 보셨습니까?』

"아직도 마음속에 품고 있었냐? 너, 조금 끈질기다고."

인공지능답지 않은 깊은 앙심이다.

◇

리온과 루크시온이 수중전을 개시했을 무렵.

백악의 성에서는 신성왕이 준비된 비행선에 올라타고 있었다.

성 지하에 건조된 비행선 승선장에는 신성왕이 탈출하기 위해 속도에 특화된 비행선이 준비되어 있었다.

비행선 안에는 재보가 실렸고, 왕족과 필요 최소한의 선원들이 승선했다.

신성왕이 마음에 들어 하는 미녀들도 함께 비행선에 올랐다.

재상이 신성왕과 함께 도망치고자 성안에 있는 비행선 승선장에 왔다.

"폐하, 저, 저도 태워 주십시오!"

트랩을 지나 올라타려 하는 신성왕에게 재상이 매달렸다.

갑자기 나타나 아군의 비행 전함 대부분을 한순간에 무력화시킨 귀축 기사 일행에게 공포를 느낀 것인지 핏기가 가신 얼굴이었다.

하지만 신성왕은 재상을 거칠게 뿌리쳤다.

"너는 끝까지 성에 남아서 지휘해라."

신성왕은 그대로 비행선에 올라타고는 선원들에게 말했다.

"곧바로 출발해라. 목적지는 볼데노와 신성 마법 제국이다."

"옙!"

싸우고 있는 아군을 버리고 목숨을 부지하려 하고 있지만, 왕족으로서는 올바른 모습일 것이다.

신성왕은 불만스러워 보였지만, 그다지 허둥대지는 않았다.

"나만 살아남으면 라셸은 몇 번이고 되살아난다. 왕국의 바보 놈들이여, 지금 잔뜩 승리를 기뻐해 둬라."

제국에 망명하여 거기서 왕국 타도를 내걸고 세계를 움직이겠다── 그런 계획을 생각하고 있던 신성왕이었으나, 비행선이 비밀 통로를 빠져나와 바깥으로 나오자 격심한 흔들림이 비행선을 덮쳤다.

"무, 무슨 일이냐!"

신성왕이 소리치자, 선원들이 바깥 광경을 보고 있었다.

그곳에 있던 건 하얗게 빛나는 아인호른급 2번함—— 리코른이었다.

비밀 통로 끝에서 기다리고 있었던 것이리라.

"이, 이런 말도 안 되는! 어떻게 이곳을 알았지?"

선원들이 웅성거리고 있자, 리코른에서 목소리가 났다.

「——여기까지입니다. 항복하도록 하세요, 신성왕.」

신성왕은 담담하게 항복을 권고하는 상대의 목소리를 들은 적이 있었다.

"으, 음험한 공주인가."

신성왕이 무릎부터 무너져 내리는 것처럼 바닥에 주저앉았다.

# ★제10화「물 밑의 도시」

호수 속에는 믿기지 않는 광경이 펼쳐져 있었다.

"어째서 물 밑에 도시가 있는 거지?"

수중전 사양으로 장비를 교체한 아로간츠가 물 밑에 도착하여 착지했다.

착지한 순간에 흙이 피어올라 주위 시야가 나빠졌다.

『저는 알아차리고 있었습니다.』

"아, 예, 그러십니까."

아로간츠에 장치된 라이트가 주위를 비췄는데, 역시나 도시가 펼쳐져 있다.

건물 안에서 물고기들이 모습을 내보였다.

루크시온이 빨간 렌즈를 빛내며 해석했고, 결과를 말해 주었다.

『과거에 도시가 있었던 장소를 가라앉힌 것이겠지요. 자연 현상인지, 아니면 인위적인지는 조사하면 판명될 겁니다.』

"미안하지만 그럴 시간은 없겠어."

아로간츠의 모니터에 꿈틀거리는 촉수들의 본체가 비췄다.

그곳만 물이 탁해서 시야가 나빠져 있는 건 침전했던 흙이 피어오르고 있기 때문일 것이다.

본체는 물속에 펼쳐진 도시를 파괴하며 촉수를 움직이고 있었다.

『드론을 사출했습니다. 지금부터 적 마장 해석을 개시합니다.』

백팩에서 수중용 드론이 발사되더니 주위로 산개했다.

각각이 해석을 시작했고, 입수한 마장의 데이터를 아로간츠에 보냈다.

"책에서 읽은 적이 있는데, 저게 제국에서 선물한 마장인가? 왜 호수에 가라앉혀 두고 있었던 거지?"

『감당이 되지 않아 호수에 떨어뜨린 것 아니겠습니까? 마석의 파편을 손에 넣을 때 제법 피해를 낸 모양이군요.』

촉수가 꿈틀거린 순간, 바닥에 나뒹굴던 무언가를 날렸다.

그건 잠수함의 잔해였다.

상당히 오래전에 가라앉은 듯한 상태로 보인다.

"감당할 수 없는 물건을 다루려 하다니, 바보인가?"

『감당할 수 없는 힘을 지배한다── 어떤 의미로는 진보라고 할 수 있겠군요.』

아로간츠의 오른팔로 들고 있는 수중총을 겨누는 자세를 취하며 수중을 이동했다. 백팩과 다리 부분의 추진력으로 가속해 나갔는데, 하늘과는 감각이 너무 달랐다.

"움직임이 둔하군."

『수중이기에. 참아 주십시오.』

평소보다도 움직임이 둔하고 무겁게 느껴졌다.

그 상태로 마장에 가까이 다가가 상태를 보니, 아무래도 식물을 조종하고 있을 뿐인 것 같았고 본체는 움직이지 않고 있었다.

"이건, 본체만 쓰러트리면 끝이려나?"

의외로 쉽사리 끝날 것 같은 전개에 안도하고 있다가, 모니터에 비친 마장의 모습에 할 말을 잃었다.

루크시온이 해석할 것까지도 없이, 무슨 일이 일어나고 있는지 상상할 수 있었다.

『마장의 힘에 홀리다니, 어찌 이리도 어리석은 것일까요. 차라리 이 나라를 멸망시켜 버리겠습니까?』

루크시온에 제안에 무심코 '해 버려'라고 말하고 싶어질 정도로 추악한 광경이 펼쳐져 있었다.

◇

리코른 격납고.

무인기에 에워싸인 신성왕은 뒷짐을 진 손에 수갑이 채워져 불만스러워하고 있었다.

"팔이 아프다. 수갑을 풀어라."

적에게 붙잡혔는데도 여전히 뻔뻔한 태도에, 안제가 매서운 눈매로 쳐다봤다.

"자기 처지를 이해하지 못한 것 같군. 적에게 사로잡힌 몸이라는 걸 자각해라."

안제가 평소보다도 낮은 목소리로 그렇게 말했으나, 신성왕은 아무렇지도 않았다.

"어린 계집이 잘난 듯이 굴지 마라. 이 몸은 라셀의 신성왕! 네 놈들과 달리 역사와 전통을 이어받은 유서 깊은 고귀한 혈통이다. 너희들한테 알랑거릴 생각은 일절 없다!"

너무 뻔뻔해서 어이가 없을 정도였다.

안제를 대신하여 밀렌이 신성왕 앞으로 걸어 나왔다.

"고귀한 혈통이라면 패배도 깨끗하게 받아들이도록 하세요. 그리고 호수에 가라앉힌 마장을 멈춰 줘야겠습니다. 당신들은 이미 패배했어요. 저항은 그만두세요."

밀렌의 차가운 시선을 받고 신성왕이 고개를 팩 돌렸다.

"──멈출 수 있을 것 같으냐."

"뭐라고요?"

밀렌이 미간을 찌푸리며 분노로 주먹을 꽉 쥐자 신성왕이 입을 크게 벌리고 웃기 시작했다. 주위를 도발하는 듯한 웃음소리다.

"그것에 남은 성기사와 성기사 후보를 처넣었다. 그래도 모자라서 적당한 자들도 같이 넣었지. 그만큼 먹었으면 놈도 지금은 배가 잔뜩 부를 테지. 라셀이 패배해도 놈은 멈추지 않는다."

수많은 생명을 마장한테 흡수시켜 폭주를 일으키고 있었다.

아연실색했던 안제가 정신을 차렸다.

"너는──!"

신성왕을 욕하려던 안제였으나, 리비아가 팔을 붙잡아 제지했다.

"안제, 참아요."

"이런 행위를 어찌 용납하란 말이냐!"

안제와 리비아는 괴로운 표정을 지었고—— 밀렌도 눈을 감고 뭔가 궁리하기 시작했다.

칼 또한 그 모습을 떨어진 장소에서 지켜보고 있었다.

칼은 모자를 깊게 눌러 썼다.

'뭐, 속이 뒤집힐 정도로 기분 나쁜 남자이긴 하지. 나라 사이의 교류가 아니었더라면 관계를 맺고 싶지 않을 정도다. 하지만, 이 남자를 어떻게 할지로 너희들의 미래가 결정되는 거다.'

칼은 리온 일행이 신성왕을 어떻게 다룰지 보고 있었다.

감정에 맡겨 죽여 버린다면 언젠가는 감정에 휩쓸려 세계를 위기에 빠뜨리리라.

지나치게 강한 힘을 가졌기 때문에, 그에 상응하는 자제심이 있다는 걸 보여주었으면 했다.

하지만 한 소녀가 신성왕에게 가까이 다가가더니, 그의 얼굴에 주먹을 내리쳤다.

칼도 그 광경에 자기도 모르게 목소리가 나왔다.

"뭣!"

신성왕을 때린 건 노엘이었다.

노엘은 어깨를 들썩이면서 씩씩거렸다. 그녀는 주먹에 맞아 바닥에서 신음하는 신성왕을 큰 목소리로 꾸짖었다.

"나는—— 너처럼 뭐든지 깔보는 녀석이 정말 싫어. 사람의 생명도 함부로 다루고, 네가 뭐 잘난 녀석이라도 됐다고 생각하는 거야?"

"어, 어린 계집이! 이 몸은 신성왕이란 말이다!"

신분을 들먹이며 노엘을 위압하려 하는 신성왕은 보고 있으려니 우스꽝스러웠다.

노엘이 오른손을 꽉 쥐었다.

"그게 어쨌다는 거야. 나는 노엘—— 평범한 노엘이야! 그 이상도 이하도 아니야. 단순한 신분만 가지고 잘난 듯이 굴지 말라고!"

신성왕의 얼굴에 다시 주먹을 꽂아 넣은 노엘을 보고, 칼은 마음속으로 주먹을 치켜들고 통쾌함을 분출했다.

'좋은 주먹이로군.'

폭주하는 노엘을 안제와 리비아가 억누르는 가운데, 칼은 천장을 올려다보며 모자로 얼굴을 가렸다.

'자, 귀축 기사—— 너는 어떻게 할 거지?'

◇

호수 바닥에는 거대한 꽃 같은 물체가 있었다.

흙색에다가 표면에 간 균열이 눈에 띄는 꽃 중앙에는 마장이 놓여 있었다.

마장의 크기는 6m 정도이니까 꽃만으로도 전장 30m는 넘을 것이다.

그 꽃 주위의 땅속에서 촉수가 수면을 향해 뻗어 있었다.

마장은 원형은 유지하고 있으나, 표면에는 상처가 많다.

마장의 파편을 손에 넣기 위해 라셀 사람들이 깎아낸 흔적도 있었다.

그 마장 근처에는 만들어진 지 아직 오래되지 않은 잠수함이 보였다.

간이로 만들어진 것들뿐이었고, 파괴되어서 꽃 주위에 나뒹굴고 있다.

마장 표면에는 괴로워하는 사람의 얼굴이 무수히 떠올라 있었고, 움직이고 있는 것처럼 보이기도 했다.

추악한 광경에 토할 것만 같아지는 것을 참고 있자, 루크시온이 해석 결과를 알렸다.

『저 마장에서 지면을 향해 뿌리가 뻗어 있습니다.』

"식물도 마장의 일부인가."

『수많은 인간을 바쳐서 폭주 상태로 만든 것이겠지요.』

일단 한 번 조종간에서 손을 떼고, 손가락 관절을 뚝뚝 소리 내며 꺾었다.

라셀 녀석들한테는 사람의 마음이 없는 거냐? 라고 추궁하고 싶은 기분이다.

"얼른 끝낸다."

『그게 좋겠지요. 하지만 수중전은 데이터가 부족합니다. 공중과 똑같이 움직일 수 없으니 주의해 주십시오.』

"초심자인 나한테 말하지 말라고."

페달을 밟자 아로간츠가 물속을 돌진했다.

오른손에 든 수중총으로 사격 자세를 취하고 마장을 향해 방아쇠를 당겼다.

수중총에서 금속제 화살이 발사되었다.

단, 루크시온 특제 화살이다.

발사된 화살은 마장을 향해 날아갔지만, 촉수에 가로막히고 말았다.

세 발을 발사했지만 세 발 모두 촉수가 받아냈다.

화살이 촉수에 깊이 꽂히자 촉수가 아로간츠한테 접근했다.

공격을 가함으로써 나를 적이라고 판단한 모양이다.

"조금 늦었군. 아로간츠가 물속에 들어왔을 때 공격을 펼쳤어야 했어."

내가 그렇게 말하자 루크시온이 정정했다.

『그렇다고 하더라도 결과에 큰 차이는 없습니다.』

촉수를 피하자 촉수의 움직임에 변화가 일어났다.

촉수에 꽂힌 루크시온제 특별 화살에는 마법적인 처리가 이루어져 있어서, 꽂힌 부분이 변색하기 시작했다.

녹색이었던 촉수가 몸부림치는 것처럼 움직였다.

그 움직임은 다른 촉수에도 전파되었고, 마장 쪽도 조금 괴로운 듯이 버르적거리고 있었다.

"무슨 처리를 해 놓은 거야?"

『식물이었기에 시험 삼아 독을 주입했습니다.』

"독?!"

『농약입니다. 여러 종류를 준비했습니다만, 아무래도 효과적이었던 것 같군요.』

적이 식물이라고 판명된 시점에서 이미 준비하고 있었다니 놀랍다.

나는 아로간츠로 수중총을 들고, 마구잡이로 쏴댔다.

"그러면 노려서 쏠 필요는 없겠군."

『마스터한테 명중률은 바라지 않습니다. 마음대로 하시지요.』

"일일이 비아냥거리지 않으면 대화를 못 하는 거냐? 좀 더 브레이브를 본받지 그래?"

『필요성을 느끼지 않습니다.』

콕핏 안에서 루크시온과 옥신각신하는 사이에 탄창이 비어 버렸다.

아로간츠가 새로운 탄창을 준비하여 장전했다.

조종간을 움직여 그 자리에서 벗어나자, 마구 날뛰던 촉수가 방금 그 자리를 내리쳤다.

물밑에 있는 거리가 파괴되어 잔해나 흙 등이 피어올랐다.

서서히 수중이 탁해져 시야가 나빠지기 시작했다.

"아무것도 보이지 않는 가운데서 싸운다니, 좀 봐달라고."

『그전에 끝내면 되는 이야기입니다만── 역시 평범한 방법으로는 안 되겠군요.』

촉수가 전부 보라색으로 변색하더니, 이번에는 말라서 갈색으로 변했다.

그대로 움직이지 않게 되자, 마장이 놓여 있던 거대한 꽃이 무너지기 시작했다.

마장이 팔을 움직이자 불끈불끈 부풀기 시작하여 거대화했다.

폭주한 마장은 인간형을 유지하지 못하고 괴물 같은 모습으로 변하는 게 특징이다.

곧바로 아로간츠를 이동시키며 수중총으로 화살을 발사했다.

마장 표면에 꽂혔지만 주입한 독으로 변색까지는 되지 않았다.

루크시온이 해석 결과를 전했다.

『──짧은 시간에 내성이 생긴 모양입니다.』

"새로운 독은?"

『일시적으로 효과를 발휘하겠지만, 곧바로 내성이 생길 테니 무의미하겠지요.』

"그러면──."

아로간츠가 수중총을 수납하고 양손을 비웠다.

"──결국 평소처럼 힘 싸움이구만."

『그편이 마스터한테 어울립니다.』

"나중에 두고 봐라."

마치 내가 난폭한 인간 같은 말투잖냐.

한쪽 팔만을 거대화시킨 마장이 아로간츠를 향해 다가왔다.

마장의 몸에는 지느러미가 있어서 물속에서도 자유자재로 움직일 수 있는 모양이다.

다만, 몸의 밸런스가 나쁘기에 움직임이 무척 거칠었다.

수중에서 볼품없이 헤엄치는 모습을 보고 있는 기분이 들면서, 덮쳐 온 적을 아슬아슬하게 피한 뒤 그대로 매달렸다.

『마장에 달라붙었습니다.』

"먹여 버려!"

아로간츠가 손바닥을 마장 표면에 딱 붙이자 루크시온의 빨간 렌즈가 살짝 빛났다.

『임팩트.』

마장 표면이 빨갛게 발광하기 시작하더니, 직후 아로간츠가 날아가 버리고 말았다.

"뭣?!"

『충격 발생과 동시에 파동이 발생하여 날아가 버렸군요.』

"태평하게 말하지 말라고!"

『수중이라 위력도 감소한 상태입니다. 상정했던 대미지는 주지 못했습니다.』

혀를 차고 싶은 것을 참으면서 마장을 보니, 몸 일부를 잃긴 했으나 건재했다.

잃은 부분은 곧바로 수복되었지만, 거기에 더해 몸 일부가 거대화하여 한층 더 흉측한 모습으로 변해 갔다.

아니 그보다, 내 비장의 수를 쓸 수 없다니. 그런 건 예상에 없었는데.

"제장, 수중전은 진짜 좀 봐달라고. 차라리 하늘로 끌고 올라가서 쓰러뜨릴까? 아인호른으로 낚아 올리는 건 어때?"

아인호른으로 마장을 끌어올리는 것을 제안했지만, 루크시온의 반응은 좋지 않았다.

『──마스터는 아로간츠의 기본 성능을 얕보고 있군요.』

"이 타이밍에 할 이야기냐?"

『아로간츠를 얕보시면 곤란합니다. 조종 기술이 미숙한 마스터는 좀 더 기체 스펙에 기대도 괜찮습니다.』

"말투라는 게 있잖냐!"

대화를 계속하며 마장한테서 도망치고 있는데, 적은 수중에 특화되어 있다.

수중에서의 스피드 승부는 마장이 우세한 모양이다.

덧붙여서, 마장은 서서히 몸이 부풀어 오르는 과정에서 한층 수중에 특화된 모습으로 변해 갔다.

인간형을 버리고 어느샌가 다리 부분이 물고기 꼬리로 변해 있었다.

마장은 기분 나쁘고 꺼림칙한 인어 같은 모습으로 변하여 수중을 자유자재로 움직였다.

곧바로 아로간츠의 무기를 확인하니 수중전 사양이라 어뢰가 준비되어 있었다.

망설임 없이 발사하자, 발사된 어뢰 4발이 마장을 추적했다.

하지만 마장이 몸에 비해 커다란 팔을 휘두르자, 바늘 같은 물체가 날아와 어뢰를 격추했다.

착탄 전에 어뢰가 폭발을 일으켰고, 수중에서 격렬한 진동이 느껴졌다.

"어뢰도 안 되나."

어떻게 싸워야 할지 궁리하고 있었더니, 루크시온은 조금 전 이야기를 계속했다.

『저도 크레아레도 아무것도 하지 않고 있었던 건 아닙니다. 브레이브가 출현함에 따라, 아로간츠 개수를 진행하고 있었습니다.』

대화하고 있을 여유가 없어져 대답하지 않고 있자 루크시온이 말했다.

『마스터, 앵커를 사용하십시오.』

이 경우엔 닻이라는 의미의 앵커일 것이다.

곧바로 아로간츠로 앵커를 사용하자 백팩에서 앵커가 사출됐다.

백팩과 와이어로 연결된 앵커는 그대로 마장에 꽂혔고, 아로간츠가 마장의 힘에 이리저리 흔들리기 시작했다.

"역시 힘 싸움에서 밀리고 있잖냐."

『버텨봐 주십시오.』

루크시온의 말대로 바닥에 다리를 붙인 아로간츠가 허리를 낮추고 버티자 움직임이 멈췄다. 지면의 단단한 부분을 발견한 아로간츠는 발바닥에서 스파이크를 꺼내 지면에 박았다.

"버텼어."

『아로간츠의 출력을 상승시키겠습니다.』

콕핏 안에 머신의 낮은 소리가 들려왔다.

조종간과 페달의 감각이 변했다. 양쪽 모두 살짝 움직인 것만으로도 평소보다 반응이 빠르다.

페달을 가볍게 밟은 것만으로도 미터가 급격히 상승했다.

"이러면 조종이 어렵잖냐."

『힘내 주십시오.』

건성인 루크시온의 대답에 받아칠 여유도 없는 채, 아로간츠 조종에 전념했다.

마장 쪽은 무슨 일이 일어난 것인지 이해하지 못한 모양이라, 놀라서 마구 날뛰고 있다.

아로간츠가 와이어를 손으로 붙잡더니, 마장을 확 끌어당겼다.

마구 날뛰던 마장이었으나, 아로간츠의 파워에 져서 원하는 대로 움직이지 못하고 있었다.

"이제 놓치지 않는다고."

『조금 약하게 만들도록 하지요.』

아로간츠의 백팩에서 어뢰가 여러 발 발사되었다.

조금 전과는 다르게 마음대로 움직이지 못하는 마장한테 어뢰가 몇 발이나 명중했다.

폭발이 몇 번이나 일어나더니, 수중에 검은 액체가 퍼졌다.

저항하는 힘이 약해진 것을 느낀 나는 아로간츠를 상승시켰다.

"올라가라, 아로간츠!"

페달을 한계까지 밟자, 아로간츠가 수면을 향해 급상승했다.

그대로 물속에서 뛰쳐나왔는데, 수중전 사양이어도 비행은 가능한 모양이었다.

물속보다도 부자유스럽게 느껴지는 건 백팩의 성능이 하늘에 맞춰져 있지 않기 때문일 것이다.

그래도 아로간츠는 마장을 호수에서 끌어올렸다.

마장은 낚인 물고기처럼 마구 날뛰었고, 나는 아로간츠를 그 자리에서 회전시켰다.

"지상에서 승부를 내 주마."

『현명한 판단입니다.』

일부러 적이 유리한 전장에서 싸울 필요도 없기에, 마장을 빙글빙글 휘둘렀다. 아로간츠를 중심으로 마장이 선회하기 시작했다.

아로간츠가 해머던지기의 요령으로 원심력을 붙여 앵커를 해제하자 마장은 그대로 백의 도시의 상징인 백악의 성과 격돌했다.

성 외벽이 날아가고, 내부가 노출되었다.

백악의 성이라고 불리고 있었던 것 같지만, 도료로 하얗게 칠했을 뿐인 모양이었다.

잔해를 보니 하얀 돌 같은 건 존재하지 않았다.

어쩐지 호화로운 성으로 보였는데, 속은 듯한 기분이 들었다.

마장이 물고기처럼 펄떡펄떡 뛰었기 때문에 성이 괜히 더 무너졌다.

아로간츠가 백팩을 분리하고 그대로 천천히 마장에 다가갔다.

마장 표면에는 비늘이 생겨나 있었고 그것들이 날카롭게 뻗어 아로간츠를 찌르려 했지만, 전부 다 아로간츠의 장갑 앞에서 부

263

서지고 말았다.

마장을 본 루크시온은 라셸의 판단에 의문을 가진 모양이다.

『조종자를 준비하는 편이 상대하기 더 성가셨겠군요. 폭주시키는 사이에 도망칠 생각이었던 것이겠지만, 백성을 버리고 도망치는 거라면 또 모를까, 저희가 없었다면 수도는 파괴되었을 겁니다.』

"신성왕은 귀축이구만."

아로간츠가 저항하는 마장을 후려갈기고는 그대로 오른손을 폈다.

그대로 장저를 꽂아 넣어 날뛰는 마장을 억누르며――.

『임팩트.』

――아로간츠의 오른손에서 발생한 충격파가 마장 내부에 전달되었다. 마장은 괴로운 듯이 버르적거리기 시작하더니 내부가 부풀어 올랐다.

여러 부분이 부글부글 부풀어 올라, 점점 둥근 형태에 가까워졌을 때 아로간츠가 거리를 벌리기 위해 떠올랐다.

몇 초 뒤에는 물풍선이 터지는 것처럼 마장의 표면이 깨지고 주위에 검은 액체를 흩뿌렸다.

백악의 성이 검게 물들었지만, 수선비를 청구당하지 않는다면야 문제없다.

"하아아~, 끝났다."

매번 그렇지만, 아무래도 영 뒷맛이 찝찝하게 남는다.

승리해서 기뻐할 수 있는 싸움은 적었고, 항상 마음속 어딘가
에 응어리가 남아 있었다.

　표정으로 내 심정을 헤아렸는지, 루크시온이 위로했다.

　『희생자를 늘린 건 라셀이지, 마스터가 아닙니다. 책임을 느끼
는 건 번지수가 잘못된 겁니다.』

　"──뭐, 내가 쳐들어가지 않았다면 이런 일도 일어나지 않았
겠지만 말이다."

　라셀이 궁지에 몰리지 않았더라면 이런 흉행(凶行)에는 이르지
않았을 거라고도 말할 수 있다.

　하지만 루크시온은 빨간 렌즈를 가로젓더니 어처구니없다는
어조로 말했다.

　『마스터가 이 싸움을 일으키지 않았더라면 호르파트 왕국의 백
성이 희생됐을 겁니다. 그것도 각지에서 이런 처참한 광경이 펼
쳐졌을 테니, 이 정도면 피해를 최소한으로 억눌렀다고 볼 수 있
지 않겠습니까? 마스터는 상상력이 부족하군요.』

　나를 화나게 해서 침울해진 기분을 바꿔 주려는 루크시온의 상
냥함을 느낀다.

　언제나 전쟁 후에는 상냥한 녀석이다.

　"이겼는데도 항상 허무하군."

　고개를 들고 중얼거리자 어느샌가 내 주위에는 다섯 바보와 핀
이 다가왔다.

　가면의 기사를 연기하는 율리우스가 내 활약을 칭찬했다.

「훌륭하다, 리온 경. 영웅의 이름에 부끄럽지 않은 활약이었어.」

「그, 그래.」

──나는 가면의 기사에 관해 고민하고 있었다.

율리우스의 바보 같은 행동 중 하나이지만, 가면을 장착한 율리우스를 다른 네 사람이 알아차린 낌새가 없다.

율리우스의 기행임을 알면서 같이 즐기고 있는 것일까?

이렇게까지 주위가 알아차리지 못하면 이상하게 억측해서 정정하기도 망설여진다.

주위가 율리우스의 기행에 어울려 주는 가운데 내가 진지하게 '가면의 기사는 율리우스잖아?'라고 말하면 어떻게 될까?

주위 분위기가 싸늘해지고 '아니, 알면서 맞춰 주고 있는 건데? 그보다, 분위기 좀 파악하라고'라는 반응을 할 것 같다.

다섯 바보한테 신경을 써 줄 필요는 없다고 생각하지만, 정말로 알아차리지 못한 건가, 그게 아니면 장난으로 분위기에 맞춰 주고 있는 것인가? 나는 판단을 망설이고 있었다.

그러고 있는 사이에, 지적하지 못하고 율리우스의 기행에 질질 어울려 주고 있는 게 왠지 모르게 아니꼬웠다.

그리고 어느 쪽이라고도 판단이 되지 않는 네 명의 반응도 싫었다.

결과적으로 방치하고 있는 것인데, 누구라도 좋으니까 이 바보들을 멈춰 줬으면 좋겠다.

브레이브가 아로간츠의 어깨에 손을 올리자, 통신 회선이 열렸다.

아무래도 핀은 주위에 이야기가 들리는 걸 원치 않는 모양이다.

"제법 화려하게 마무리했군."

"물속에서는 완전하게 쓰러뜨릴 수 없었어. 다음에는 루크시 온한테 물속에서도 마장을 날려 버릴 수 있는 무기를 준비시킬 거다."

"애초에 물속에서 싸우지 않는 게 제일이겠지만. 그것보다도 리코른이 신성왕을 확보했다."

크레아레와 안제 일행이 신성왕을 붙잡았다.

이걸로 조건 대부분은 클리어된 것이다.

내가 안도하여 한숨을 내쉬자 핀이 충고했다.

"아직 방심하지 마라. 그 할아범, 미아와 연관된 일에서는 얼빠진 짓만 해대지만, 정치에 관해서는 봐주지 않는다."

아무리 나와 핀이 친하게 지내고 있어도 그걸 고려해 주는 인물은 아닌 모양이다.

"알고 있어. 나머지는 교섭으로 끝낼 거다── 밀렌 씨가."

나로서는 교섭해도 발목을 붙잡을 거라고 생각하여 밀렌 씨에게 맡길 생각이었다. 그런 내 한심한 태도에 핀은 화를 내면서도 기막혀했다.

"──중요한 부분은 다른 사람한테 맡기는 거냐."

"중요한 교섭이라서 밀렌 씨한테 맡기는 거야. 그 사람은 굉장하다고. 능력도 출중하지만, 무엇보다도 그 미모가! 왕비님이 아니었다면 진심으로 유혹했을 텐데."

전투도 끝났기에 가벼운 농담을 하자, 핀이 어째서인지 납득한 듯한 목소리로 말했다.

"아아, 그런가. 너는 연상이 취향인 모양이군. 어쩐지 약혼자들한테 영 차갑다고 생각했는데, 그게 이유였어."

"어이, 정정해. 나는 안제랑 리비아, 노엘한테 차갑게 대한 기억은 없다고."

오른쪽 어깨 부근에 있는 루크시온이 나한테서 빨간 렌즈를 돌렸다.

『자각이 없는 게 문제입니다.』

"너는 누구 편이야!"

루크시온한테 고함을 쳤더니 핀이 무언가를 납득한 모양이다.

"확실히, 왕비님을 상대하는 게 더 즐거워 보였지."

"말도 안 되는 트집은 그만둬! 아니 그보다, 너는 미아한테 뭐라고 대답할지 정했어?"

"지금은 상관없잖냐!"

"있단 말이지! 남녀 사이 이야기라고."

"큰 틀로 뭉뚱그리지 말란 말이다."

핀이랑 이러쿵저러쿵 옥신각신하는 사이에, 아인호른과 리코른이 우리한테 접근해 왔다.

## 제11장 「롤랜드의 비책」

전투가 끝나자 라셀 측 비행 전함은 전부 기관을 정지하고 호수에 정박했다.

갑판에는 갑옷이 늘어세워졌고, 병사들은 퇴거당했다.

쓸데없는 저항을 하지 않도록 브래드가 갑옷에 올라타 하늘에서 경계하는 중이었다.

다만, 어째서인지 그 모습에 성 아랫마을 사람들이 열심히 기도를 올리고 있었다.

보라색 갑옷을 성스러운 존재로 착각한 걸까?

브래드는 나르시시스트이기에 이 상황을 기뻐하고 있으려나 싶었는데, 막상 그렇지도 않았다.

"──모두가 날 우러러보고 있어. 어쩌지, 조금도 이해 못 하겠어."

제아무리 브래드라도 곤혹스러운 모양이었다.

성 아랫마을에서 살던 사람들을 구했기에 감사받을 줄은 알았다. 이따금 도리어 원망을 받는 경우도 있지만, 어쨌든 최악의 상황이 되지 않고 끝났다.

라셀 사람들── 백성들에게 미움받으면 이후가 성가셔진다.

통신기에서 브래드가 당혹스러워하는 목소리가 들려왔지만,

나는 무시하고 자기 일에 착수했다.

일이라고 해도 대화의 장에 참가하는 것뿐이지만.

리코른 회의실.

옷을 갈아입은 내가 방에 들어가자 기다리던 사람들의 시선이 내게 모였다.

라셀에서는 신성왕과 다른 한 명이 더 참가했고, 호르파트 왕국에서는 밀렌 씨를 필두로 안제와 내가 참가했다.

또 한 사람이 늦게 올 예정이다.

안제가 나를 신경 써 줬다.

"빨랐군. 좀 더 쉬고 있는 게 어떻지?"

자리에 앉고 나서 대답했다.

"얼른 끝내고 느긋하게 쉬는 게 좋겠다 싶어서. 그래서, 위대한 폐하인가 하는 녀석과는 어디까지 이야기가 진행됐어?"

구속이 풀린 신성왕이 불만스러운 듯이 팔짱을 끼고 나를 보고 있었다.

그 태도가 그야말로 깔보고 있는 태도였기에 내 안에서 신성왕의 첫인상은 최악이 되었다.

"네 녀석이 귀축 기사인가. 이런 애송이가 나라를 대표하는 영웅이라니, 호르파트 왕국의 수준도 뻔하군."

나는 코웃음을 쳤다.

"그런 영웅한테 진 국왕이 있는 듯한데, 누구였으려나?"

일부러 도발하는 티가 나게 질문했더니, 신성왕의 얼굴이 새빨

개겼다.

도발 내성이 낮은 녀석은 이게 문제야.

자기가 먼저 싸움을 걸어 놓고서, 상대가 받아치면 화를 낸다니, 한심하다.

서로 도발하는 싸움에서는 화를 내면 지는 거다.

그러자 내가 입실한 것보다 조금 늦게 율리우스가 들어왔다.

신성왕의 표정을 본 율리우스가 뭔가를 눈치챈 얼굴로 날 봤다.

"또 뭔가 말한 건가?"

"세상 돌아가는 이야기를 조금 했을 뿐이야."

율리우스는 뭔가 말하고 싶은 눈치였지만, 그대로 착석했다.

겼는데도 태도를 고치지 않는 신성왕 옆에는 오른손을 다쳐 팔걸이 깁스를 장착한 계급이 높아 보이는 귀족이 서 있었다.

이쪽은 상당히 긴장한 기색이다.

"——이걸로 전원입니까?"

밀렌 씨가 미소를 지으며 대답했다.

"네, 그래요. 재상. 그러면 전후 처리를 위해 대화를 나누도록 할까요."

전쟁이라는 건 이기고 끝이 아니다.

그 뒤에 전후처리가 남아있다.

지면 괴로운 교섭이지만, 이번에 이긴 건 호르파트 왕국이다.

밀렌 씨도 조금 즐거운 것처럼 보이는데, 원수한테 승리하여 이 자리에 신성왕을 끌어냈기 때문일까?

그러나 당사자인 신성왕은 대담한 미소를 띠었다.

"지금은 승리를 축하토록 해라. 하지만 진정한 승자는 마지막에 이기는 자다. 단지 한 번 이긴 것만으로 내 위에 섰다고 생각하지 마라."

밀렌 씨가 미소를 지으면서도 눈을 가늘게 떴다.

신성왕의 태도가 몹시 마음에 들지 않는 모양이었다.

내 옆에 서 있는 안제도 마찬가지로 신성왕의 태도에 불만을 드러냈다.

"패자한테는 그에 걸맞은 태도라는 게 있다고 생각합니다만?"

신성왕은 안제의 말을 귀담아들으려고도 하지 않았다.

"호르파트 왕국은 과거, 라셸에서 도망친 패배자들이 세운 나라다. 그러한 나라의 인간에게 예를 다할 필요가 어디에 있지?"

끝까지 우리를 깔보는 신성왕 옆에서는 재상이 핏기가 가신 얼굴을 하고 있었다.

그러면서도 신성왕한테 간언하지 않고 있는 걸 보면, 이 녀석도 우리를 깔보고 있는 것이리라.

내 왼쪽 어깨 부근에 떠 있는 크레아레가 흥미진진하다는 듯이 신성왕을 보고 있다.

『재미있네. 너는 역사적 과거로 이 상황을 어떻게든 할 수 있다고 생각하는 거구나? 현 상황은 완벽한 너희의 패배이고, 마스터를 위시한 왕국 측의 승리야. 이걸 과거의 영광으로 뒤집을 수 있다면 대단히 흥미가 있어. 과거의 영광에 매달리는 패배자의 모습에서 어떤 승자로 변할지 부디 보여줬으면 하네.』

흥미를 품고 있는 것이겠지만, 그 말투가 신성왕의 부아를 치밀게 한 모양이다.

말이 없는 채, 분개하여 얼굴을 시뻘겋게 붉히고 있다.

그러자 내 오른쪽 어깨 부근에 떠 있는 루크시온이 크레아레한테 지적했다.

『과거의 영광으로 전쟁에 이길 수 있다면 고생하지 않습니다. 그는 지금 현실도피를 하는 겁니다. 책임능력이 부족하기에 교섭 상대로는 부적합하군요. 누군가 대신할 대표를 준비하는 게 어떻습니까?』

크레아레한테 지적하는 척하면서 신성왕을 도발했다.

이 녀석들 이런 짓만 배워서는. 어쩔 수 없는 녀석들이다.

대체 누구의 영향일까?

그러자 웃음을 참을 수 없었는지 안제와——밀렌 씨가 쿡쿡 웃는 소리가 들려왔다.

여성한테 웃음거리가 된 게 용납되지 않았는지 신성왕이 주먹을 테이블에 내리쳤다.

"윽?! ……뭐, 뭘 웃는 거냐. 너희들이 역사의 패배자라는 건 사실이지 않으냐."

내리친 주먹이 아팠는지 신성왕의 위세가 약해졌다.

재상도 참지 못하고 말참견했다.

"웃다니 무례하지 않습니까?"

어느 쪽이 무례한지 이야기를 나누고 싶은 참이지만, 시간도 없기에 밀렌 씨가 사과하고 이야기를 진행했다.

"그러네요. 실례했어요. 그럼 얼른 대화를 끝낼까요. ──우선 라셀은 군사동맹을 파기해 줘야겠습니다."

밀렌 씨가 조건을 내밀자 신성왕도 재상도 말없이 들었다.

"다음으로 배상금을 청구하겠습니다. 그리고 군사력에 제한을 가하도록 하겠어요."

압도적인 승리이기에 밀렌 씨도 잇따라 조건을 내밀었다.

다만 재상은 입꼬리를 올리며 웃고 있었다.

그 모습에 밀렌 씨가 눈썹을 치켜올렸다.

"뭔가 불만인가요?"

"아니요. 정말로 이것이 음험한 공주라 불리며 두려움을 샀던 밀렌 공인가 해서 말이지요. 어이쿠, 지금은 왕비님이었지요."

음험한 공주라니, 너무한 말투다.

밀렌 씨가 미소를 띠었지만, 눈은 웃고 있지 않았다.

"제가 가짜라고 말하고 싶은 건가요?"

"시야가 좁고, 대국(大局)을 보지 못하고 있군요. 오히려 우리는 호르파트 왕국에 배상금을 요구합니다."

"──뭐라고요?"

라셀 측이 배상금을 요구할 거라고는 생각지 않았기에 나도 놀랐다.

재상은 계속해서 말했다.

"귀국의 침공에 백의 도시라 칭송받던 우리의 수도는 괴멸적인 타격을 받았습니다. 더구나 백악의 성도 어찌 이리 처참한 모습이 되었지요. 배상 금액이 천문학적인 숫자가 될 것을 각오하십시오."

재상의 태도에 만족한 신성왕이 팔짱을 끼며 깊게, 그리고 몇 번이나 고개를 끄덕였다.

"잘 말했다."

밀렌 씨가 어처구니없어했다.

"아직도 자기 처지를 모르고 있군요."

신성왕이 히죽 웃더니 밀렌 씨한테 가르치는 듯한 태도로 말을 걸었다.

"확실히 너희들은 강했다. 하지만 그 강한 힘이 더욱 커다란 적을 만들어 낼 것이다. 눈앞에만 시선이 가서 대국(大局)이 보이지 않는 모양이군. 너희들이 지나치게 이긴 것에 위기감을 품는 건 딱히 우리만이 아니다."

이렇게 말하면 알겠지? 라고 말하는 듯한 얼굴로 쳐다봤기에, 나는 일부러 그러는 티가 나게 고개를 갸우뚱했다.

안제가 작은 목소리로 "너라는 녀석은……" 하고 기막혀했다.

"글쎄?"

"역시 강하기만 할 뿐인 애송이군. 그럼 가르쳐 주마. 우리 라셸 신성 왕국과도 오랜 우호 관계에 있는 초대국── 볼데노와 신성 마법 제국이다."

"흐음~."

내가 모르겠다는 듯 어깨를 으쓱이자 신성왕이 이를 악물었다.

"역시 세상 물정을 모르는 모양이군! 제국이 움직이면 호르파트에 승산 따위는 없다. 제국은 오랜 역사 속에서 다양한 로스트 아이템을 수집해 왔다. 그 군사력은 미지수란 말이다!"

그렇게 단언한 신성왕은 등받이에 몸을 기대고 가슴을 폈다.

"어떠냐? 이제 어느 쪽이 배상금을 뱉어야 하는지 이해가 되었나? 내 심기를 불편하게 하면 지는 건 너희들이라는 말이다."

크레아레가 나한테 말했다.

『이 녀석, 제국의 이름만으로 이길 생각이야. 꼴사납게 패배한 걸 잊고, 이렇게까지 불손하게 굴 수 있다니, 굉장하지 않아?』

그러자 참을 수 없었는지 안제가 웃음을 터뜨리고 말았다.

"그건 곤란하게 됐군요."

안제가 웃으면서 그렇게 말하자 신성왕도 재상도 의아해했다.

미소를 활짝 띤 율리우스가 안제한테 동조했다.

"확실히, 제국이 나섰다면 우리의 패배였겠지."

그리고 마지막으로 밀렌 씨가 입가를 가리고—— 신성왕과 재상에게 냉소를 보냈다.

"제국이 움직이면 어떻게 될지 알 수 없었죠. 그런데, 우리가 그 가능성을 생각하지 않았다고 생각하나요?"

직후, 한 남성이 회의실에 들어왔다.

남성의 대각선 방향 뒤쪽에는 핀이 대기하고 있었다. 장소에

걸맞게 기사로서 남성의 호위 역할에 충실했다.

모자를 벗어 가슴에 댄 남성── 칼 씨가 신성왕을 보고 말을 걸었다.

"제법 위세가 좋군. 타국의 이름을 꺼내 교섭이라니, 여전히 약아빠진 남자로다."

그런 칼 씨를 보고 신성왕이 불쾌하다는 듯이 말했다.

"이 추레한 남자는 누구냐? 고귀한 이 몸의 옆에 가까이 다가오지 말아라."

조금 전까지 쿡쿡 웃고 있던 우리였으나, 모두가 진지한 표정으로 변했다.

──이 자식 진심인가? 칼 씨의 이야기로는 몇 번이나 얼굴을 마주했던 사이일 텐데.

칼 씨도 뺨을 씰룩이고 있다.

대각선 방향 뒤쪽에 서 있던 핀이 칼 씨에게 조언했다.

"폐하, 신성왕이라도 알아볼 수 있는 모습이 되시는 게 어떻습니까? 이자는 폐하의 위광을 알아차리지 못하는 모양입니다."

그러자 칼 씨가 모자를 테이블에 내려놓고 안경을 벗었다.

"──그렇군. 이자를 상대로는 겉모습을 신경 써야 했다."

그렇게 말하고 지팡이 밑부분으로 바닥을 두드리자 한순간이지만 빛이 칼 씨를 감쌌다.

마치 마법 소녀의 변신 장면처럼 초로의 남자가 우리 눈앞에서 의상을 바꿨다.

──서비스 신이 없는 게 천만다행이었다.

휘황찬란하고 호화로운 의상── 적당하게 보석이나 금은으로 장식한 것이겠지만, 아주 그냥 한 벌에 얼마 정도 하는지 캐묻고 싶을 정도로 호화로웠다.

빨간 망토에도 하얀 모피가 달려있어서, 조금 거칠게도 보였다.

"처음부터 내 얼굴을 잊었는가, 라고 물었어야 했나?"

전생자한테 통하는 소재*를 끼워 넣으며, 칼 씨── 황제 폐하는 자기 턱을 매만졌다.

그 모습을 보고 처음으로 신성왕과 재상이 눈을 희번덕거렸다.

신성왕의 목소리가 떨리고 있다.

"칼 황제? 어, 어째서 이곳에?"

그러자 칼 씨가 미간을 찌푸리며 신성왕을 노려봤다.

"──귀축 기사라 불렸던 남자를 이 눈으로 확실하게 보기 위해서다. 그 도중에, 너의 행동도 이 눈으로 보았다. 우리 제국의 이름을 멋대로 쓰고 있는 모양이군."

대각선 방향 뒤쪽에 서 있는 핀의 눈이 '거짓말하는군. 미아를 만나러 온 김에 덤으로잖냐'라고 말하고 있는 것처럼 보였다.

나도 그렇게 생각한다.

재상이 떨면서 칼 씨가 가짜일 가능성을 신성왕에게 말했다.

"신성왕 폐하, 이자가 진짜 제국의 황제 폐하라는 보증은 없습니다."

*토쿠가와 요시무네가 주인공인 유명 시대극에서 주인공이 말하는 단골 대사.

279

"그, 그렇지!"

하지만 칼 씨도 그 부분은 빈틈이 없었다.

둘에게 코웃음을 쳤다.

"그러면 얼른 제국에 어려운 상황을 호소하는 서한을 보내도록 해라. 제국이 움직일지 어떨지 시험해 보면 되겠지. ──다만."

칼 씨가 신성왕에게 다가가더니 차가운 눈으로 내려다봤다.

"제국의 이름으로 멋대로 행동한 너희들은 상응하는 대가를 치르게 될 것이다. 거기에 과거에 제국이 선물했던 마장을 상실한 것도. 양국 우호의 증표를 소홀하게 다룬다는 것이 무슨 의미인지는 그대도 잘 알고 있겠지?"

신성왕과 재상은 조금 전의 드센 태도가 사라져, 몸을 떨고 있었다.

진짜인가, 아니면 가짜인가?

몹시 갈등하는 것처럼 보였다.

칼 씨가 말했다.

"──도착한 모양이군."

창밖을 보니 거기에는 제국의 문장이 그려진 비행선이 리코른에 접근하고 있었다.

칼 씨가 미리 손을 써뒀던 듯하다.

신성왕과 재상이 바닥에 주저앉자, 핀이 내 쪽을 보며 윙크했다.

분명 '성공했군'이라며 기뻐해 주고 있는 것이리라.

나도 손을 들어 넌지시 고맙다는 인사를 하자, 칼 씨가 내 쪽을 봤다.

"조금── 아니, 꽤 엉성하지만, 합격점을 주도록 하지."

"감사한 말씀입니다."

일어나서 사의(謝意)를 표하자, 나와 칼 씨의 얼굴을 번갈아 가며 보고 있던 신성왕이 번뜩 깨달은 모양이다.

"서, 설마, 네가 뒤에서 손을 쓰고 있었던 거냐!"

뒤에서 손을 썼다고 할 정도는 아니지만, 나는 신성왕한테 미소를 향했다.

흑막이 씨익 웃는 듯한, 그런 미소를 의식하면서.

"이기기 위해서 최선을 다하는 건 당연하잖아?"

너희는 자만에 빠져서 아무것도 하지 않았지, 라고는 말로 하지 않았지만 전해졌으리라.

신성왕이 부들부들 떨고 있었다.

"애, 애송이 놈이, 마치 롤랜드 같은── 응?"

롤랜드의 이름이 나와서 내가 발끈하자, 신성왕이 내 모습을 찬찬히 살펴보기 시작했다.

기분이 좋지 않았기에 사납게 노려보자, 신성왕은 납득한 것처럼 고개를 깊숙이 끄덕였다.

"그 악질적인 수완과 험한 입── 그래, 네 녀석은 롤랜드의 사생아로구나!"

"──뭐?"

처음에는 무슨 말을 들은 것인지 이해하지 못했다.

롤랜드의 사생아? 내가? 그건 즉, 내 아버지가 그 롤랜드라는 말이 된다. 그것만큼은, 절대로 있을 수 없는 일이다.

하지만 신성왕은 멋대로 납득하여 철석같이 믿어 버렸다.

"아무래도 영 이상하다고 생각했다. 아무리 공훈을 세웠다고 해도 공작까지 출세하다니, 너무나도 부자연스러운 일. 게다가 왕가가 너를 몇 번이나 총사령관에 임명한 것도 사생아라면 납득이 된다. 설마, 그 만만히 볼 수 없는 롤랜드의 아들한테 패배할 줄이야――."

나는 제멋대로인 말을 지껄이는 신성왕한테 분개하여 부정하려고 했으나――.

"개, 개소리 그만――."

"설마―― 리온이 내 형이었던 건가?!"

――옆에 있던 율리우스가 자리에서 일어나 진지한 표정으로 나를 바라보았다.

이 자식은 또 무슨 말을 하는 거지?

나는 참지 못하고 율리우스한테 고함을 질렀다.

"넌 왜 의심하지 않고 납득하는 거야?! 뭘 형이라고 부르고 있어?! 너는 진짜로 멍청이냐?"

율리우스한테 가까이 다가가 가슴에 손가락을 쿡쿡 찔렀다.

당황한 율리우스가 나한테서 한 걸음 물러나며 변명했다.

"아, 아니, 그렇지만, 아버님이라면 있을 법한 이야기니까."

"아닌 게 당연하잖냐!"

"그래도 그 왜, 네가 형이라면 왕자인 게 되지 않나? 그건 즉, 네가 다음 왕일 수도 있다는 거다. 오히려 이건 거짓말이라도 좋은 것 아닌가?"

"좋지 않다고——! 애초에 왕자인 네가 해도 될 발언이 아니야!"

"좋은 발상이라고 생각했다만."

강하게 부정했지만, 아무래도 영 방 안의 낌새가 이상했다.

칼 씨와 핀이 서로 얼굴을 마주 보며 이야기하고 있다.

"어떻게 생각하지? 롤랜드라면 있을 법하다고 생각한다만?"

"리온한테 죄는 없지만, 그 왕이라면……."

내가 롤랜드의 사생아라는 걸 전제로 이야기를 진행하고 있었다.

나는 뒤돌아서 안제 쪽을 봤다.

"안제도 뭔가 말해—— 아, 안제?"

안제는 턱에 손을 대고 진지하게 생각에 잠겨 혼잣말을 중얼거리고 있었다.

"가능성이 있다. 게다가 폐하의 대응도 생각해 보면, 거짓말이라고 단정 지을 수도 없어. 설마, 리온의 입지를 확실하게 다지기 위해서……?"

가능성이 제로가 아니라는 터무니없는 말을 하기 시작했다.

"눈을 떠, 안제! 내 아버지는 시골 남작인 바르카스야! 내가 사생아라니, 말도 안 되잖아! 게다가 아버지가 롤랜드라니, 죽어도 싫다고!"

롤랜드가 내 아버지라는 말을 들은들, 절대로 인정할 수 없다.

밀렌 씨한테 시선을 향했더니, 양손으로 얼굴을 가리고 울고 있었다.

"설마, 리온 군이 그 돼먹지 못한 남자의 자식이었다니……."

"밀렌 니이이이임!! 정신을 차려 주십시오. 제 어머니는 그런 남자랑 바람을 피울 사람이 아닙니다!!"

어머니의 명예를 위해서도 강력하게 부정했다.

루크시온과 크레아레는 평상시대로였다.

『유전자 검사를 하면 금방 아는 일입니다.』

『하지만 이 소문을 들은 롤랜드가 어떤 얼굴을 할지 볼만하겠어.』

도움이 안 되는 인공지능 녀석들!

나한테 씌워진 의혹을 풀기 위해 조금은 활약하란 말이다.

내가 혼자서 떠들고 있자 신성왕이 말했다.

"이놈, 롤랜드! 어디에 있든지 성가신 남자로다! 설마 녀석의 사생아가 비장의 수일 거라고는 전혀 상상하지 못했다!"

신성왕은 아무래도 내가 정말 롤랜드의 사생아라고 굳게 믿는 모양이었다.

나는 신성왕에게 가까이 다가가 무표정한 얼굴로 주먹을 치켜들었다.

몇 주 뒤.

호르파트 왕국 왕궁에는 귀족들이 모여 있었다.

라셀 신성 왕국에서 일어난 전투의 전말을 듣기 위해서였다.

알현실에는 빈스—— 레드글레이브 공작의 모습도 있다.

이 시점에서 리온이 라셀의 수도를 강습하여 신성왕의 신병을 확보한 건 귀족들한테도 널리 알려져 있었다.

다만, 상세한 내용은 알려지지 않았다.

롤랜드는 옥좌에 앉아 귀족들의 모습을 바라보고 있었다.

안도하는 자도 있는가 하면, 불안해하는 듯한 자들도 있다.

불안해하는 자들은 분명 적국과 내통하고 있었던 자들일 것이다.

배신할 준비를 하고 있었던 차에, 리온이 라셀을 항복시켜버릴 거라고는 상상도 하고 있지 않았던 모양이다.

'그 망할 애송이, 설마 황제를 꾀어낼 거라고는 생각지 않았다. 이번만큼은 녀석한테 도움을 받았으니 솔직하게 칭찬해 두도록 할까.'

설마 칼 황제를 꾀어내 라셀이 기대하는 제국 참전의 싹을 자르리라고는 생각지도 못했다.

롤랜드는 드물게도 솔직하게 리온을 좋게 평가하고 있었다.

라셀에서 상세한 사정을 조사하고 온 관료가 알현실에 입실했다.

롤랜드 앞에 무릎을 꿇더니, 기쁜 소식을 전할 수 있는 것에 흥분하여 목소리가 커져 있었다.

"기뻐해 주십시오, 폐하! 발트파르트 공작이 라셀 신성 왕국을 항복시키고, 대 호르파트 왕국 군사동맹을 파기시켰습니다. 밀렌 님께서도 제국이 참전할 가능성은 없다고 말씀하셨습니다."

그 말을 듣고 귀족들이 감탄하여 목소리를 냈다.

"오오, 역시나 발트파르트 공작이야."

"이번 공적도 크군."

"이 이상의 출세는 불가능하니, 포상이 주어지겠지."

제각기 말을 중얼거리는 귀족들이었으나, 빈스는 다소 기분이 좋지 않은 듯한 표정이었다.

연을 끊은 상대가 활약하는 건 복잡한 기분일 것이다.

롤랜드가 일어서더니 손뼉을 쳤다.

"훌륭한 활약을 해준 발트파르트 공작에게 나도 감사의 말을 보내야 하겠군. 그건 그렇고, 그가 쌓아 올려 온 공적은 왕국에서도 비할 바가 없는 것이 되었다. 이에 걸맞은 보상이란, 대공의 지위밖에 없지 않겠는가?"

과거에 대공 지위가 수여된 건 판오스 공작가인데, 판오스 공작가가 호르파트 왕국과 갈라서기 전까지는 판오스 대공가라고 칭하던 시절이 있었다.

그 후로 오랫동안 대공가는 나오지 않았지만, 리온의 공적에 보답하기 위해 롤랜드는 대공 지위를 내려주겠다는 말을 꺼냈다.

'이번에는 솔직하게 좋게 평가해 주마! 하지만 그건 그거고, 이건 이거다──! 너의 활약에 보답하기 위해서라도 착실하게 출세

시켜 주도록 하마!'

롤랜드는 마음속으로 득의양양하게 웃었고, 이 이야기를 들은 리온의 얼굴을 상상했더니 기뻐서 참을 수 없었다.

분명 리온은 진심으로 싫어할 것이다.

롤랜드는 어느 의미에서 리온을 가장 잘 이해하고 있는 사람이었다.

그러자, 보고를 끝낸 관료가 어째 롤랜드를 보며 갈팡질팡하고 있었다.

롤랜드가 그걸 꿰뚫어 봤다.

"왜 그러지? 아직 뭔가 보고할 것이 남아 있는가?"

"아, 아닙니다, 이건 도무지 폐하께 들려드릴 만한 정보가 아니기에……."

관료의 반응에서, 어쩌면 누군가의 추문과 관련된 것이 아닐까? 하고 롤랜드는 추측했다.

가능성으로는 리온과 밀렌이겠지, 하고.

'그 망할 애송이, 설마 기어이 밀렌한테 손을 댄 건가? 어이어이, 이건 놀릴 맛이 있는 정보잖아. 그 자식이라면 언젠가 저지르리라고 생각했지만, 정말 최고의 타이밍이군!'

왕비와 공작이 밀통한다니, 처형감인 이야기다.

하지만 롤랜드한테는 생각이 있었다.

'망할 애송이가 처형되면 내가 곤란하니까, 여기선 처형하라고 떠드는 귀족들을 내가 달래서 어른의 태도를 보여주마. 내 평가

가 조금 떨어지겠지만, 그 망할 애송이의 약점을 잡을 수 있다면 그 정도쯤은 아무것도 아니지.'

다른 남자한테 아내를 빼앗긴 남자는 상류 계급 귀족 사회에서는 웃음거리가 되고 만다.

이것이 남작이나 자작이었다면 얼마 전까지 흔해 빠진 이야기였다.

하지만 롤랜드는 왕이다.

롤랜드의 이름에 흠집이 생기면 나라의 위신에 흠집이 나고 만다.

분명 귀족들은 왕비와 밀통한 리온을 처형하도록 진언할 터다.

롤랜드는 그렇게 머릿속으로 상상했다.

'후훗, 이걸로 그 망할 애송이는 평생 나한테 거역할 수 없게 된다. 지금쯤은 약혼자인 여자들과 수라장이 되어 있으려나? 돌아오는 게 너무 기대되는군.'

그리고 밀렌한테 손을 댔다는 것이 소문으로 퍼지면, 분명 안제를 비롯한 약혼자들이 잠자코 있지 않을 것이다.

치정 문제로 수라장으로 발전한 상황에 부닥친 리온을 상상하니, 롤랜드의 마음은 무척 상쾌했다.

'아~, 그냥 지금 당장이라도 불러내서 그 녀석의 불행을 웃어 주고 싶다.'

롤랜드는 관료한테 말했다.

"내가 신경 쓰인다. 숨기지 말고 보고하라."

왕명이라면 거역할 수 없다고 관료가 시선을 이리저리 헤매며 말했다.

"이, 이건 확증이 있는 정보는 아닙니다. 어디까지나 현지에서 퍼진 소문입니다. 그 점을 고려해 주신다면 감사하겠습니다."

그다지 말하고 싶지 않은지, 서두가 길었다.

"됐으니까 빨리 보고해라."

'보나 마나 망할 꼬맹이랑 밀렌의 불륜 소문이겠지? 딱히 했다든가 안 했다든가 그런 건 이런 차제에 아무래도 좋고. 중요한 건 현지에서 소문이 퍼지는 거다.'

관료의 입에서 두 사람의 불륜 이야기를 지금 당장 듣고 싶다.

그런 롤랜드한테 관료가 생각지도 못한 말을 꺼냈다.

"그러면 무례를 각오하고 말씀드리겠습니다. 라셀 신성 왕국에서 발트파르트 공작이 폐하의 사생아라는 소문이 퍼지고 있습니다!"

롤랜드는 보나 마나 불륜 이야기일 거라고 굳게 믿고 있었기에, 팔짱을 끼며 고개를 끄덕였는데.

"그렇다, 나의 사생아── 어?"

롤랜드가 고개를 드니 귀족들이 한순간 아연실색했고 알현실이 정적에 감싸였다.

관료가 불안해하는 듯한 얼굴로 롤랜드를 보고 있었다.

"화, 확증이 없는 소문 이야기입니다만, 라셀에서는 마치 사실인 것처럼 퍼져 있습니다. 실은 현지에서 교섭이 이루어지던 중,

그걸 언급한 신성왕한테 발트파르트 공작이 격노하여 때리고자 달려들었다고…….”

관료의 말투는 ‘정곡을 찔려 화낸 것이 아닌가?’라는 투였다.

라셀에서는 리온이 롤랜드의 사생아라는 게 거의 정설이 되어 가고 있었다.

롤랜드가 식은땀을 흘리며 몸을 떨기 시작했다.

“우, 우우우, 웃기지도 않는 소리 마라! 그놈이 내 사생아? 농담이라도 웃을 수 없다! 그 말을 꺼낸 녀석은 누구냐? 신성왕인가? 곧바로 내 앞에 데리고 와라. 신성왕의 머리를 날려서 라셀 수도에 장식해 주겠다!”

지금까지 여러 소문이 흘렀던 롤랜드였으나, 이렇게까지 격노한 건 태어나서 처음이었다.

그런 모습을 귀족들 앞에서 드러냈기에, 주위에서는 수군거렸고──.

“저렇게 당황하시다니, 설마…….”

“발트파르트 공작의 나이는 율리우스 전하와 같다고…….”

“……숨길 이유로는 충분하군.”

──당시, 정실인 밀렌의 첫째 아이가 왕태자로서 인정되었다.

그런 때에 사생아가 나타났다면 왕궁 안은 적잖이 어지러워졌을 것이다.

리온을 추대하고자 하는 자들도 나왔을 터다.

즉, 롤랜드가 숨길 이유가 존재했다──는 분위기가 되어갔다.

롤랜드가 힘없이 고개를 가로저었다.

"아, 아니다. 너희들, 잘 생각해 봐라! 그 녀석과 내가 닮았다고 생각하나?"

열심히 부정하는 롤랜드였으나, 슬프게도 그 가냘픈 목소리는 누구에게도 닿지 않았다.

빈스와 버나드 대신도 수군수군 이야기하고 있었다. 얼굴이 더없이 진지했다.

"버나드 대신, 사생아 이야기가 정말인가? 설마 알고 있었던 건 아니겠지?"

"서, 설마 그럴 리가 있겠습니까."

"아니, 대신은 발트파르트 공작이 남작이었을 무렵부터 그를 출세시키고자 움직이고 있었잖나."

"그건, 궁정에서의 지위가 좀 더 올라가면 딸의 상대로서 걸맞다고 생각했기 때문입니다. 그 이상의 타의는 없습니다. 애초에 그건 빈스 공작도 마찬가지 아닙니까."

"으음……. 확실히 그 무렵에는 뒤를 밀어주고 있었지만……."

둘이 이야기하는 내용은 리온이 1학년 2학기에 공적을 퇴치했을 무렵의 이야기다.

버나드 대신은 딸인 클라리스가 실연을 딛고 다시 일어설 계기를 준 리온을 좋게 평가하고 있었다.

그 때문에 다소 무리하게 출세시킨 것인데, 그 사실이 빈스한테는 롤랜드의 사생아라는 걸 알고 있었던 것처럼 보인 모양이다.

빈스가 턱에 손을 댔다.

"자네도 몰랐다고 한다면, 사생아가 아닌 건가?"

아닌 건가? 빈스가 그런 식으로 물어보자 버나드 대신은 솟구쳐 나오는 땀을 하얀 손수건으로 닦으면서 대답했다.

"그게…… 아니라고는 단언할 수 없습니다."

"뭐라?"

"그 무렵부터 폐하는 꾸준히 계집질을 반복하셨기에…… 절대로 아니라고는 단언할 수 없습니다. 게다가 몇 번인가 왕궁을 빠져나갔을 때 변경에 가신 적이 있었기에…….."

빈스가 뭐라 말하기 힘든 표정으로 롤랜드를 쳐다봤다.

그 얼굴은 '어느 쪽이지?'라고 말하고 싶어 하는 듯했다.

주위도 "있을 법해!"라며 떠들어 대고 있었다. 이윽고 소란은 수습할 수 없을 정도로 커졌다.

롤랜드는 하늘을 향해 소리쳤다.

"그 망할 애송이, 쓸데없는 소문을 퍼뜨려 가지고오오오!!"

알현실에 롤랜드의 절규가 울려 퍼졌다.

# ⭐ 제12화 「운명의 두 사람」

라셸의 항구에는 제국에서 온 비행 전함이 정박해있었다.

기사들이 정렬하여 황제 폐하가 오기를 기다리고 있었다.

그러나 정작 본인은 떨어진 장소에서 나와 잡담을 하고 있었다.

"전생한 게 50년 이상이나 전이라고?"

"그래."

미복 잠행용인 시원찮은 초로 모습의 칼 씨가 과거를 그리워하는 것처럼 이야기했다.

"설마 여동생이 플레이했던 여성향 게임 세계에 전생할 거라고는 꿈에도 생각지 않았다."

"당신도 여동생이랑 얽혀 있는 거였냐……."

"──오히려 나는 네 이야기를 듣고 어이가 없었다. 뭐? 그 여성향 게임의 1탄을 밤새워서 플레이하다가 계단에서 떨어졌다고? 정말로 사회인이었나?"

아픈 곳을 찔려 받아칠 수 없었다.

잘 생각해 보지 않더라도, 사회인으로서 실격인 행동이다.

"그때는, 그 뭐냐── 그거야."

"아~, 너는 그거지? 바보는 아니지만, 멍청이로군? 이런 녀석 때문에 제국에서 몇 번이나 대책 회의를 했던 건가 하고 생각하면

293

한심해지기 시작한다. 내 시간을 돌려내라.”

제멋대로 하고 싶은 말을 마구 해대는구만.

“당신이야말로, 여동생이랑 사이좋게 그 여성향 게임을 플레이하고 있었어? 나는 그쪽이 더 믿기지 않는데.”

억지로 받아쳐 봤지만, 칼 씨는 고개를 가로저었다.

“여동생이 플레이하는 건 알고 있었고, 제목도 기억하고 있었다. 하지만 자세한 건 나도 몰라.”

“어?”

칼 씨가 전생 이야기를 했다.

“내 여동생이 플레이했던 건 그 여성향 게임의 3탄── 뭐랬더라, 그거. 특별판? 어쨌든, 발매 후에 또 나온 녀석이었다.”

“추가 요소를 더한 느낌 같은? 그게 아니면 리메이크인가?”

“그래, 그거다! 나이를 먹으면 잘 잊어먹게 되는군.”

칼 씨가 전생을 그리워했고, 어딘가 기뻐하는 것 같으면서도 슬픈 눈을 하고 있었다.

여러 감정이 있는 것이리라.

“자주 싸우기도 했지만, 게임기는 거실에서만 쓸 수 있었거든. 그 녀석이 게임을 끝낼 때까지 기다리는 동안 보는 일이 잦았지.”

가정 내 규칙으로 게임을 하는 장소나 시간이 정해져 있었던 것일까?

칼 씨가 한숨을 내쉬었다.

“하지만 설마 전생한 곳이 본편이 시작되기 훨씬 전일 줄 어떻게 알겠는가? 처음에는 비슷할 뿐인 세계라고 생각했는데 말이지."

칼 씨는 볼데노와 신성 마법 제국의 황족으로 전생했다.

"황족으로 전생해서 후계자 싸움에 말려들어 목숨을 건 싸움을 벌였다. 깨닫고 보니 그 여성향 게임에 관한 것도 잊고, 어느샌가 내가 황제가 되어 있었지. 그리고 반역을 일으킨 동생을 처형했을 때── 나는 뭘 위해 전생한 것인지 고뇌했다."

뭘 위해서 이 세계에 전생하는 것일까?

그건 나도 의문으로 느끼고 있었지만, 인생의 의미를 묻는 정도의 난문이라고 생각한다.

의미 따위 없을지도 모른다.

하지만 이따금 생각하고 말 때가 있다.

──나는 정말로 여기에 있어도 되는 걸까? 라고.

나는 같은 고민을 가진 칼 씨한테 친근감을 느꼈다.

하지만.

"그리고, 미복 잠행으로 나간 곳에서 만난 거다. 운명의 사람을."

"응?"

이야기가 이상한 방향으로 향하고 있는 느낌이 들었는데, 아무래도 착각이 아니었던 모양이다.

칼 씨의 전생 이야기는 사랑 이야기로 이어졌다.

"우연히 알게 된 마을 처녀와 사랑에 빠진 나는 나잇값도 하지 못하고 들떴다. 정략결혼으로 사랑이 없는 여성과 맺어졌지만, 진정한 의미에서 맺어진 건 마을 처녀 쪽이었다."

"——어이."

멈추려 했지만, 칼 씨는 날 무시하고 이야기를 계속했다.

묘하게 익숙한 이야기 어조에, 이건 몇 번이나 한 이야기라고 느꼈다.

혹시, 이 녀석은 매번 남들에게 이 이야기를 하는 건가?

핀이 나를 따라오지 않았던 것도 이게 이유였나?

"그리고 서로 사랑을 나눈 끝에 태어난 게 미아다."

거기까지 말하고, 칼 씨는 고개를 푹 숙였다.

"나는 그때서야 내가 그 여성향 게임에 관련된 인물로 전생했다는 걸 깨달았다. 미아는 그 여성향 게임 3탄의 주인공이었으니까."

칼 씨는 "황제의 사생아라는 설정은 기억하고 있었지만, 설마 내 아이로 태어날 거라고는 생각지 않았다"라며 어딘가 기뻐하는 듯했다.

나는 동정심도 사라져, 그저 무표정한 얼굴로 칼 씨의 이야기를 듣고 있었다.

"뭐, 그렇게 된 거다. 그 애는 내가 생애에서 사랑한 단 한 여성의 딸이다. 그러니 꼭 치료해 주었으면 한다. ——치료하지 않으면, 왕국을 멸망시키겠다. 발칙한 짓을 해도 멸망시킬 거다."

진지한 얼굴로 멸망시키겠다고 말하는 칼 씨한테 나는 코웃음을 쳐 줬다.

"달리 정실이 있는데, 사랑한 건 한 명뿐이라니……."

"정략결혼이라고 말하지 않았나."

이 부분이 전생의 가치관과 크게 다른 점일 것이다.

결혼은 서로를 위한 것이라는 게 전생의 가치관이라면, 이 세계의 결혼은 가문끼리의 연결을 바라는 것이다.

거기에 개인의 행복은 고려되지 않는다.

칼 씨가 이쪽에서의 삶이 더 길었기 때문에 가치관이 변화한 모양이다.

"──그러니까, 멸망하고 싶지 않으면 미아를 잘 챙기거라."

"말투가 왜 그래. 솔직하게 부탁하라고."

"이래 보여도 황제라서 말이지. 아, 그리고──."

칼 씨가 무표정한 얼굴로 변했다.

"그 애송이가 나의 미아한테 발칙한 짓을 하면 없애 버려도 된다. 황제로서 허가해주마."

──아니, 그건 안 되지.

칼 씨는 그 말만 하고는, 내게 등을 돌리고 떠나갔다.

◇

리코른 의무실.

다양한 설비가 갖춰진 방에는 사람이 들어갈 수 있는 크기의 캡슐이 두 개 존재했다.

덮개가 열려 있었고, 안을 보니 엷은 녹색으로 빛나는 반투명한 액체로 가득 채워져 있었다.

그런 캡슐 앞에 환자복 차림인 두 명의 소녀가 있었다.

미아와 에리카다.

크레아레가 둘에게 물었다.

『자, 이제부터 둘은 캡슐 안에서 잠들어 줘야겠어. 그동안에 육체의 문제점을 조사할 테니까.』

에리카는 고개를 끄덕였다. 크레아레한테 모든 걸 맡길 생각인 모양이다.

"맡길게요."

『맡겨 줘. 그것보다, 아는 사람들과의 작별은 끝냈어?』

"작별이라고 해도 며칠이니까요. 일단, 인사는 끝냈어요."

『마리에한테도?』

"──네. 제대로 인사하고 왔어요."

약간 고개를 숙이고 미소 지은 에리카였으나, 옆에서 긴장한 기색인 미아한테 시선을 향했다.

"미아?"

"네, 넵!"

황급히 대답한 미아는 주먹을 가슴에 대고 얼굴을 빨갛게 붉혔다.

그 모습이 신경 쓰여, 에리카는 긴장을 누그러뜨리려고 했다.

"걱정하지 않아도 며칠 뒤에는 캡슐에서 나갈 수 있어. 그러면, 또 다 같이 만날 수 있을 거야."

미아가 고개를 갸웃했다. 에리카가 무슨 말을 하는 건지 한순간 이해하지 못한 모양이다.

하지만 이내 에리카가 오해하고 있음을 깨달은 것이리라.

황급히 양손을 내저었다.

"거, 걱정 같은 건 하고 있지 않아요. 병이 낫는다면, 반드시 치료받는 게 좋다고 기사님도 할아버님도 말씀하셨고요."

"그러면, 어째서?"

이번에는 에리카가 고개를 갸웃하자, 미아가 부끄러운 듯이——그리고 수줍어하며 말했다.

"조금 전에, 기사님이 말해 주셨어요. 기사님은 미아를——."

◇

"쿠로스케, 내 선택은 옳았던 걸까?"

『파트너, 아직 고민하는 거야? 미아한테 방금 막 답해준 참이잖아?』

리코른 갑판.

난간에 몸을 기댄 핀은 자신의 선택에 고민하고 있었다.

대답은 내놓았다.

하지만 그것이 올바르다고 생각되지 않았다.

그렇다고 해서 잘못되었다고 생각하지는 않았다.

"나는 미아한테 인생을 바쳐도 좋다고 생각하고 있어. 하지만

이건 아닌 듯한 느낌도 들어. 그렇다고 하더라도, 그 애가 기뻐해
준다면."

『파트너는 미아를 향한 애정이 좀 무겁지.』

브레이브가 핀을 보고 기막혀했지만, 핀은 그렇지 않다고 받아
쳤다.

"나는 평범해."

『평범하지 않다고 생각하는데. 그 리온이나 마리에는 전생부터
의 남매지? 그런데도 항상 싸우기만 하고 있잖아.』

브레이브가 보기에는 리온과 마리에의 관계 쪽이 평범하게 보
이는 듯하다.

하지만 핀은 브레이브의 이마── 눈동자 위를 손가락으로 가
볍게 찔렀다.

"뭘 모르고 있군. 그 둘, 말만큼 나쁜 관계는 아니다. 오히려 리
온은 여동생을 끔찍이 아끼고 있잖냐."

『──파트너의 착각 아니야?』

반쯤 뜬 눈으로 핀을 쳐다보는 브레이브는 핀을 의심하고 있는
모양이다.

"말로 표현하지 않을 뿐이다. 나도 항상 싸우는 어조인 건 좀
그렇지 않나 생각하지만."

리온과 마리에의 관계에 어처구니없어하면서도, 웃는 핀이었다.

◇

왕국으로 돌아가는 리코른 선내.

담화실에서는 마리에가 침착성 없이 방 안을 돌아다니고 있었다.

소파에 앉은 카라와 카일이 그런 마리에한테 말을 걸었다.

"마리에 님, 결과가 나오는 건 며칠 뒤예요. 지금부터 그런 상태면 금방 지치실 거예요."

"주인님은 진정하세요. 크레아레도 괜찮다고 말했잖아요."

그러자 마리에는 둘에게 상반신을 향하며 손가락질했다.

"그 녀석의 말을 진지하게 받아들이지 마! 걔가 뭘 했는지 잊었어? 아론을 아래로 만든 원흉이잖아!"

리온에게서 권한을 받았다고는 해도, 폭주하여 공략 대상 남자한테 성전환 수술을 해버리는 인공지능이다.

마리에도 믿고 싶지만, 100% 신뢰할 수는 없었다.

카라가 뺨을 씰룩였다.

"성별까지 바꿔 버리다니, 굉장하죠. 로스트 아이템을 만든 고대 사람들은 얼마나 진보된 문명이었던 걸까요?"

루크시온이나 크레아레를 만들어 낸 고대인── 구인류가 굉장한 과학 기술을 가지고 있었다는 사실에 카라는 놀라고 있다.

훨씬 옛날에 지금보다도 뛰어난 문명이 있었다는 게 믿기지 않는 것이리라.

카일은 머리 뒤로 손깍지를 꼈다.

"저는 그것도 믿기지 않아요. 그도 그럴 것이, 그렇게나 대단한 사람들이라면 어째서 멸망한 거죠? 어떻게 생각해도 이상하다고요."

카일의 의문에 카라가 고개를 끄덕이며 동의했다.

둘의 대화를 들으며 마리에도 신경 쓰인 점이 있었다.

그건 리온이나 자기한테 구인류의 특징이 있다는 점이다.

그렇기 때문에 루크시온이나 크레아레가 리온을 따르고 있다.

'——마법을 쓸 수 있는 인류는 신인류지? 그런데도 어째서 나랑 오빠한테는 구인류의 특징이 있는 걸까? 오빠는 전생자라서 그런 거라고 말했지만, 정말이려나?'

전생했으니까 구인류의 특징을 가지고 있다.

그런 리온의 가설에 마리에는 의문을 품고 있었다.

'뭐, 내가 생각해 봤자 답은 나오지 않을 거고, 나와 봤자 뭘 어쩔 수 있냐는 이야기지. 그것보다도 지금은 에리카가 무사히 눈을 떠 주기를 기도할 뿐이야.'

다시 태어난 전생의 딸이 원인불명의 병을 가지고 있다면 걱정도 된다.

전보다 나아졌다고는 들었지만, 이따금 괴로워하는 듯한 모습을 보면 마음이 괴로워졌다.

빨리 원인을 제거해서 다시 건강한 모습을 보여줬으면 한다.

마리에 안의 모성이 에리카의 몸을 걱정케 했다.

◇

아인호른 식당.

점심 식사를 끝내고 그릇이 치워졌지만—— 나는 머리를 감싸 쥐고 있었다.

"웃기지 말라고—— 소문을 부정하며 돌아다녔는데, 어째서인 지 진실 같은 느낌이 더 늘어나 있잖아. 내가 부정할 때마다 다들 진실이라고 말하고……."

라셀에 체재하고 있던 기간 동안, 나한테도 나름대로 일이 있 었다.

라셀의 군대를 감시하고 위압하는 역할이다.

나는 호르파트 왕국에서 군이 파견될 때까지 라셀에 체재하고 있었다.

그사이에 소문을 부정하려고 했으나 역효과를 내고 있었다.

루크시온이 내 행동을 타박했다.

『저는 무리하게 부정하는 건 역효과라고 진언했습니다. 책임은 귀담아듣지 않았던 마스터한테 있습니다.』

"내가 롤랜드의 사생아라니, 소문을 1초라도 빨리 없애 버리고 싶다고!"

식당에서 떠들고 있자, 리비아가 작게 한숨을 내쉬었다.

디저트로 루크시온이 특별히 만든 푸딩을 먹고 있었다.

"가까운 사람들도 소문을 믿을 지경이니까요."

리비아의 말에, 마찬가지로 푸딩을 먹고 있던 노엘이 스푼을 입에 문 채 다른 테이블로 시선을 향했다.

"저 녀석들도 재밌어하고 있고."

거기에 있던 건 다섯 바보였다.

다섯 명이 모여서 이번 일의 반성회를 하고 있었다.

다만 낮에 반성회를 하고 있으니까 술 대신 푸딩을 먹고 있었다.

"이번에도 가면의 기사가 나타났군. 정말로 어디든지 얼굴을 내비치는 녀석이다."

크리스가 푸딩을 먹으면서 지긋지긋하다는 듯이 말하자, 턱에 손을 대고 있던 질크가 달랬다.

"뭐, 전력이라는 의미에서는 도움이 되었지만 말이죠. 이상한 가면을 쓰고는 있습니다만, 그의 실력은 지금까지의 싸움으로 증명되었습니다."

질크가 칭찬하자, 푸딩을 먹고 있던 율리우스가 기뻐하는 것 같았다.

——너희들, 정말로 눈치 못 채고 있는 거냐?

"한 번쯤은 그 녀석과 만나 보고 싶군."

율리우스가 가면의 기사를 만나고 싶어 하고 있다는 걸 알자, 그렉이 푸딩을 다 먹고 난 작은 그릇을 테이블에 약간 거칠게 내려놓았다.

"나는 절대로 인정 못 해. 확실히 강하지만 매번 이것 보란 듯이 의기양양한 얼굴로 나타난다고. 뭔가 뒤가 있다는 증거잖나."

얼굴을 가리고 있는데 의기양양한 표정인 건 어떻게 아냐?

이 녀석들의 대화를 듣고 있자니 머리가 아파지기 시작했다.

그리고 브래드가 한숨을 내쉰 뒤 말했다.

옆에는 로즈와 마리의 모습이 있었고, 각각 브래드한테서 먹이를 받고 있었다.

"그것보다도 들어줘. 어째서인지 내가 라셸에서 우러러지고 있어. 하늘에서 내려온 보라색 기사님이라면서 말이야. 사인을 요청받아서 큰일이었다고. ——하아, 좀 봐줬으면 좋겠어."

이마에 손을 대고 위를 올려다보고 있지만, 브래드의 표정은 누가 봐도 기뻐하는 듯한 표정이었다. 곤란한 듯이 행동하고는 있지만, 자랑하고 싶어서 어쩔 수가 없는 것이리라.

다른 네 사람의 눈이 차가웠다.

분명, 똑같이 힘썼는데 브래드만 평가받은 게 마음에 들지 않는 것이리라.

질크가 내 쪽을 일별하고 나서 새로운 화제를 꺼냈다.

"그런데, 라셸에서는 터무니없는 소문이 흐르고 있군요. 듣자니, 리온 군이 폐하의 사생아라던가."

율리우스가 움직임을 딱 멈췄고, 크리스가 그 모습을 보며 이야기했다.

"리온이 계속 출세하는 것도 폐하의 총애가 있기에 가능했다는 소문이었던가? 거짓말이겠지만, 완전히 부정할 수 없는 것도 사실이군."

브래드가 로즈와 마리를 쓰다듬으며 복잡한 표정을 짓고 있다.

"폐하는 수많은 여성에게 사랑을 뿌리고 다니셨으니까 말이야."

아무리 표현을 바꿔 본들, 롤랜드가 해 왔던 짓은 계집질이다.

그 자식 때문에 나의 사생아설이 농후해진 것이 용서가 안 된다.

다음에 만나면 한 방 후려갈겨 주고 싶다.

그렉 녀석은 나를 힐끔힐끔 쳐다봤다.

"사실이 아니라고 생각한다. 아니라고는 생각한다만── 리온이 폐하의 사생아라면 앞으로 어떻게 될 거라고 보냐?"

그렉의 물음에 대답한 건 침묵하던 율리우스였다.

"왕태자 최유력 후보겠지. 어머님도 왕궁도 전력으로 형── 아니, 리온을 밀어주며 왕위에 앉힐 거다. 이것만으로도 왕국은 수십 년의 평화를 유지할 수 있다."

이 자식── 때때로 나를 형이라고 불러 대니까 주위가 쓸데없는 오해를 하잖아!

이 자식도 후려갈겨 줄까 생각하고 있자, 푸딩을 다 먹은 안제가 장난꾸러기 같은 얼굴로 날 봤다.

"나로서는 어머님의 부정을 의심하고 싶지는 않지만, 리온이 폐하의 사생아라는 말은 웃겼다고."

"안제!"

이제 그만해 달라고 호소하려 했더니, 안제가 살짝 주먹 쥔 손을 입가에 대며 미소 지었다.

"그렇게 정색하니까 주위가 놀리는 거다. ──전하도 재미있어하지 말고 진실을 이야기해 주십시오."

안제가 율리우스를 향해 조금 큰 목소리로 말했다.

네 명이 일제히 율리우스의 얼굴을 보니, 본인은 즐거워하고 있는 듯했다.

"――뭐, 농담이다."

질크는 율리우스한테 불만을 내뱉고 싶어 하는 듯했지만, 인내하고 말을 고르고 있다.

"하다못해 웃을 수 있는 농담을 해주십시오. 전하가 그런 태도였기에 저희도 믿어 버리고 말았습니다."

믿었던 거냐고! 너희의 머리는 장식이냐?!

크리스가 깊은 한숨을 내쉬었다.

"왕궁에 돌아가면 농담이라도 말하지 말아 주십시오. 또 벌집을 건드린 듯한 소동이 될 겁니다."

그렉이 머리 뒤로 손깍지를 끼고는 의자 등받이에 몸을 기댔다.

"뭐야, 단순한 농담이냐고."

하지만 브래드는 뭐가 재미있는지, 즐거워 보이는 표정으로 말했다.

"아니, 농담으로 끝나지 않을지도 몰라. 이 거짓말을 진실로 만들고 싶은 사람들이 있을 테니까 말이지. 지금 리온한테 아첨해 두면 우리의 출세는 틀림없어."

그걸 들은 그렉이 브래드한테 물었다.

"뭐야, 출세하고 싶었던 거냐?"

"농담으로 하는 말이지? 나는 지금의 생활과 마리에가 있어 주면 충분해."

"그렇지!"

서로 웃는 다섯 명의 모습을 보고 있는 내 마음을 헤아려 주었으면 한다.

이 녀석들의 말을 요약하자면 '나한테 부양받으면서 마리에랑 놀아나고 싶다'라는 거다.

내가 벌레를 씹은 것처럼 못마땅한 표정을 하고 있자, 다섯 명을 쳐다보는 노엘의 눈이 차가웠다.

"마리에 쨩이 불쌍해. 생활력이랑 출세 의욕이 없는 남자 다섯 명을 먹여 살려야 한다니. 하지만, 그 마리에 쨩을 부양하고 있는 게 리온이지……."

율리우스는 가까스로 합격점일지도 모르지만, 다른 네 명이 커다란 마이너스다.

리비아는 복잡해 보이는 표정으로 안제 쪽을 신경 쓰고 있다.

"마리에 씨는 자업자득이라고도 할 수 있지만 말이에요."

안제가 리비아의 의견을 듣고 미소 짓더니, 나한테 시선을 향했다.

"인기인이잖나, 리온."

도발적인 안제의 시선에 부응하여, 나는 능청스럽게 행동했다.

루크시온처럼 거리낌 없는 태도가, 마음의 거리가 가까워진 듯한 느낌이 들어서 나는 기뻤다.

"오, 비꼬는 걸까나? 안제도 할 말을 하게 됐는데."

안제도 약간 기쁜 듯이 중얼거렸다.

"단순한 짓궂은 장난이다."

우리의 그런 대화를 듣고 있던 리비아가 조금 삐친 건지 도끼눈으로 쳐다봤다.

"리온 씨도 안제도, 어쩐지 치사해요."

리비아는 뭐가 치사하다는 건지는 말로 하지 않았다.

안제가 리비아를 놀리기 시작했다.

"삐친 리비아도 귀엽지만, 나는 평소 쪽이 취향이군."

안제가 손을 뻗어 리비아의 턱을 슥 들어 올렸다.

그것만으로도 리비아의 얼굴이 빨갛게 물들었다.

"또 그렇게 어물어물 넘기고. 안제도 리온 씨랑 닮기 시작했네요."

리비아한테 나는 뭐든지 어물어물 넘기는 이미지인 걸까?

유감──이라고는 할 수 없겠군.

숨기는 게 많은 건 사실이다.

노엘이 자리에서 일어나더니 내 왼팔에 안겨들었다.

"안젤리카만 특별 취급이라니 너무하지? 그러니까 이번에는 나랑 어울려 줘. 왕도에 돌아가면 데이트하자."

노엘의 솔직한 요망에, 나는 약간 쩔쩔매면서도 받아들이기로 했다.

"──일이 끝나고 나서가 될 건데."

"괜찮아. 게다가 말이야, 모처럼의 여름방학이니까 더 즐겨야지. 프레이저령이라든가 라셀도 보면서 돌아다녔지만, 관광이라는 기분이 아니었고."

노엘의 말로 우리는 중요한 걸 떠올렸다.

안제가 어딘가 예전 일을 회상하는 것처럼 말했다.

"여름방학과 동시에 프레이저령으로 향했으니까 말이지. 관광지도 돌아봤지만, 대부분은 전쟁과 관련된 일에 시간을 빼앗겼다."

리비아가 슬퍼 보이는 표정으로 말했다.

"학원에서의 마지막 여름방학인데, 어쩐지 쓸쓸하네요."

나는 줄곧 잠자코 있었던 루크시온한테 시선을 향했다.

"남은 일수는?"

『12일입니다.』

──라셀이 쓸데없는 짓을 해준 덕분에, 우리는 여름방학 대부분을 잃고 말았다.

신성왕을 더 후려갈길 걸 그랬나?

나는 이후의 예정을 생각하며, 얼마나 놀 수 있을지를 어림잡아 계산했다.

"돌아가면 알현이나 협의가 있지? 게다가 가능하면 본가에 얼굴도 비쳐 두고 싶고, 모처럼이니까 놀고 싶은데."

『이동에 사용되는 일수를 빼고, 업무 예정을 고려하면── 마스터가 자유롭게 쓸 수 있는 휴일은 사흘입니다.』

"겨우 그것뿐이야?!"

내가 소리치자, 루크시온이 추가로 쐐기를 박았다.

『그리고 마스터한테는 특별히 학원에서 과제가 주어져 있었지요? 소화율이 1할에도 미치지 못하기에 오늘부터 매일 8시간은 과제를 처리하는 데 사용해야 합니다. 아, 휴일도 전부 과제를 한다는 전제 하의 이야기가 되겠군요.』

1학년 때부터 전쟁 등으로 수업이 늦어질 대로 늦어져 있었다.

그걸 보충하기 위해 학원에서 소위 말하는 여름방학 숙제가 주어져 있었다.

안제가 날 보는 눈이 조금 화내고 있는 눈이다.

"어이, 과제를 끝내지 않았다는 게 정말인가?"

내가 과제에 시간을 빼앗긴다는 건 안제랑 리비아, 노엘과 놀 시간이 줄어든다는 것을 의미한다.

노엘도 조금 전까지 들떠 있었는데, 내 팔에서 떨어져 질색했다.

"뭐야 그거, 최악이야. 못 놀잖아."

나는 반대로 묻고 싶었다.

"어?! 설마, 그렇게나 바빴는데 다들 과제를 끝낸 거야?!"

철석같이, 바쁘기에 다들 과제를 패스했을 거라고 생각했다.

안제는 당연하다는 듯이 고개를 끄덕이고 있었다.

"당연하다. 예정대로 진행하고 있다."

노엘 쪽은 약간 늦어지고 있는 게 창피한지 손가락으로 뺨을 긁적이고 있다.

"나는 조금 늦어졌지만, 충분히 제때 맞출 수 있을 듯한 느낌이야. 하지만 절반도 끝내지 않은 리온은 좀 그렇지 않아?"

내가 쭈뼛쭈뼛 리비아 쪽을 보니, 생글생글 미소 지으며 나한테 최후의 일격을 가했다.

"저는 여름방학 첫날에 전부 끝냈으니까요."

내가 어깨를 풀썩 떨구자, 리비아가 나를 위로했다.

"저희도 도와드릴 테니까 같이 끝내요, 리온 씨."

"──네."

이렇게나 열심히 힘썼는데, 여름방학 숙제까지 해야만 하는 걸까? 나, 공작이라는 지위고 높은 신분인 거지? 조금 정도는 상냥하게 대해 줘도 될 텐데.

그런 말을 하면 안제가 화내니까 말하지 않지만 말이야.

# ★ 제13화 「각성」

왕도에 돌아온 나는 크레아레한테서 에리카와 미아의 진단 결과를 듣고 있었다.

장소는 학원의 학생 기숙사에 있는 내 방.

옆에 있는 건 크레아레와 루크시온뿐이다.

『결론부터 말하면, 해석 중이라 자세한 건 몰라.』

"──너, 그만큼 자신만만했었으면서 아무것도 모른다니!"

크레아레한테 실망하고 있자, 본인이 정색하며 이야기를 계속했다.

『끝까지 듣고 나서 판단해! 일단, 미아는 마소를 흡수하면 안정된다는 것이 판명됐어. 정기적으로 마소를 보급하면 갑자기 괴로워하는 일은 적을 거야.』

"뭐라고 할지, 생각했던 만큼의 결과가 아니군. 애초에 마소를 주는 건 핀이랑 브레이브도 하고 있었고."

『효과적인 방법이 판명되었는데 그 반응은 너무하네. 하지만 해석은 계속하고 있으니까 머잖아 치료 방법도 판명될 거야.』

"그것도 미심쩍구만."

『어머, 너무해! 하지만 조사 결과로 판명된 것도 있어. 마스터가 말했던 그 각성 이벤트 말인데, 해볼 가치가 있어.』

"정말이냐? 각성한 뒤에 병이 악화하는 건 아니겠지?"

『──마스터, 너무하지 않아? 나를 좀 더 믿어 줬으면 하는걸.』

기대했던 정도의 결과를 얻지 못하여 유감스럽게 생각하고 있자 크레아레가 흥분한 것처럼 에리카의 결과를 전했다.

『그것보다도 굉장한 정보를 얻었어! 저기 말이야, 저기 말이야! 놀랍게도 에리카는 마스터나 마리에 이상으로 구인류의 특징이 강하게 나왔어!』

나는 이 이야기를 들어도 별 대단한 반응은 나오지 않았다.

아, 그래──처럼 생각하고 있었는데, 루크시온 쪽은 달랐다.

『──그건 정말입니까? 데이터를 확인하고 싶으니 나중에 보내 주십시오.』

『응, 송신했어. 그래서 말이지, 마스터랑 마리에를 중심으로 교배를 계속해 나가면 구인류가 부활할 가능성이 있어!』

『그건 굉장하군요!』

흥분한 인공지능들을 곁눈질로 쳐다보며 나는 어처구니없어하고 있었다.

에리카나 마리에랑 교배라고? 그런 건 있을까 말까 할 정도인 나의 윤리관이 전력으로 거부를 주장하고 있다.

전생의 조카나, 여동생 따위한테 손을 댄다니 인간으로서 어떻지?

"각하다. 에리카는 전생의 조카고 마리에 따위 전생의 여동생이라고. 죽어도 싫어."

강하게 거부를 전하자, 크레아레가 나를 설득하려 했다.

『유전자상으로는 새빨간 타인이잖아. 그럼, 마스터의 유전자를 줘. 내가 교배시켜 둘 테니까.』

"안 되는 게 당연하잖냐!"

멋대로 내 유전자를 이용해 아이를 만들겠다는 말을 꺼내는 크레아레를 보고 역시 인공지능의 윤리관은 이상하다고 느꼈다.

루크시온이 나를 힐난했다.

『핀과 미아가 사귀게 되었을 때, 마스터는 축복했었지요?』

"했지. 그 녀석도 얼른 각오를 굳혔더라면 좋았던 거야."

『마스터가 무슨 낯짝으로 각오 같은 말을 하는 겁니까? 그거야 어쨌건, 핀은 전생의 여동생과 닮은 모습이 있는 미아를 받아들였습니다. 이걸 축복하면서 자기는 전생의 조카와 여동생을 받아들이지 않겠다고 하는 건 이치에 맞지 않습니다.』

──이 자식들 뭐지? 무슨 일이 있더라도 나랑 마리에, 에리카를 붙이고 싶은 거야?

인공지능이란 무서워.

"죽어도 싫네요. 이 이야기는 이걸로 끝!"

강제적으로 이야기를 중단하자 크레아레가 파란 렌즈를 요사스럽게 빛냈다.

『──뭐, 됐어. 마스터의 자식들을 추적 조사해서 구인류의 특징이 강해지면 되는걸.』

루크시온도 크레아레한테 동의하여 협력을 제안했다.

『크레아레, 그 추적 조사에 필요한 물건이 있으면 언제든지 말해 주십시오. 가능한 한 준비하겠습니다.』

"너희들 내 자식한테 이상한 짓을 할 생각이냐? 애초에 아직 존재하지도 않는데?"

내 자식이 이 세상에 존재하기 전부터 이것저것 여러 가지로 준비하기 시작하는 루크시온과 크레아레가 어쩐지 묘하게 우스꽝스럽게 보이기 시작했다.

◇

『구인류 부활은 모든 것에 우선해. 나, 열심히 할 거야!』

리온과 루크시온이 방을 떠나간 뒤.

크레아레가 연구를 계속하려 하자, 방을 찾아온 인물이 있었다.

——에리카였다.

"크레아레 씨."

『에리카! 정말, 올 거면 말해 줘. 루크시온한테 마중 나가게 시켰을 텐데.』

크레아레는 구인류의 특징을 많이 지닌 에리카한테 제법 친근하게 대하고 있다.

지금까지 이상으로 자기를 위해 애써 주는 모습에 에리카는 난처한 듯이 미소 지었다.

"이야기를 조금 들려주었으면 해."

『뭔데? 뭐든 가르쳐줄게.』

"실은 미아의 각성 이벤트 말인데—— 정말로 필요한 거야?"

에리카는 진지한 표정으로 크레아레한테 물었다.

크레아레는 에리카가 무슨 생각으로 이 질문을 한 건지 헤아릴 수 없어서 정직하게 대답했다.

『육체적인 스펙 상승은 필요하다고 판단했어.』

어째서 필요한지 의학적인 지식을 피로하지는 않았다.

크레아레의 대답을 듣고 에리카는 고개를 끄덕였다.

"역시, 필요하구나."

『현 상황에서는 개선밖에 할 수 없으니까 완치를 목표로 한다면 필요하지. 마스터는 불평했지만, 각성 이벤트가 괜찮다고 판명된 것만으로도 대단하지 않아? 나, 열심히 했는데.』

"고마워, 크레아레 씨. 덕분에 나도 결심이 섰어."

『그래? 참고로 무슨 결심?』

에리카는 입술에 검지를 댔다.

"그건 비밀."

『뭐어~? 가르쳐줘. 에리카를 위해서라면 뭐든지 할 테니까~.』

◇

발트파르트 남작령에 있는 호수.

프레이저령의 관광지를 본 뒤라서야 못해 보이기는 하지만,

그래도 조용하고 아름다운 장소다.

녹음으로 둘러싸인 호수에는 리코른이 떠 있다.

여름이 되면 매년 가족끼리 호수를 찾아왔지만, 올해는 안제와 리비아, 노엘도 함께였다.

달리 참가한 건 도로테아 형수와—— 학원에서 한가한 시간을 보내고 있는 것 같았기에 데리고 온 핀 일행이었다.

원피스 타입 수영복을 입은 미아가 튜브를 들고 갑판을 달려 호수에 다이빙했다.

"미아, 위험하니까 뛰어들지 마라!"

트렁크 수영복에 파카를 걸친 핀이 난간을 잡고, 호수에 떠 있는 미아를 꾸짖었다.

하지만 튜브에 탄 미아는 기분 좋은 듯이 말했다.

"기사님도 빨리 들어오세요."

"——나 참."

즐거운 듯한 미아의 모습을 보고 핀은 화낼 마음이 사라진 듯하다.

브레이브가 핀에게 말을 걸었다.

『요 며칠 상태가 좋은데.』

"그래, 정말로 다행이야."

기운 좋게 뛰노는 모습을 보고 어딘가 기뻐하고 있는 듯했다.

——분명 전생의 여동생이 밖에서 기운차게 노는 모습을 떠올리고 있는 것이리라.

핀의 마음에 남아 있는 미련이 해소되기를 기도한다.

그건 그렇고, 비키니를 입은 리비아가 파카로 몸을 감추고 있다. 파카를 밑으로 잡아당기며 하반신을 가리려 하고 있었다.

"리온 씨, 이거 정말로 수영복 맞는 거죠? 옷감이 너무 적어서 불안한데요?!"

나는 엄지를 세우며 고개를 끄덕였다.

"루크시온이 준비한 수영복이니까, 실수는 없어."

"실수라고 생각해요!"

이름을 불린 루크시온이 리비아한테 고자질했다.

『비키니를 지정한 건 마스터입니다.』

"야, 말하지 않겠다는 약속이었잖아!"

『저는 받아들인 기억이 없습니다.』

약혼자 세 명한테 비키니 수영복을 준비시킨 사람이 나라는 게 판명되어 주위가 몹시 질색했다.

가족── 어머니는 평상복이지만 핀리는 원피스 타입 수영복을 입고 있었다.

어머니는 뺨에 손을 대고 안제와 리비아, 노엘의 수영복을 보며 곤혹스러워했다.

"요즘 애들은 굉장하네. 나는 생각도 할 수 없어."

여동생인 핀리한테도 비키니는 혹평이었다.

"거의 속옷이잖아. 오빠, 취미가 너무 고약해."

"장래에 유행할 거니까 괜찮다고."

전생과 마찬가지로 일반적으로 될 터, 라는 희망을 품고 있다.

부끄러워하는 듯한 리비아 옆에서는 비키니를 입은 안제가 당당하게 서 있었다.

허리에 손을 대고 리비아한테 옷을 벗도록 재촉했다.

"웃옷을 벗어라. 당당하게 있는 편이 창피하지 않다고."

"저는 안제랑 달라서 배가──."

슬퍼하는 듯한 리비아를 보고 안제가 이마에 손을 댔다.

"그러니까 운동량을 늘리자고 전부터 말하지 않았나. 하지만, 그렇게 부끄러워하고 있는 리비아도 나쁘지 않군."

둘이 애정행각을 벌이는 모습을 보고 있던 노엘은 파카를 걸치고 앞을 열어 둔 차림새였다.

"비행선 위에서 바비큐라니, 그야말로 부자라는 느낌이네."

알제르 공화국에서는 이러한 관습은 없었던 모양이다.

그 때문에 노엘한테는 부자의 놀이로 보이는 듯하다.

짧은 반바지 차림인 아버지가 쓴웃음을 지으며 노엘한테 그렇지 않다고 말했다.

"평소에는 호수 근처에서 하지만 말이다. 일부러 커다란 비행선을 내보낸 건 리온이야."

아버지는 바비큐 세트를 준비하고 숯에 불을 붙이고 있다.

그걸 돕는 형 닉스는 약간 긴 반바지에 셔츠를 입은 차림새였다.

닉스는 나한테 불만을 표했다.

"리온도 도우라고."

"나는 배를 내보내는 사람, 형은 고기를 굽는 사람—— 그럼 됐
잖아?"

"될 리가 없잖아. 고기를 먹고 싶으면 도와."

"예~이."

닉스의 말대로 도우러 가자, 동생 코린이 마실 것을 들고 파라
솔 밑에 있는 도로테아 형수한테 가까이 다가갔다.

"누나, 여기!"

"어머, 고마워."

도로테아 형수는 수영복이 아니라 평상복인 원피스 차림이다.

놀지도, 바비큐 준비를 돕지도 않았다.

그건 괜찮다만, 가족이 묘하게 도로테아 형수한테 신경을 써주
고 있었다.

어머니가 도로테아 형수한테 말을 걸었다.

"도로테아, 괜찮니? 힘들면 리온한테 말해서 배 안에 방을 준
비시킬 테니까."

"감사합니다, 어머님."

——뭐, 백작가 아가씨고 하니 남작가인 우리 가족이 신경을
써주는 건 당연하리라.

하지만 이전의 도로테아 형수는 좀 더 이것저것 여러 가지를 돕
는 사람이었다.

사람이 변한 건지, 그게 아니면 본성이 나온 건지.

의문으로 여기면서도 바비큐를 돕기 시작하자, 노엘이 내게 다

가왔다.

노엘은 도로테아 형수를 보며 나한테 의미심장한 미소를 보냈다.

"아~, 그런 일이었구나."

"그런 일이라니?"

"──눈치 못 챈 거야?"

내가 고개를 갸우뚱하자, 노엘은 조금 놀란 뒤에 고개를 내저으며 내 둔감함을 타박했다.

"리온은 정말로 둔감하네."

"아니, 알고 있다면 가르쳐 달라고."

"으음~, 다들 잠자코 있는 것 같고, 내가 말하는 것도 좀 그렇지?"

노엘은 무엇을 눈치챘는지를 나한테 알려주지 않았다.

노엘이 알려줄 때까지 캐물으려고 생각하고 있었더니, 코린이 노엘한테 달려와서──.

"노엘 누나, 같이 헤엄치자!"

"좋아. 그럼 나중에 봐, 리온."

──노엘이 코린의 손을 잡고 다른 한쪽 손을 나한테 흔들었다.

나는 루크시온 쪽을 봤다.

"야, 다들 뭘 숨기고 있는 거야?"

루크시온은 빨간 렌즈를 도로테아 형수한테 향하더니, 잠시 관찰했다.

하지만 나한테 아무것도 알려주지 않았다.

『프라이버시에 관련된 문제이기에 알려드릴 수 없습니다.』

"다들 너무하지 않아?"

◇

호르파트 왕국 왕궁.

여름방학이라 왕궁에 돌아온 에리카는 엘리야를 초대하여 차를 즐기고 있었다.

엘리야는 진심으로 기뻐하고 있다.

"에리카의 병이 나을 것 같아서 정말로 다행이야."

"──그러게."

에리카는 시선을 조금 내리고 미소 짓고 있지만, 약간 슬퍼하는 것처럼 보였던 것이리라.

그걸 알아차린 엘리야가 에리카를 걱정했다.

"왜 그래? 뭔가 걱정거리가 있다면 나한테 상담해 줘. 괜찮아! 나도 조금 정도는 도움이 되니까."

에리카는 가슴을 편 엘리야를 보고, 어린아이가 발돋움하고 있는 것처럼 느꼈다.

그게 자신을 위해서라고 생각하니 기쁘기도 했다.

성장한 엘리야의 모습을 볼 수 있어서 에리카는 만족했다.

"고마워. 하지만 괜찮아. 이제 불안한 건 없어."

"그래?"

엘리야는 에리카의 말을 의심하고 있는 것 같았지만, 그 이상 추궁하지는 않았다.

에리카는 마음속으로 엘리야에게—— 그리고 자기와 관련된 사람들에게 사과했다.

'미안해, 엘리야. 그리고 삼촌이랑—— 엄마.'

방 창문으로 시선을 향한 에리카는 창문을 통해 바깥 경치를 바라봤다.

◇

여름방학도 며칠밖에 남지 않았다.

왕도에 돌아온 우리는 다섯 바보를 불러내 던전에 도전할 준비를 하고 있었다.

얼마 남지 않은 휴일을 마리에랑 같이 보내고 싶었는지, 율리우스를 비롯한 다섯 바보는 기분이 언짢았다.

"딱히 서둘러서 던전에 도전할 필요는 없지 않나."

기분 언짢은 집단을 대표하는 율리우스한테 나는 어깨를 으쓱이며 가르쳐 줬다.

"내 사정이다."

"우리는 마리에랑 학원에서 보내는 마지막 여름방학을 즐기고 싶었는데."

고개를 돌린 율리우스를 비롯한 다섯 바보를 본 핀이 내게 말을 걸었다.

"정말로 데리고 가는 건가? 우리만으로도 충분하잖아?"

"일하게 시키려고 생각해서 말이지. 뭐, 괴롭힘 같은 느낌? 나만 고생한다니, 싫잖냐."

"정말 최악의 상사로군."

핀이 한숨을 내쉬었지만, 나로서는 괴롭힘 말고도 이유가 하나 있다.

——마리에다.

마리에 녀석이 '아침부터 밤까지 그 다섯 명을 돌보는 거 진짜 힘들어!'라고 말했기에 한동안 다섯 명을 맡기로 했다.

지금쯤 마리에는 카라를 데리고 왕도에서 숨을 돌리고 있을 즈음이리라.

핀한테 이 말을 하면 '시스콘'이라는 터무니없는 의혹을 받기 때문에 말할 수 없었다.

배낭을 짊어진 미아가 우리한테 다가왔다.

"공작님, 준비가 다 됐어요!"

기운 넘치는 미아를 보고 있자니 마음이 치유되는 것 같았다.

나는 다섯 바보를 돌아보며 미아를 본받으라고 말했다.

"봤냐, 바보들아. 이런 여자애도 의욕을 보이고 있는데, 너희는 불평만 하고 말이다. 조금은 미아를 본받으라고."

질크가 도끼눈으로 날 째려봤다.

"역시나 리온 군이네요. 여자애를 이유로 삼다니 정말로 야비합니다. 그런 말을 들으면 의욕을 내지 않을 수 없군요."

연하인 여자애가 의욕을 보이고 있으니 꼴불견인 모습은 보이고 싶지 않다며 다섯 바보도 분발했다.

——바보는 다루기 쉬워서 좋단 말이지.

"그럼 출발할까."

"네!"

내가 출발 선언을 하자 미아가 기운 좋게 대답했다.

◇

왕도 던전은 지하로 이어지는 광산 같은 장소다.

과거에는 동굴이었던 모양이지만, 마석을 채굴하기 위해 곳곳이 보강되어 있다.

마석을 밖으로 운반하기 위한 손수레도 준비되어 있고, 선로가 깔린 장소도 있다.

수업에서 몇 번이나 지나갔던 통로니까 새롭지도 않다.

하지만 미아한테는 신선했던 모양이다.

"몇 번인가 온 적이 있지만, 신기한 장소죠. 마석이 잔뜩 있어요."

바닥, 벽, 천장에 마석이 노출되어 보였다.

희미하게 발광하고 있기에 동굴 안이어도 밝았다.

미아가 의문을 가지자 율리우스가 친절한 마음으로 자세히 설명해 줬다.

"여기는 마석을 채굴할 수 있는 던전이다. 어떤 원리인지는 밝혀지지 않았지만, 채굴한 뒤에도 마석이 나온다. 입구 근처는 빈번하게 채굴해가는 탓에 대부분 작은 마석 뿐이지만."

"헤~."

안쪽으로 나아갈수록 크고 순도가 높은 마석을 입수할 수 있다.

그 때문에 몇 년 전까지 남자들은 여하튼 안으로, 안으로 나아갔었다.

안으로 나아갈수록 돈을 많이 벌 수 있기에 여자한테 줄 선물 값을 벌 시간을 단축할 수 있었다.

——피와 땀에 젖은 슬픈 청춘 시절이다.

그리고 어느 정도 나아갔을 때 미아가 멈춰 섰다.

우리가 그걸 알아차리고 걸음을 멈추고는 뒤돌아봤다.

핀이 걱정해서 말을 걸자, 미아는 아무것도 없는 벽을 쳐다보고 있었다.

"미아? 앞으로 나아가지 않는 건가?"

"——부르고 있어."

미아의 빨간 눈동자가 희미하게 빛나고 있는 것처럼 보였다.

루크시온이 주위를 해석했더니, 이변을 알아차린 모양이다.

『내부에 공간이 있는 것을 확인했습니다. 하지만 부자연스럽습니다. 마스터와 동행해서 몇 번이나 조사했었습니다만, 이 장소에 숨겨진 공간은 없었습니다.』

"갑자기 공간이 생겨난 건가?"

루크시온의 실수를 의심했지만, 어째 낌새가 이상하다.

그렉이 몸을 굽히고 지면에 손을 대자 미세한 변화를 알아차렸다.

"조금 흔들리고 있지 않냐?"

그 흔들림은 차츰 커졌고, 불안해진 브래드가 철수를 진언했다.

"이건 위험해. 일단 밖으로 나가자."

우리가 철수하려 했더니, 미아가 무언가에 이끌리는 것처럼 벽에 손을 뻗었다.

손가락이 닿자 벽이 갈라지고 넓어져서 구멍이 생겼다.

──이게 맞는 이벤트인 걸까? 묻는 듯한 시선으로 핀을 쳐다봤지만, 본인도 곤혹스러워하며 입가를 손으로 누르고 있었다.

핀이 내게 작은 목소리로 말했다.

"나도 자세히는 모른다. 여동생의 이야기를 듣고 있었던 것뿐이니."

"그럼 나아갈 수밖에 없나."

내가 나아가려 하자 루크시온이 제지했다.

『위험합니다. 현재도 공간이 확장되고 있습니다.』

"갈 수밖에 없잖냐. ──미아의 각성 이벤트가 걸렸는데."

내가 앞으로 나아가기로 하자, 다섯 바보도 마지못해 뒤를 따라왔다.

미아는 휘청휘청하며 앞으로 나아가려 했기에, 핀이 미아의 몸을 떠받쳐 주고 있었다.

"미아, 어이, 미아!"

"——기사님, 부르고 있어요. 미아를—— 부르고 있어요."

잠꼬대처럼 중얼거리는 미아를 크리스가 걱정했다.

"리온, 정말로 괜찮은 건가? 이 상태로 나아가는 건 위험하다고."

"——나아가겠어."

크리스는 내 결정에 그 이상 아무 말도 하지 않았다.

우리가 그대로 앞으로 나아가자, 몬스터와는 한 마리도 조우하지 않았다.

통로는 외길이기에 헤매지는 않았다.

다만, 어두워서 루크시온이 회중전등 대신 앞을 비추고 있다.

그렇게 해서 얼마나 나아갔을까?

도착한 장소에는 거대한 마석이 있었다.

고순도의 마석은 거대한 결정인데, 가공되어서 석비(石碑)——모노리스처럼 되어 있다.

미아가 그 마석에 다가가자 빨간 눈동자가 한층 강하게 빛났다.

머리카락이 하늘하늘 나부꼈다.

"미아!"

핀이 불러도 반응을 나타내지 않는다.

브레이브가 어쩐지 당황하고 있었다.

『이건—— 어째서——.』

외눈을 크게 부릅뜬 브레이브의 시선 끝에는 모노리스가 있었다.

아무것도 없었던 모노리스 표면에 어느샌가 문자가 떠올라 있었다.

나는 루크시온에게 해석을 부탁했다.

"뭐라고 적혀 있어?"

루크시온이 문자를 해석하여 소리 내어 읽었다.

『——오랜 시간을 견디고, 용히 이 장소에 다다랐다. 우리의 희망은 이곳에 있다. 모여라, 우리의 희망을 지키는 자들이여.』

나는 문자를 다 읽은 루크시온에게 의미를 물어봤다.

"무슨 의미지?"

『불명입니다.』

그러자 모노리스가 강하게 발광하며 녹아내렸다.

마치 역할을 끝냈다고 말하는 것만 같았다.

팔로 눈을 가리고, 틈새로 주위 광경을 봤다.

핀이 미아를 끌어안아 지키려 하고 있다.

다섯 바보는 각자가 뭔가를 외치고 있었지만, 잘 알아들을 수 없었다.

그러자 루크시온이 평소보다도 강한 어조로 내게 말했다.

『마소 농도가 급상승하고 있습니다. 이대로라면 던전 바깥에까지 영향이 미칩니다.』

◇

　같은 시각.

　왕궁은 소란스러워져 있었다.

　이유는 왕도가 관리하는 던전에서 붉은색 빛의 기둥이 출현했기 때문이다.

　땅속에서 하늘을 향해 뻗은 빛의 기둥은 몇 분 동안이나 그대로 계속 빛을 내고 있었다.

　왕궁의 자기 방에서 그 빛을 보고 있던 에리카는 점점 호흡이 괴로워지기 시작했다.

　"역시, 이렇게 되었구나."

　가슴을 손으로 누르고 바닥에 무릎을 꿇었다.

　"──미안해, 다들. 역시, 말할 수 없어."

　에리카는 리온이나 마리에한테 말하지 않은 것이 있었다.

　그건 그 여성향 게임 3탄을 철저히 플레이한 에리카만이 아는 비밀이다.

　그 비밀을 알아 버리면, 리온과 마리에가 무모한 행동을 할 거라고 생각했다.

　그래서, 말할 수 없었다.

　벽에 등을 기대고 호흡을 가다듬으려 했지만, 괴로워서 견딜 수가 없다.

　에리카는 자기의 배역을 떠올렸다.

"악역 왕녀 에리카는 교활하고 내숭을 떠는 게 능숙한 병약한 여자아이—— 악역은 될 수 없었지만, 교활하게 내숭을 떠는 건 잘 해냈으려나?"

괴로워하면서도 미소 지었다.

에리카는 이렇게 될 것을 대강 예상했다.

그건 게임을 철저하게 플레이했기에 얻은 지식이다.

칼이나 핀처럼 여동생이 플레이하는 걸 보고 있기만 했던 게 아니다.

마리에처럼 어중간하게 플레이한 것도 아니다.

에리카는 전생을 떠올렸다.

"몇 번이나 플레이했었지—— 엄마가 바빠서 나랑 놀아 주지 못했으니까—— 밤에는 항상 혼자여서, 외로워서 계속 그 여성향 게임만 플레이했었어."

전생의 마리에는 밤에 일하고 있었다.

그래서 에리카는 밤에는 줄곧 혼자서 지내고 있었다.

외롭지만, 마리에한테 무리가 되는 말도 할 수 없어서, 계속 참고 있던 에리카의 마음의 버팀목이 되었던 게 그 여성향 게임이었다.

마리에가 좋아했던 게임을 플레이하고 있으면, 같이 놀고 있는 기분이 들었다.

게임을 하고 있을 때만큼은 외롭지 않았다.

그래서 몇 번이고, 몇 번이고 플레이했다.

──그리고, 알아차렸다.

마리에는 악역 왕녀인 에리카의 병약 설정이 거짓말이라고 했지만 그건 틀렸다.

정말로 병약했다.

"악역 왕녀의 병이 악화하는 건 언제나 주인공이 각성한 이벤트 이후──."

게임에서는 정말로 괴로워하는 왕녀의 모습을 볼 수 있다.

그건 지금까지 악행을 저질러 왔던 왕녀에 대한 응보── 플레이어의 속을 후련하게 만들기 위한 이벤트였을지도 모른다.

주위로부터 인정받아 가는 3탄 주인공과는 대조적으로 에리카의 입장은 나빠져 간다.

최후에는 누구도 에리카를 믿어 주지 않아, 괴로워하며 발버둥치는 모습을 볼 수 있었다.

"──역시, 각성 이벤트를 멈춰 달라고 해야 했나? 하지만, 그렇게 되면 미아가 완치되지 않을지도 모르고── 나는, 이제 충분히 살았으니까."

전생을 겪었기에 에리카는 자기 인생에 만족하고 있었다.

그리고 있는 힘껏 지금을 살아가는 미아가 건강해진다면, 각성 이벤트를 제지할 마음은 들지 않았다.

에리카는 천장을 올려다보며 눈물을 흘렸다.

"미안해, 엄마. 이번에는, 내가 먼저──."

◇

미아가 각성한 그때.

바닷속 깊은 곳에 잠들어 있던 검고 거대한 물체가 빨간빛을 점멸시켰다.

모래나 바위에 파묻혀 표면에는 조개 등이 달라붙은 그 거대한 물체 안에는── 직경 2m에나 이르는 마법 생물이 존재했다.

거대한 외눈을 크게 뜨자, 방 안의 기기가 호응하는 것처럼 기동했다.

조명에 비추어진 마법 생물은 브레이브를 거대화한 듯한 모습이었다.

브레이브보다도 흉측한 겉모습이었고, 핏발이 선 눈을 두리번두리번 움직였다.

그리고 커다란 입을 벌려 웃기 시작했다.

『──있다. 아니, 깨어났다. 우리의 희망은 사라지지 않았다!』

흥분한 마법 생물에 반응하는 것처럼, 거대한 물체가 움직여 해저에서 부상했다.

그 모습은 거대한 원반으로도 보였는데, 원반의 이가 빠진 것처럼 보이기도 했다.

마법 생물은 눈동자를 바쁘게 움직이고 있었다.

『어디지? 어디에 있지? 우리의 주인인 신인류는 어디지?』

표면이 부글부글하며 부풀어 오르더니, 마법 생물들이 잇따라 만들어져 나왔다.

바닥에 떨어진 마법 생물들이 외눈을 크게 뜨고 부상했다.

전부가 부모인 마법 생물의 명령을 기다리고 있다.

마법 생물이 한쪽 팔을 출현시키더니 천장을 가리켰다.

『찾아라. 철저히 조사해라. 우리의 주인을 마중하러 가야만 한다.』

마법 생물들이 방을 뛰쳐나가 바깥으로 향했다.

# 에필로그

"에리카!"

문을 쾅 열어젖힌 마리에는 리코른 의무실에서 침대에 누워 있는 에리카의 모습을 보고 안도했다.

상반신을 일으킨 에리카는 마리에한테 미소를 향했다.

"왜 그래, 엄마?"

난처하게 구는 아이를 보는 듯한 얼굴을 향하는 에리카에게, 마리에는 호흡을 가다듬으며 가슴을 쓸어내렸다.

"갑자기 쓰러졌다고 들어서 무척 걱정했어."

"아하하, 미안해. 어쩐지 여러 가지로 피로해졌던 것 같아."

마리에는 에리카가 쓰러졌다는 말을 듣고 서둘러 의무실에 왔다.

에리카가 무사한 모습을 보고는, 침대에 가까이 다가가 그대로 바닥에 주저앉아 에리카의 손을 잡았다.

"걱정 끼치지 마."

"──그러니까, 미안하다고 말했잖아."

마리에는 천천히 일어서더니 양손으로 에리카의 왼손을 잡았다.

안도하고는, 크레아레한테 불만을 표했다.

"크레아레도 도움이 안 되네. 요전에 검사하겠다고 말하고 에리카를 캡슐에 막 넣었던 참이잖아. 그 녀석 돌팔이 의사야."

에리카가 쓰러지자 곧바로 움직여 리코른에 회수한 건 그런 크레아레였다.

"날 구해준 것도 크레아레 씨야."

"신경 안 써도 돼. 그 녀석들, 오빠의 소유물이고."

그리고 마리에는 에리카한테 말했다.

"그것보다 빨리 건강해지도록 해. 들었는데, 수학여행은 취소된 채지만, 하루만 학원제를 여는 모양이야. 2학기는 즐거워질 거야."

여러 이벤트가 취소되는 와중에, 학원 측은 하루만 학원제를 열기로 했다.

마리에는 에리카와 같이 참가하는 걸 기대하고 있는 모양이다.

에리카는 그런 엄마의 모습을 보고 가냘프게 미소 지었다.

"그러네. 같이 축제── 가고 싶네."

"그렇지?! 기대하고 있으라구. 오빠한테도 부탁해서 성대한 학원제로 만들 생각이니까."

◇

호르파트 왕국에서 2학기가 시작되고 얼마쯤 지났을 무렵.

제국에서는 칼이 핀에게서 온 편지를 읽고 있었다.

눈초리가 내려간 칼은 핀에게서 온 보고를 읽고 몇 번이나 고개를 끄덕였다.

"그런가. 미아는 무사히 각성해서 병도 완치되었나. 응, 응——왕국에 유학시키길 정말 잘했군."

무슨 일이 있으면 멸망시켜 주마! 라고 말했던 칼이었으나, 반쯤은 진담이고 반쯤은 농담이다.

"그 애송이—— 아니, 리온도 잘해주었어. 이 은혜에는 반드시 보답하도록 하지."

칼은 이전부터 왕국과 더욱 강고한 관계를 쌓을 생각이었다.

"리온이라면 신뢰할 수 있다. 지금이라면 왕국과 손을 잡을 수 있다. 설령 신인류와 구인류의 악연이 있다고 할지라도——."

칼은 리온이라는 인물을 직접 보고 확인했다. 모든 건 핀에게도 이야기하지 않은 목적이 있었기 때문이었다.

그건 신인류와 구인류가 계속해서 싸웠던 시절까지 이야기가 거슬러 올라간다.

그 전쟁이 끝나지 않았기에, 칼은 어떻게 해서든 리온이라는 인물을 알고 싶었다.

싸울 것인가, 손을 맞잡을 것인가.

손을 맞잡기에 걸맞은 인물인가.

그걸 확인하고 싶었다.

결과, 칼은 리온을 신뢰하여 손을 잡는 길을 선택했다.

"곧바로 편지를 준비하도록 하지. 중요한 이야기다. 회담 장소는 어디가 좋지? 이것만큼은 비밀리에 진행하지 않으면 세계가 둘로 갈라지니까 말이다."

아무렇지도 않게 중요한 말을 꺼낸 칼이었으나, 몇 번인가 고개를 끄덕였다.

"흠, 미아의 상태도 보고 싶으니 내가 직접 왕국으로 갈까?"

마음 내키는 대로 행동하는 칼이 그렇게 하자고 결심했을 때, 황제가 있는 방의 문이 아무런 전조도 없이 활짝 열렸다.

방에 들어온 건 총을 든 병사들과 기사를 거느린 황태자였다.

20대 후반에 접어든 황태자는 수염을 기르고 있었고, 칼을 보는 눈이 동요하고 있었다.

"——아버님."

칼은 아들이 무장한 병사를 데리고 자기한테 온 시점에서 모든 걸 헤아렸다.

"어째서 지금이냐? 너는 아무것도 하지 않아도 다음 황제가 될 몸이지 않으냐. 어째서 나를 배제하면서까지 일을 일으키지?"

황태자란 제위를 잇는 지위다.

칼을 배제하고 황제로 등극하지 않더라도, 기다리고 있는 것만으로도 황제가 될 수 있다.

게다가 칼은 아들에게 제위를 물려줄 준비도 진행하고 있었다.

모든 것이 정리된 그때에는 아들에게 뒤를 잇게 하고 은거할 생각이었다.

하지만 황태자 뒤에서 나오는 존재를 보고 눈을 휘둥그레 떴다.

그건 브레이브를 크게 한 것 같은 마법 생물로, 흉측한 겉모습을 지니고 있었다.

문 너머에서 이쪽을 엿보며 득의양양하게 웃고 있었다.

『황태자 전하—— 그 녀석은 배신자입니다.』

칼은 동요하면서 중얼거렸다.

"마법 생물이라고?"

칼도 모르는 마법 생물이었다.

그 마법 생물은 브레이브의 크기에 가까운 마법 생물들을 거느리고 있다.

『처음 뵙겠습니다, 황제 폐하. 저를 부를 때는 아르카디아라고 불러 주셨으면 하는군요.』

아르카디아라고 자신의 이름을 칭한 마법 생물은 황태자에게 말을 걸었다.

『자, 황태자 전하. 배신자를 처치합시다.』

황태자가 고개를 숙였고, 떨면서 웃었다.

"아버님은 제국을 배신할 생각이시지요? 왕국의 영웅과 손을 잡기 위해 제1석 기사까지 파견했습니다. 그런 것이지요?"

칼은 아들의 모습을 부자연스럽게 느꼈고, 마법 생물을 노려봤다.

"아들한테 뭘 불어넣은 거냐!"

『진실이야. 너는 배신자니까 말이지.』

마법 생물이 눈을 가늘게 뜨자, 황태자가 오른손을 들었다가 아래로 휘둘렀다.

"쏴라!"

그 순간, 칼에게 몇 발이나 되는 총탄이 박혔다.

칼은 바닥에 쓰러졌고, 자신의 지팡이를 꽉 잡았다.

"큭!"

몸에서 힘이 혈액과 함께 빠져나가는 감각에, 칼은 미처 못다 한 일을 떠올렸다.

'여기까지 와서—— 나는—— 미리아리스.'

마지막에 미아의 진짜 이름을 마음속으로 중얼거리며, 칼은 숨이 끊어지고 말았다.

◇

황태자는 아버지의 시체를 내려다보며 핏기가 가신 얼굴로 고개를 숙이고 있었다.

"정말 이걸로 괜찮았던 건가? 나는, 나는——."

자문자답하는 황태자에게 아르카디아가 다정하게 말을 걸었다.

『너는 올바른 행위를 했어. 그야말로 영웅에 걸맞은 행동이야.』

황태자가 양손을 보며 눈물을 흘렸다.

아르카디아는 황태자한테서 보이지 않는 위치에서 그걸 기쁜 듯이 바라보고 있었다.

하지만 음색은 한없이 부드러웠다.

『아버지를 죽이는 건 괴로웠겠지. 조금 쉬도록 해. 그동안의 일은 전부 내가 처리해 줄게.』

황태자는 힘없이 고개를 끄덕였다.

"그렇게 해줘—— 나는 이제—— 지쳤어."

주위 기사들이 황태자를 지켜보고 있지만, 말은 걸지 않았다.

황태자는 쓰러져 엎드린 칼의 유해에 매달렸다.

"어째서 배신한 겁니까, 아버님!"

칼의 유해에 매달려서 눈물을 흘리는 황태자를 바라보는 아르카디아의 눈은 어딘가 차가웠다.

그리고 황태자에게 말했다.

『자, 이제 쉬도록 해. 나머지는 전부 나한테 맡기고. ——그래, 전부 말이야.』

◇

2학기가 시작되고 얼마쯤 지났을 무렵이었다.

미아의 각성 이벤트는 무사히 끝나고 본인도 건강하게 뛰어다니고 있다.

핀도 기뻐하고 있었지만, 우리한테는 다른 문제가 발생했다.

에리카가 학원에서 쓰러지고 말았다.

그것도 한두 번이 아니다.

너무나도 부자연스럽다고 느껴, 나는 크레아레한테 재차 정밀 검사를 의뢰했다.

"에리카가 또 쓰러졌다니 어떻게 된 거야? 병은 나은 거잖아?"

크레아레한테서 보고를 들은 나는 거리를 바싹 좁히고 크레아레를 추궁했다.

귀여운 전생의 조카가 쓰러졌다는 말을 들으면 걱정도 된다.

게다가 에리카는 여름방학 중에 정밀 검사를 막 받은 참이다.

크레아레한테서는 걱정할 것 없다는 말을 들었던 만큼, 쓰러진 원인이 신경 쓰여서 견딜 수 없었다.

『지, 진정해, 마스터. 현재 최우선으로 조사하는 중이니까.』

"당연히 그래야지! 그 애한테 무슨 일이 있으면 나는—— 아니, 마리에가 슬퍼하잖냐."

고개를 숙이고 주먹을 꽉 쥐는 나를 보고, 루크시온이 말을 걸었다.

『저희에게도 에리카는 고레벨 보호 대상입니다. 무슨 일이 있으면 우선으로 대처할 테니 안심해 주십시오.』

나는 진정하기 위해 그 자리에서 심호흡했다.

"——에리카는 괜찮은 거겠지?"

크레아레한테 묻자, 평소의 쾌활한 태도가 온데간데없었다.

그것이 이 문제의 심각성을 이야기해 주고 있었다.

『요전에 검사했을 때보다도 병세가 악화했어.』

전보다도 악화하였다는 말을 들은 나는 내 안에서 완전히 처리할 수 없는 감정을 크레아레한테 부딪치고 말았다.

"어째서냐고! 이제 괜찮다고 네가 말했잖냐!"

크레아레는 내 노성에 주눅 들지 않고 담담하게 말했다.

『급격하게 수치가 나빠지고 있어. 이런 건 예상하지 못했어. 그에 반해서 미아 쪽은 모든 수치가 개선되고 있어.』

미아의 병은 무사히 나았다.

하지만 이번에는 에리카가 괴로워하기 시작하고 있다.

나는 양손으로 얼굴을 덮으며 둘에게 명령했다.

"마리에 녀석이 에리카랑 같이 학원제를 돌아볼 거라며 기대하고 있다고. 그때까지 완치할 수 있냐? 어렵다면 이번에는 마리에한테 참으라고 시키겠어. 하지만, 낫는 거겠지? 내 명령이라면 너희들이 어떻게든 해주는 거지?"

나의 그런 명령이라기보다도, 부탁에—— 크레아레는 대답하지 못하는 모양이다.

『2학기까지는 버틸 거야. 아니, 버티도록 만들게. 하지만 이대로 아무것도 하지 않으면 3학기를 맞이하는 건 거의 불가능해.』

내가 아연실색해서 목소리도 나오지 않는 중에, 루크시온이 제안했다.

『마스터, 에리카의 격리 혹은 콜드 슬립을 제안합니다. 이걸로 조금 시간을 벌 수 있습니다. 그동안에 해결책을 찾겠습니다.』

나는 고개를 푹 떨굴 수밖에 없었다.

"잠들어 있는 사이에 치료법을 찾을 수 있는 거냐? 몇 년 걸려?"

얼마나 시간을 들이면 치료할 수 있는가?

대답한 건 크레아레였으나, 대답의 내용은 내가 예상했던 것이 아니었다.

『옛날에 콜드 슬립으로 마소에서 벗어나고자 한 구인류들이 있었어. 마소의 농도가 낮아질 때까지 잠들어서 넘기자고 말이야.』

"내 질문에 대답해. 왜 그 이야기를 하는 거지?"

안 좋은 예감이 들었는데, 아무래도 적중한 모양이다.

『콜드 슬립으로 잠든 구인류는 마소의 독에 당해서 대부분이 절멸했어. 살아남은 사람은 없을 거라고 생각해. 에리카를 잠들게 해도, 남겨진 시간은 수년이야.』

"거짓말이지? 루크시온?!"

루크시온한테 묻자, 루크시온이 말하기 어려운 듯이 대답했다.

『크레아레의 데이터를 확인했습니다. 전부 사실입니다. 그리고 수년 사이에 치료법이 발견될 가능성은 크지 않습니다. 최선은 다하겠습니다만, 늦지 않게 제때 맞출 수 있을 거라고는 단언할 수 없습니다.』

"하하—— 아하하하!"

갑자기 웃기 시작한 나를 루크시온이 걱정했다.

『마스터? 정신을 똑바로 차려 주십시오.』

루크시온과 크레아레가 한 이야기를 마리에한테 말할 걸 생각하니 지금부터 가슴이 옥죄인다.

그 바보 여동생이 그렇게나 순수하게 기뻐하는 모습을 본 건 언제 이래일까?

나는 양손으로 얼굴을 덮었다.

"——어째서 연달아 문제가 일어나는 거냐고."

# 후기

밀렌이 메인이 된 11권은 재미있게 읽어 주셨나요?

언젠가 밀렌을 메인으로 삼아 쓰자고 생각했기에, 이번 권으로 소원이 이루어져 저도 기쁩니다.

Web판에서 등장한 뒤 줄곧 인기 캐릭터였으니까 말이죠.

서적화로 일러스트가 마련되자 한층 더 인기가 많아졌고, 만화화로 더더욱 인기가 가속되었다는 인상이 저한테는 있습니다.

이번 권은 전부 새로 쓴 내용으로 되어 있어서, Web판보다 약간 순해졌을지도? 그런 고로, 좀 더 과격한 밀렌을 읽고 싶어! 라는 독자 여러분께서는 아무쪼록 Web판을 즐겨 주시기를 바랍니다(웃음).

그리고, 모브세계 애니메이션 2기가 결정되었습니다!!

설마 2기까지 제작될 거라고는 생각지도 않았기에, 원작자로서는 무척 기쁘게 느끼고 있습니다.

이것도 응원해 주신 여러분 덕분입니다.

정말로 감사합니다.

앞으로도 열심히 노력하겠으니, 부디 미시마 요무를 잘 부탁드리겠습니다!

## 여성향 게임 세계는 모브에게 가혹한 세계입니다 11

2023년 06월 15일 1판 1쇄 발행

저      자 미시마 요무
일 러 스 트 몬다
옮 긴 이 주승현
발 행 인 유재옥
본 부 장 조병권
편 집 1 팀 김준균 김혜연
편 집 2 팀 박치우 정영길 정지원 조찬희
편 집 3 팀 오준영 이소의 이해빈
편 집 4 팀 박소연 전태영
디 지 털 김지연 박상섭 윤희진
라이츠담당 김정미 맹미영 이윤서
미      술 김보라 박민솔
발 행 처 ㈜소미미디어
인쇄제작처 ㈜코리아피엔피
등      록 제2015-000008호
주      소 서울시 마포구 토정로222, 403호 (신수동, 한국출판콘텐츠센터)
판      매 ㈜소미미디어
영      업 박종욱
마 케 팅 박수진 최원석 최정연 한민지
물      류 백철기 허석용
전      화 (02)567-3388, Fax (02)322-7665

ISBN 979-11-384-7879-3
ISBN 979-11-6507-479-1 (세트)